IJSDOOD

MICHAEL THEURILLAT

IJsdood

VERTAALD DOOR JAN BERT KANON

AMSTERDAM · ANTWERPEN

2008

Eerste en tweede druk, 2008

Q is een imprint van Em. Querido's Uitgeverij bv, Amsterdam

Oorspronkelijke titel *Eistod*
Oorspronkelijke uitgever Claassen
Copyright © 2007 Michael Theurillat
Copyright translation © 2008 Jan Bert Kanon /
Em. Querido's Uitgeverij bv, Singel 262, 1016 ac Amsterdam

Omslag Wil Immink
Omslagbeeld Getty Images
Foto auteur Christian Lichtenberg

isbn 978 90 214 3393 6 / nur 305
www.uitgeverijQ.nl

Voor mijn ouders

'Alle mensen lachen, dat valt het meest op,
want verder lacht hier nooit iemand.'

Ingeborg Bachmann aan Uwe Johnson
(naar aanleiding van het dichtvriezen van de Zürichsee in 1963)

Proloog

Met november kwam ook de mist.

Meret zat in haar leunstoel bij het raam en keek uit over het meer. Ze kon de andere oever niet meer zien: het water loste op in het grijze niets. En omdat ze niet kon vaststellen dat hij ergens eindigde, was de Thunersee plotseling uitgedijd tot een oceaan. Meret werd er bang van.

Ze wist dat er voor haar angst eigenlijk geen reden was. Net zoals er voor veel dingen waar ze bang voor was geen aanleiding was. Maar dat hielp niets.

'Hoe gaat het vandaag met je, mam?' De man die tegenover haar zat, had lange tijd gezwegen. Nu keek hij haar aan.

'Het gaat wel,' zei ze. 'Niets nieuws.'

De man knikte.

'Het gaat binnenkort sneeuwen,' zei ze even later. 'Ik voel het.'

'We waren zondag op de Männlichen,' zei hij. 'Het was onbewolkt en de Jungfrau glansde in de eerste sneeuw als een communiekind. Je moet eens een keer weg uit de mist hier. We konden toch samen...'

'Nu niet,' onderbrak ze hem vermoeid. 'Ik weet het, het is lief bedoeld. Maar ik ben overal aan gewend geraakt. Het is goed zo.'

'Denk er nog eens over na, mam.'

'Je weet dat ik daar niet van houd.'

'Waar niet van?'

'Van dat eeuwige doe dit, doe dat. Dat ze tegen me zeggen dat ik me moet vermannen... en dat er mensen zijn met wie het nog veel slechter gaat.'

'Natuurlijk weet ik dat, mam... maar ik maak me nu eenmaal zorgen.'

'Dat moet je niet doen. Vooral jij niet. Na al die jaren zou je eigenlijk beter moeten weten.'

'Ja, natuurlijk.'

'Mijn kapster zei pas nog dat het goed voor haar zou zijn wanneer ze zichzelf tijdens een slechte periode niet zo belangrijk vindt.'

De man zuchtte. 'Ze heeft het niet kwaad bedoeld, mam. Hoe moet zij het ook weten? Het is altijd hetzelfde: leg iemand die zelf genoeg te eten heeft maar eens uit wat honger is.'

'Zeker.' Meret tuurde een tijdje naar de mist. 'Maar het doet toch pijn wanneer een jonge dame denkt dat ik mezelf in het middelpunt plaats... Terwijl ik alleen maar op zoek ben naar een plekje waar ik er stilletjes tussenuit kan knijpen. Ik vind helemaal niets belangrijk, laat staan mezelf. Dat is nou net het probleem. Wat mij betreft mocht het voorbij zijn, voorgoed.'

'Hou op, mam!'

'Jazeker. En er zou niets veranderen. In elk geval niet voor mij. En toen jij me hebt verteld dat er moeilijkheden zijn, dat het nog wel jaren zou kunnen duren... Sindsdien denk ik er weer vaker aan.'

'We hebben een andere oplossing gevonden, geloof me. Het is bijna zover.'

'Dat weet ik toch.'

Opnieuw zaten ze zwijgend tegenover elkaar. Na een tijdje stak de man zijn beide armen naar haar uit en zei: 'En voordat het zover is, kunnen we toch nog een keer de bergen in. Met de trein, weg van hier. Dan ga jij bij het raam zitten... Het duurt niet lang voor we boven bij de zon zijn.'

Ze schudde langdurig met haar hoofd. 'Ik wil hier blijven. Begrijp dat alsjeblieft. Hier voel ik me thuis.' En na een pauze voegde ze eraan toe: 'Ook al ga je met me naar Grindelwald en laat je me de Eiger, Mönch en Jungfrau zien, hoe ze in het stralende zonlicht voor de eeuwigheid staan te pronken: ik zou toch niet zien hoe mooi ze zijn.'

1

'Je hebt een koutje gevat, dat is alles,' zei Christoph Burri, nadat hij Eschenbach grondig had onderzocht.

Eschenbach lachte als een boer met kiespijn. Hij kende Burri al voordat hij kon denken. De commissaris en de dokter hadden elkaar voor het eerst vóór hun geboorte ontmoet. Gescheiden door de buikwanden van twee moeders die oefenden hoe ze moesten bevallen: persen, puffen en de Indische brug. Dat is eenenvijftig jaar geleden. Later voetbalden ze op de Fritschi-weide, knutselden ze samen aan hun fietsen en wisselden ze ervaringen uit – en soms ook het meisje.

'En slaap 's een keer goed uit, echt goed, bedoel ik.'

'Ik zou de hele dag wel kunnen slapen, Christoph.' Eschenbach knoopte zijn overhemd en broek dicht, nam plaats op de stoel naast het bureau en sloeg zijn benen over elkaar. 'Sinds Corina haar spullen heeft gepakt, ben ik nog maar een half mens.'

'Volgens haar was je dat daarvoor ook al.'

'Best mogelijk.' De commissaris haalde zijn schouders op. 'Maar nu merk ik het zelf. Altijd dezelfde sleur, het weer... Ach, ik weet het niet. Misschien moet ik ermee kappen en iets heel anders gaan doen.'

'Wat dan?' De dokter keek discreet op zijn horloge.

'Toneelspelen... bijen houden. Als ik het wist had ik het allang gedaan.'

'Ik zie je al tussen de potten honing, in een imkerpak en met een walmende sigaar. Of als Winnie the Pooh in een kindervoorstelling in het Theater am Hechtplatz.' Burri grijnsde.

Eschenbach schudde zijn hoofd. Hij zag zichzelf meer als King Lear.

'Het hoeft toch niet meteen zoiets afgezaagds te zijn,' zei Burri op bemoedigende toon. 'Begeef je onder de mensen, ga desnoods naar het museum. Neem weer eens een kijkje bij de impressionisten.'

Eschenbach moest niezen.

'Daar zul je flink van opknappen, geloof me. Zo tussen oude meesters en jonge studentes kunstgeschiedenis...'

De commissaris dacht aan Elsbeth, een *amour fou* tijdens een skivakantie in de Flumser Berge. Dat was na de scheiding van Milena, zijn eerste vrouw. Nu stond hij voor zijn tweede scheiding – een ronde verder dus.

'Je hebt daar toch die studente uit Bern ontmoet...' Christoph Burri knipoogde. 'Neem van mij aan, een flirt produceert bij ons meer testosteron dan alle farmaceutische troep bij elkaar.'

'Dus het ligt bij mij toch aan de hormonen?'

'Nee. Jouw hormoonwaarden zijn oké, voor iemand van jouw leeftijd.'

'Mijn leeftijd is ook jouw leeftijd, vriend.' Eschenbach verbaasde zich over zijn harde toon.

'Precies. En daarom zeg ik je, flirten helpt.'

De commissaris zocht in zijn jaszak naar een zakdoek. Opnieuw moest hij niezen. 'O, wat ik je nog wilde vragen: neemt Kathrin de pil eigenlijk?'

'Dat zou jij beter moeten weten dan ik, ze is jóúw dochter. Maar nou je het vraagt... We hebben het er met elkaar over gehad.'

'En?'

'Ze is vijftien, dat is een beetje jong. Als het even kan moet ze nog een tijdje wachten.' Na een pauze voor het effect voegde hij eraan toe: 'Maar hoe dan ook, ik heb uit voorzorg een recept voor haar uitgeschreven.'

Eschenbach zweeg.

'Ik dacht, het is beter voor je wanneer je nog even geen grootvader wordt.' Burri glimlachte.

De commissaris vond dat inderdaad geen prettig idee.

Kathrin was dan wel niet zijn eigen dochter, toch zouden haar kinderen hem opa noemen – en dat zinde hem niet. 'Dat is dan mooi,' zei hij. Waar hij zich meer het hoofd over brak, was de vraag hoe ver Kathrin in haar puberale nieuwsgierigheid was gegaan. Was er al een vriendje in het spel? Nu ze niet meer in hetzelfde huis woonden, voelde hij de afstand tussen hen. Dat deed hem meer pijn dan de steken in zijn borst en zijn brandende ogen.

Hij nam afscheid van Burri. Toen Eschenbach met neusdruppels, antigriepmiddelen en een potje vitamine c in zijn jaszak de dokterspraktijk verliet, was het al middag.

Het was gaan sneeuwen. Dikke vlokken zochten hun weg door de mist en de klamme kou drong door tot op het bot. Bij de Römerplatz nam hij de tram; hortend en stotend reed de tram de berg af tot Bellevue. Daar stapte hij uit. De warme droge lucht in de tram en het gehoest van de andere passagiers hadden hem genekt. Met een branderig gevoel in zijn hoofd en rillerige ledematen sleepte hij zich voort langs de Limmat richting het raadhuis. In gedachten lag hij allang in bad, met Mozart en een kopje lindebloesemthee. Komt wel goed, dacht hij. Toen piepte zijn mobieltje.

Het was allemaal al voorbij toen de commissaris op de plaats delict verscheen.

Martin Z. had zich voor de Crazy Girl van kant gemaakt. Even eerder had hij een half magazijn kogels op de borst van prostituee Nora K. afgevuurd en portier Josef M. dwars door diens longen geschoten. De positie van slachtoffer en dader, allebei dood, was zorgvuldig gemarkeerd en de sporen van de gebeurtenissen, die van de kamer via gang en trap tot voor de zaak liepen, waren volgens het boekje gefotografeerd. Weefsel-, bloed- en haarmonsters zaten al in plastic zakjes, en de ambulance was met zwaailicht op weg naar het Triemli-ziekenhuis. Of de portier het zou halen was onzeker.

'Zalig kerstfeest,' zei Eschenbach, nadat hij zich een beeld had gevormd van de narigheid. Hij nam een trekje van zijn Brissago en hoestte de rook uit in de koude decemberlucht. 'En morgen is het kerstnacht.' Op enige afstand van de drukte zag de commissaris de lijkauto. Hij stond dwars op het voetpad geparkeerd. Een tengere man in een donker pak probeerde sneeuwkettingen om het rechterachterwiel te leggen.

Eschenbach liep de paar meter naar de zwarte stationcar en hoorde de man vloeken. 'Gaat het?' vroeg hij.

'Ja, mooi klote gaat het!' De man rammelde met de kettingen, stond op en haalde diep adem: 'Eerst neuken ze onze meiden, dan knallen ze alles overhoop en dan krijgen ze ook nog een kist van de staat. Gratis en voor niks. En betalen, ho maar.' Na nogmaals diep adem te hebben gehaald, liet hij zich weer naast het achterwiel zakken. 'Kutbuitenlanders,' siste hij. 'Kut, het hele zootje!'

'Zomerbanden in de winter zijn ook kut,' zei Eschenbach en liep terug naar de plaats delict.

2

Het was altijd weer hetzelfde miserabele gevoel dat Eschenbach bekroop wanneer hij op een plek stond waar geweld een leven had weggevaagd. In de Crazy Girl was het zichtbaar: de armoedigheid die dit soort plaatsen aankleefde. Je zou het later op de foto's kunnen zien: het versleten vilttapijt in de hal en het vergeelde behang aan de muren. De peertjes die open en bloot aan het plafond hingen. Het vale licht en de muffe geur.

Eschenbach had zich door de dienstdoend officier de personalia van de in razernij ontstoken schutter en de dode vrouw laten brengen. Nu, aan de bar op de begane grond van het gebouw, tuurde hij naar het velletje papier: Martin Zgraggen, jaargang 1963. Daaronder stond een adres in Zürich-Höngg. 'Vanwege buitenlanders,' mompelde hij. Zijn haar plakte aan zijn bezwete voorhoofd; hij rilde. 'Kent u de vrouw, die Nora?' vroeg hij het donkere meisje achter de tap. Hij wees met zijn vinger naar boven. Nora K. en een paar vraagtekens. Meer stond er niet op het briefje.

De koffieautomaat siste en spoot heet water in een whiskyglas.

De jonge vrouw schudde haar hoofd.

'Al lang hier?' vroeg hij verder.

Er volgde een schouderophalen. Toen pakte ze een bierviltje, legde het op het houten buffet voor Eschenbach en zette het glas water erop.

'Geen Duits?'

Opnieuw schudde ze haar hoofd.

'Brazilië?'

Ze knikte en glimlachte.

Eschenbach zocht in zijn jaszak naar de medicijnen. *Koorts-verlagend en pijnstillend* stond op het ene doosje en *Vermindert hoesten en maakt het slijm los* op het andere. Van elk deed hij een tablet in het glas en roerde. Nadat hij in de bijsluiters iets over de bijwerkingen had gelezen, overviel hem een licht gevoel van misselijkheid en vermoeidheid. Terwijl hij langzaam en met kleine teugjes de pisgele vloeistof dronk, observeerde hij het meisje. Ze ruimde de vaatwasser uit en neuriede erbij. Met een witte doek droogde ze het serviesgoed na, voordat ze de glazen in de kast zette. Af en toe wierp ze de commissaris een steelse blik toe. Wanneer Eschenbach glimlachte, glimlachte zij ook.

'Paardenzeik,' bromde hij, nadat hij de laatste slok had gedronken en het glas weer op de bar had gezet. Met een grote zakdoek droogde hij zijn mond en voorhoofd af, snoot een keer stevig en liet zich van de barkruk glijden. 'Tabee,' zei hij.

'*Até logo.*' Het meisje hief haar hand voor een halfslachtige groet en keek hem na toen hij langzaam naar de uitgang liep.

Eschenbach sleepte zich naar de Badenerstrasse en had geluk. Een taxi liet net een passagier uit. De commissaris stapte in.

'Ik ben bezet,' zei de oudere heer aan het stuur nors.

'Recherche Zürich,' zei Eschenbach en drukte de chauffeur zijn legitimatie onder de neus. 'Naar de Paradeplatz, graag!'

'Is al goed,' klonk het benepen. 'Ik kan er ook niks aan doen. Met dit weer is maar de helft van het personeel inzetbaar. Turken en Grieken – die kennen sneeuw alleen van horen zeggen.'

'Ja, weet ik, u bent een durfal.'

De taxichauffeur zweeg.

Eschenbach was weer helemaal boven Jan. De laatste weken was het rustig geweest en nu – verkouden en met een hoofd als een bijenkorf – had hij dan toch zijn kerstmoord. Dat zou tenminste voor wat afleiding zorgen en hem het gevoel geven dat hij toch nog ergens voor deugde.

Hij beluisterde de voicemail van zijn mobieltje. Het enige

bericht was van Christoph Burri. De dokter informeerde naar het welzijn van zijn patiënt. 'En kom vanavond toch langs – er zijn alleen maar interessante lui... Dat verzet de zinnen.'

De commissaris stopte zijn mobieltje weer in zijn jaszak en keek uit het raam. De sneeuw verleende de Paradeplatz een aura van kou. Met opgetrokken schouders en gehuld in winterjassen stonden de mensen bij de tramhalte en wachtten in de schemer van de avondverlichting. Ongeduldig; met petten en mutsen. Hier en daar een stukje bont. De taxi was nog niet gestopt toen de commissaris de oploop voor Boutique Grieder zag. Er stonden twee wagens van de gemeentepolitie en een ambulance versperde een tram de weg. Eschenbach betaalde de chauffeur, stapte uit en stak doodgemoedereerd het plein over.

Een kleine, keurige dame stond op haar tenen op de achterste rij. Het leek alsof ze een moment lang overwoog of ze haar boodschappentassen van Luis Vuitton op de modderige grond zou neerzetten. 'Wat is hier aan de hand?' vroeg ze.

'Grieder doet alles weg voor de halve prijs,' zei de commissaris en hoestte.

'Dat is geweldig.' De vrouw bedankte hem.

'Graag gedaan.' Eschenbach baande zich een weg door de menigte. 'Redden jullie het?' vroeg hij, toen hij eindelijk een politieman trof. 'Kan ik iets doen?' De commissaris liet zijn legitimatie zien.

'Neu, allemaal geregeld,' zei de agent. Hij wees naar de ambulance. 'Iemand van Grieder belde. Ze hadden een zwerver die naast de ingang zat. Een kerstbedelaar dus.'

'En?'

'Dood,' zei de agent. 'Hartstikke dood. Ingedommeld voor zijn hoed met acht frank vijftig erin. Meer weet ik ook niet.'

'Hm.'

De agent van de gemeentepolitie haalde zijn schouders op. 'Is niet de eerste deze winter.'

'Ach, werkelijk?' Eschenbach pakte zijn zakdoek en snoot zijn neus.

'Ja, dat is wel treurig,' zei de agent. 'De laatste hebben we op een bankje bij het Landesmuseum gevonden. Doodgevroren. De kou doet ze vermoedelijk de das om.'

'Jezus, we hebben toch slaapplekken.' Eschenbach veegde met zijn mouw het zweet van zijn voorhoofd.

'We kunnen ze wel naar een bron brengen...' – de politieman maakte een ongecontroleerde beweging met zijn hand – '...maar drinken moeten ze zelf.'

'Zou kunnen, ik weet het niet.'

De agent zweeg.

De commissaris snoot nog een keer en frommelde de zakdoek toen in zijn jaszak.

Onder de zandstenen boog, op de plek waar de dode had gelegen, zag hij de vilten hoed met het kleingeld liggen. Ernaast, nat en vuil, een zwart trainingsjack van Adidas. Eschenbach moest onwillekeurig aan Kathrin denken; zij had net zo'n jas. Hij bekeek peinzend de gezichten van de ramptoeristen.

'Er valt niks te zien,' riep een agent. Samen met een collega dirigeerde hij de mensen achter het rood-witte lint van de versperring.

De bijna veertig treden naar de deur van de woning voelden voor Eschenbach aan als de noordwand van de Eiger. Badend in het zweet lag hij op de bank in de woonkamer. Twee grogs had hij genomen – met daarin de opgeloste tabletten uit Burri's zakje met medicijnen. Twee uur had hij zo gelegen en geslapen. Het antwoordapparaat knipperde, het was even voor achten. Op weg naar de badkamer luisterde hij naar Burri's stem op het bandje: nogmaals de uitnodiging voor zijn cocktailparty – voor de *seasons opening*, zoals hij het noemde. Er was sprake van *cool drinks* en *hot chicks*. Eschenbach nam een douche.

Of het de heilzame werking van chemische stoffen was of alleen de aandrang om aan zichzelf te ontvluchten – de commissaris wist het niet. Hij dacht er ook niet over na toen hij even voor negenen met een fles bordeaux onder de arm zijn woning verliet.

'Blij dat je toch gekomen bent.' Christoph Burri droeg een spijkerbroek en een wit overhemd. Doordat de bovenste knoopjes open waren, zag je een zonnebankbruine huid en de aanzet van een sportieve torso.

'Ik draag water naar de Limmat,' zei Eschenbach, toen hij de dokter de fles in de handen drukte.

'Een *cru bourgeois* uit de Medoc.' Burri hield de fles op ooghoogte.

'De grand cru's heb je ook in je eigen kelder...' Eschenbach grijnsde, deed zijn jas uit en haalde een hand door zijn haar. 'Dat is ook de reden dat ik ben gekomen.'

'Had ik het niet gedacht.' Burri lachte.

'En voor de hot chicks uiteraard.'

'Goed zo, en nu op naar de mooie kamer!'

Wat Burri zo gemeenzaam de 'mooie kamer' noemde, was een smakelijk gerenoveerde villa in de wijk Englischviertel. Hoge stucplafonds, grote lichte vertrekken met oud visgraatparket. Dit konden intellectuelen zich permitteren wanneer ze geld hadden geërfd of – wat minder vaak het geval was – zelf hadden verdiend. Van Christoph Burri wist Eschenbach niet precies bij welke soort hij hoorde. De tijd dat praktiserende artsen grootverdieners waren, was definitief voorbij. De uit de klauwen gierende kosten in de zorg waren er debet aan dat de voormalige godheden in het wit tot menselijke proporties werden teruggebracht, godheden die jammerden en klaagden, net als leraren, ambachtslieden en politieagenten.

Eschenbach liet zich door een medewerker van het cateringbedrijf een glas rode wijn geven, griste een hamcroissantje van een dienblad en monsterde de gasten. De hot chicks waren overwegend dames van Eschenbachs leeftijd. Een paar van hen hadden de kleren van hun dochters aan, leek het: versleten designerjeans, strakke topjes en om de hals een massief zilveren kruis aan een leren riempje.

'Kom, ik stel een paar mensen aan je voor,' zei Burri en pakte de commissaris bij zijn mouw. Wat volgde was de gebruikelijke crime: namen die hij toch niet zou onthouden, de geïnteresseerde glimlachjes en de geveinsde hartelijkheid. Na afloop wilde Eschenbach niets liever dan zich stevig bezatten.

De jonge vrouw die hem daarbij een handje hielp heette

Denise. Ze was een jaar of vijfendertig en had als het 'mooie aanhangsel' van Kurt Gloor, wethouder Sociale Zaken van de stad, een zekere reputatie.

'En wat doet u voor de kost?' vroeg ze.

'Ik ben patiënt,' zei Eschenbach.

'Echt?' Ze nipte aan haar prosecco.

'Ja, patiënt van professie.'

Even bleef ze zwijgend staan en vertrok geen spier, om het vervolgens uit te proesten. De prosecco in haar glas gulpte over de rand.

Eschenbach deed een stapje achteruit. Zatte kip, dacht hij, en toen Denise Gloor bleef hinniken, slenterde hij naar het buffet en haalde nieuwe voorraad. Met een halfvolle fles Italiaanse schuimwijn keerde hij terug en schonk bij.

De vrouw van de bediening kwam haastig aanlopen met een wit vaatdoekje en wreef de vloer droog.

'Eindelijk komt er wat leven in de brouwerij,' zei Eschenbach zachtjes.

Denise hield haar hand voor het gezicht. Ze had mooie handen en tranen in haar ogen.

Een half uur later zaten ze naast elkaar op de bank met een fles rode wijn. Denise vertelde over haar werk als kredietanalist bij een grote bank.

'Eigenlijk geven we alleen geld aan mensen die het niet nodig hebben,' giechelde ze en liet haar glas nogmaals door Eschenbach volschenken.

'Ik hou wel van vrouwen die drinken.'

Ze hikte. En vertelde hoe ze Kurt Gloor had leren kennen. In de tijd dat hij nog financieel directeur van een klein bedrijf in Wollishofen was. 'Kurt heeft bepaalde doelen voor ogen en bereikt ze ook.' En na een korte pauze voegde ze eraan toe: 'Een van die doelen was ik.'

'En hoe komt een ambitieus financieel directeur in de politiek terecht? Ik bedoel, dat is toch meer iets voor mislukkelingen...'

'Mensen zoals wij, bedoel je?' Denise nam een flinke teug en vlijde zich tegen Eschenbachs schouder. 'De politiek heeft volgens mij behoefte aan heldere koppen, doelstellingen en een harde hand.'

'Vooral bij Sociale Zaken,' grapte de commissaris.

'Jij zou te slap zijn... Je hebt geen idee wat daar allemaal speelt. De buitenlanders, al die criminelen. Toen Kurt in het college werd gekozen, was Sociale Zaken nog vrij.'

'Dat ben ik ook,' zei Eschenbach en hoestte.

'Je moet pakken wat je pakken kan.'

'Zo is het.'

'Is er nog wijn?'

De commissaris pakte de fles, die hij tussen twee kussens op de bank had ingeklemd, en vulde haar glas.

'En jij?'

'Ik ben dronken,' zei Eschenbach.

'En? Vind je het erg?'

'Nee.'

'Dat ik drink?'

'Ook niet.' De commissaris schonk zijn eigen glas ook nog maar eens vol. Daarna keken ze elkaar zwijgend aan en leegden hun glazen.

Even later legde ze haar hoofd op zijn schoot en haar benen op de bank.

'Patiënt van professie dus... Dat is een mooi beroep,' mompelde ze.

3

Op een afgelegen plaats vlak bij het dorpje Heimenschwand in het kanton Bern, zo'n beetje op hetzelfde moment waarop er zich in de Crazy Girl in Zürich een menselijk drama voltrok, zette een jonge man zijn fiets tegen de non-descripte muur van een gebouw.

Het gaat straks vast weer sneeuwen, dacht Konrad Schwinn, en wierp een blik op het weerstation naast de huisdeur. De thermometer gaf min acht graden Celsius aan. De damp sloeg uit zijn donkere thermopak. Hoewel hij sinds zijn studie aan de Eidgenössische Technische Hochschule in Zürich, de ETH, regelmatig duursport bedreef, deden zijn benen pijn. Hij was een stuk verder gefietst dan hij van plan was geweest en bovendien had hij zich buiten het toegestane rayon begeven. Wanneer iemand hem zou hebben gezien, was er gelazer van gekomen. De volgende keer zou hij toestemming vragen voor de lange fietstocht en zich volgens voorschrift bij de centrale afmelden. Precies zoals instructie 7-IV van het commando van de tweede Compagnie voor Elektronische Oorlogvoering, kortweg CEO, voorschreef.

Schwinn meldde zich weer bij zijn collega bij de toegangs-controle, noteerde naam, rang en indeling alsmede het tijdstip van zijn terugkeer in het logboek, begaf zich naar de vertrek-ken van de manschappen en nam een douche. Als technisch onderofficier van de CEO-compagnie 46/II deelde hij met drie collega's met dezelfde rang een kamer voor vier personen. Het personeelsvertrek er direct naast bood plaats aan achttien kop-pen; twaalf van hen hadden kerstverlof.

De twee uur tot het begin van zijn dienst om vier uur bracht Schwinn door in de recreatieruimte. Hij las de kersteditie van de *Neue Zürcher Zeitung* en besprak daarna met korporaal Heinz Fässler een schakelschema voor richtantennes.

'Dat jij dat altijd zo goed ziet,' zei Fässler bewonderend en noteerde de opstelling die zijn collega had voorgesteld. 'Ik was er nooit opgekomen.'

'Ik zie het ook niet altijd... maar je wordt vanzelf beter.'

'Vuile opschepper!'

Ze lachten, stonden op en speelden nog een partijtje op de flipperkast in de hoek.

Het klopte wat Fässler zei: of het nu ging om schakelschema's, vergelijkingen of cijferreeksen die op het oog niet bij elkaar hoorden, Konrad Schwinn herkende het patroon in één oogopslag, zag de fouten en had de oplossing paraat. Vanaf zijn kinderjaren had Schwinn affiniteit met getallen. Zijn ouders – zijn vader bouwde turbines voor Brown Boveri en zijn moeder, een Indiase, gaf Engels aan het onderwijsinstituut van de Migrossupermarkten – hadden lange tijd niet herkend wat men naderhand als 'hoogbegaafdheid' had gediagnosticeerd. Pas toen de jongen de aandacht op zich begon te vestigen en leraren hadden gedreigd hem van school te sturen, greep zijn vader in. De jongen stapte over naar de Talenta, een Zürichse instelling voor hoogbegaafde kinderen. Daar bleef hij tot zijn dertiende, tot zijn vader als ingenieur voor olieraffinaderijen naar het buitenland moest en zijn gezin meenam. Eerst drie jaar Libië, vervolgens nog eens twee jaar Iran.

Toen Konrad Schwinn op zijn achttiende naar Zwitserland terugkeerde en het toelatingsexamen van de ETH op zijn sloffen haalde, sprak hij, behalve vijf buitenlandse talen, vloeiend Arabisch. Vermoedelijk was het de zeldzame combinatie van wiskundig en taalkundig talent die zijn indeling bij deze kleine speciale eenheid mogelijk had gemaakt. Zoals elke Zwitser moest hij in dienst en in zijn ogen was er nauwelijks een plezieriger baan in het leger dan deze. Het complex in Heimenschwand was ultramodern, beschikte over alle mogelijke technische snufjes en het commando hanteerde een collegiale wijze van leidinggeven. Stuk voor stuk waren ze medewerkers die men serieus nam – geen marionetten. Er werd niet gecommandeerd, maar gevraagd; in het uiterste geval kreeg je een verzoek. En dat was voor Konrad Schwinn het belangrijkste.

Het enige nadeel was dat de acties geheim waren, dat je met niemand over je werk mocht praten. Maar aangezien Schwinn altijd al weinig vertelde, en al helemaal niet over zichzelf, ervoer hij ook dat als een voordeel. Los daarvan zou toch nauwelijks iemand begrijpen waar het precies om ging.

Gewoonlijk vervulde Schwinn zijn dienstplicht in augustus, wanneer een milde wind over de alpenweiden streek, wanneer het naar hooi geurde en het geblaat van de schapen iets van landelijke idylle beloofde. Deze tijd was voor de jonge assistent-hoogleraar in de biochemie ideaal; de cursussen vielen in de zomervakantie en boden een aangename onderbreking van zijn werk aan het instituut. Begin december, toen er opnieuw een marsorder kwam, dacht hij in eerste instantie aan een vergissing. Hij belde met Bern en informeerde bij het ministerie van Defensie. Het was geen vergissing. Ze wisten heel goed, zeiden ze, dat hij ook al in de zomer had gediend. Er werd geen nadere uitleg gegeven.

Stipt om vier uur verliet Schwinn het sobere betoncomplex aan de bosrand. Gekleed in een zandkleurige anorak stak hij nauwelijks af tegen de winterse omgeving. Hij stapte in de platgelopen sporen door de sneeuw. Om zijn nek bungelde een kompas, om zijn middel een tasje met verrekijker en digitale camera. De antenne-installatie, die men drie maanden geleden had gebouwd, beschikte over een grote satellietschotel van zo'n tien meter doorsnee. Direct ervoor wachtten acht betonnen sokkels op het moment dat ze met kleinere paraboolantennes zouden worden uitgerust. Eenmaal gereed zou het een pronkstuk zijn, dacht Schwinn. Iets meer naar links stonden oudere constructies van metaal en draad voor het onderscheppen van hoogfrequente communicatie. Schwinn greep naar zijn kompas. Afwisselend keek hij naar de antenne en de spiegel van de boussole. Even later noteerde hij een getal.

Een uur later was het al donker en om exact zes uur zat Schwinn met vijf van zijn kameraden aan het avondeten.

'Kun je dat ding niet 's wegleggen?' bromde Tobias Meiendörfer met halfvolle mond en wees met zijn kin naar de laptop. Ze kenden elkaar van de erm. Meiendörfer studeerde er biochemie toen Schwinn al assistent was.

Op het beeldscherm was een rode lijn te zien die in west-oostelijke richting over het Europese continent liep.

'Niet slecht,' mompelde Schwinn en zette het bord met *riz Casimir* neer dat hij de hele tijd in zijn handen had gehouden. De lijn gaf de oriëntatie van de antenne weer en cirkelde boven de steden München, Praag, Warschau, Minsk, tot Moskou aan toe.

'Nog altijd Koude Oorlog.' Schwinn lachte fijntjes en haalde op zijn laptop een bericht op dat de inlichtingendienst in de jaren zeventig had opgesteld. 'Hier hebben we het. Sinds 1968 zijn die dingen er, het Zwitserse Oor achter het IJzeren Gordijn.'

'Zal ik de flan...' Een keukenhulp wilde het dessert opdienen. Geërriteerd keek hij naar het halfvolle bord naast de laptop. Toen er verder niks gebeurde, keek hij naar het beeldscherm, schraapte zijn keel en vroeg: 'En wat levert dat nu op, als ik vragen mag?'

'Ruilhandel,' zei Schwinn droogjes. Hij bekeek de man uit de keuken en dacht een moment na of hij moeite zou doen het hem uit te leggen. 'Heb je als kind ook Panini-plaatjes verzameld, ik bedoel de bekende voetballers die je in een album kon plakken?'

'Jazeker. Ik heb alle albums, ook de nieuwe.'

'Juist.' Schwinn grijnsde. Hij had de man goed ingeschat. 'En er ontbraken er altijd wel een paar, hè?'

'Ja! Maldini bijvoorbeeld... en Crespo ook. Maar Oliver Kahn had ik wel vijf keer. Maldini mis ik eigenlijk nog steeds. Misschien dat we...'

Schwinn onderbrak hem, nog voordat de soldaat zijn wens had geformuleerd. 'Heb je je wel eens afgevraagd of het misschien opzet was dat Maldini minder vaak voorkwam?'

De man keek hem niet-begrijpend aan.

'Ze hebben een paar afgeluisterde gespreksflarden uit het Oostblok en die ruilen ze dan met andere geheime diensten. Voor wat hoort wat. Geven en nemen, het aloude principe.'

De keukenhulp leek in gedachten nog altijd bij zijn plaatjes te zijn.

'En aan het eind van het verhaal ontbreekt Maldini,' zei Meiendörfer, die het gesprek had gevolgd. Hij duwde de man met het schort zijn lege bord in handen.

'Dat was vroeger, tijdens de Koude Oorlog, het grote spel van de geheime diensten. En tegenwoordig...' Schwinn nam het bord met de flan caramel, haalde er met de lepel een stuk af en proefde. 'Tja, mensen... Tegenwoordig is het nog net zo. Alleen het Gordijn, dat is er niet meer – de hele wereld groeit naar elkaar toe. De slechteriken zijn niet meer zo slecht en de goeien minder goed.' Schwinn zette de laptop op zijn knieën. 'En kijk nou... Zelfs wij hebben dat gemerkt.' Hij startte een computeranimatie. Op het beeldscherm verscheen een para- boolantenne die langzaam om zijn as draaide. 'Die richt zich op een satelliet die ergens boven Oost-Afrika of de Indische Oceaan zijn banen beschrijft.' Schwinn at het laatste stukje flan. Op de donkerblauwe achtergrond van het beeldscherm vormde zich uit kleine wolkenslierten langzaam de naam *Onyx*.

Alle mannen, behalve het keukenpersoneel, wisten dat de eedgenootschappelijke adviescolleges de afgelopen vijf jaar honderd miljoen frank hadden toegezegd om met Onyx proef te draaien. In kleine porties of verborgen in allerlei ondoor- zichtige financiële constructies.

De oogst van de afluisteracties, een gigantische berg gege- vens, vond via straalzenders en kabelverbindingen zijn weg naar Zimmerwald. Daar bevond zich het hart van het systeem: een modern veiligheidscomplex van de inlichtingendienst, dat van buitenaf de indruk van een haveloze boerenhoeve wekte en iets bezijden de bosrand stond. Vanuit Heimenschwand kon je de plaats ten zuidoosten van Bern in een klein uurtje met de auto bereiken. De centrale was 365 dagen per jaar bezet. Zo'n veertig mensen, de meeste van hen databasespecialisten, analyseerden de informatie. Men beperkte zich in hoofdzaak tot vijfduizend begrippen. De meerderheid van de bevolking kwam in de praktijk niet verder dan duizend woorden. Van de beoordeelde gegevens profiteerde in eerste instantie de Strategische Inlichtingendienst. De federale politie en andere politiediensten hadden in principe geen toegang tot het systeem. Zo stond het als uitvloeisel van het ficheschandaal* eind jaren tachtig in elk geval in de nieuwe wet op de handhaving van de binnenlandse veiligheid.

Het telefoontje uit Zimmerwald bereikte Konrad Schwinn de volgende dag, even na half negen 's avonds. Een kwartier later zat hij op de passagiersstoel van een witte VW Golf met Berns kenteken. De toegewezen bestuurder was een bleke man met dun haar. Hij droeg een grijze flanellen broek en een donkere trui.

'Ze hebben u weer eens nodig, hè?'

'Zou best kunnen,' mompelde Schwinn. Meer wilde hij niet kwijt. De man, met wie hij via een beveiligde van-punt-A-naar-punt-B-verbinding had gebeld, was divisiecommandant Kurt Heidegger, tweesterrengeneraal in het Zwitserse leger en commandant van de Leidingondersteuning Basis.

Schwinn had zijn inzet in het leger, de rekrutenopleiding en later de opleiding tot technisch onderofficier nooit zo serieus genomen. Ook de opfriscursussen die hij een keer per jaar volgde, waren eerder een soort vakantie voor hem; betaald door de overheid, een welkome onderbreking van de sleur van de ETH. Hij hield van de lieflijk glooiende heuvels van de Berner Voralpen. Ze leenden zich voor lange fietstochten en wandelingen waarbij hij zuurstof mocht opsnuiven en zijn gedachten in alle rust over het een of andere wiskundige probleem kon laten gaan. De bijna tweehonderd dienstdagen die

---

* Eind jaren tachtig werd onthuld dat de federale instanties van Zwitserland en de kantonale politieautoriteiten delen van de bevolking min of meer actief in de gaten hielden en over deze personen *fiches* aanlegden.

hij erop had zitten, vond hij meer dan genoeg. En vermoedelijk ontstond bij zijn superieuren het idee dat hij een betrokken mens was, wat absoluut niet klopte. Voor de tweeëndertigjarige technische onderofficier waren zijn werkzaamheden in het kader van de Eenheden voor Elektronische Oorlogvoering niet meer dan een soort spel. Scheten in het glas water dat Europa was, en voor de veiligheid op wereldniveau bijvoorbeeld net zo relevant als Heimenschwand voor het verenigd Europa.

Dat Kurt Heidegger de zaken anders zag, leek logisch. Met tweeduizend dienstdagen was de lol er wel af. En waarschijnlijk is het slechts een kwestie van tijd dat uit een maquette een aardbol ontstaat.

Het was de eerste keer dat ze Schwinn hadden gevraagd of hij écht Arabisch kon. In woord en geschrift. En het was ook de eerste keer dat hem het beklemmende gevoel bekroop dat het allemaal serieus was en dat de legerleiding zijn dossier uit-en-te-na kende.

De verwarming van de auto stond op de hoogste stand. Schwinn zweette; hij wreef zijn klamme handen over zijn bovenbenen en knieën. Net als de bestuurder droeg hij burgerkleding: jeans en sweatshirt – met daaroverheen een zwarte anorak. Het was een van de weinige voorzorgsmaatregelen die het allemaal gemakkelijker maakte en het zat nog lekker ook. Even overwoog hij het jack met de wollen voering uit te doen.

Zimmerwald was nog nergens te bekennen toen de auto een zijstraat insloeg en hotsebotsend de bosrand naderde.

'Hopen maar dat ze sneeuw hebben geruimd,' mompelde de bestuurder en wierp een blik op de temperatuurmeter. 'Min achttien, dan heb ik geen zin om met sneeuwkettingen te gaan klooien...'

De weg door het bos zou ook met zomerbanden te doen zijn geweest. De sneeuw was aan de kant geschoven en uit het vele houtstrooisel op de weg bleek dat men geen hoge pet ophad van de rijkunsten van de bezoekers. Op de kleine parkeerplaats die men in de sneeuw had vrijgemaakt, stonden vier auto's.

Drie ervan behoorden toe aan het leger. Dat zag je aan kleur en model: wit of beige, Kadett of Golf. Ernaast stond een donkere Mercedes. Vermoedelijk van een hoge pief van het ministerie van Defensie, dacht Schwinn.

'Ik had u graag voor de controle zelf afgezet,' zei de chauffeur en parkeerde de auto bij de andere auto's. 'We zullen ons een beetje koest houden, op dit tijdstip, anders denken de mensen uit het dorp nog dat de oorlog op uitbreken staat.' Na de motor te hebben uitgezet, viste hij van de achterbank een degelijke legerjas en een bergmuts. 'Laten we gaan.'

Vijftien minuten lang volgden ze de platgetreden sporen in de sneeuw.

4

'Je had Kurt Gloor moeten zien, gisteren,' monkelde Christoph Burri.

'Heb ik!' Eschenbach pakte twee goudgele plakken uit de broodrooster. 'Hoe die zijn vrouw behandelt... die strijder tegen onrecht.'

'Ze lag tussen je benen.'

'Óp mijn benen! Verdomme zeg.'

'Jullie waren straalbezopen!'

'Bofte hij even. Anders waren we misschien echt...'

'Juist ja.'

'Jíj hebt tegen me gezegd dat ik onder de mensen moet.'

'Maar toch niet zo...'

De beide vrienden stonden fris gedoucht en in witte ochtendjassen in Burri's modern ingerichte keuken.

'Eerst maak je met de vrouw van mijn belangrijkste gast drie flessen Château Angelus soldaat en als dank...' – Burri drukte zo hard op de hendel van de sinaasappelpers dat het sap eruit spoot – '...als dank zitten jullie op mijn bank te flikflooien. Terwijl iedereen het kan zien!'

'Ik dacht dat het er vier waren.'

'Vier wat?

'Flessen, bedoel ik.'

'Besef je eigenlijk wel wat je hebt aangericht... Ik bedoel, wat de gevolgen zijn?'

'Ik heb gedronken en geslapen. In die volgorde heeft dat zelden gevolgen.'

'Ik heb het over Gloor.'

'Die kalmeert wel weer.'

'Hij is anders wel wethouder.'

'Ook wethouders komen weer bij zinnen. Neem van mij aan, die zal zich niet laten kennen. Gloor is een geslepen hond. Hoe moet die nou met succes sociale politiek gaan bedrijven als hij niet eens weet hoe hij zijn eigen gezin bestieren moet?'

'Jij bent een linkse cynicus.'

'Nee, Christoph.' De commissaris beet in een plakje toast dat hij royaal met boter en honing had besmeerd. 'Ik ben een rechtse optimist. Soms een realist en bijna altijd een sentimentele klootzak.'

Ze gingen aan de grote eikenhouten tafel bij het raam zitten.

'Het heeft weer gesneeuwd,' zei Eschenbach met volle mond. 'Witte kerst... Dat is lang geleden.'

Burri porde lusteloos in een schaal met Bircher-muesli. 'Wie op jouw leeftijd nog sentimenteel is, heeft niets bijgeleerd.'

'Daar kan ik mee leven.'

'Je bent een leeghoofd.'

De commissaris bestudeerde het etiket op de pot honing: 'Miele del Ticino... Kom je nog altijd bij die imker uit Intragna?'

'Ja,' klonk het nurks.

'Christoph, je bent een schat...' De commissaris stond op en rekte zich uit. 'Dat jij een aan lager wal geraakte diender onderdak biedt... Echt, ik was nooit meer thuisgekomen.'

'Reken maar.'

'Hoe is Denise eigenlijk... Ik bedoel mevrouw Gloor?'

'Die hebben we met ons drieën naar de auto gesleept.'

Eschenbach lachte, pakte nog eens twee plakken uit de toaster en ging weer zitten.

'Haar man kookte inwendig,' zei Burri onheilspellend.

'Eigen schuld.' Eschenbach begon op z'n dooie gemak de plakken met honing en boter te besmeren. 'Je moet van je hart geen moordkuil maken... zeg jij altijd.'

Burri zweeg.

'Maar politici, die hebben dat niet... Die kropten alles op. *Keep smiling.*'

'Het is ook nog altijd een kwestie van fatsoen,' repliceerde de dokter.

'Een kwestie van stijl, zou ik zeggen.' Eschenbach zat tevreden te kauwen en keek naar de tuin. Op een houten paal stond een vogelhuisje met een strooien dak. Een troep mussen vocht om het voer. 'Vroeger zouden ze hebben geduelleerd, op de Sechseläutewiese bij zonsopgang...' De commissaris hoestte.

'Dan lag jij daar nu; met een gat in je borst.' Burri glimlachte venijnig.

'Onderschat mij niet, Christoph!'

'Je zegt het zelf: schieten ligt je niet... Alsjeblieft geen wapens.'

'Ik kies voor het floret!' Eschenbach haalde het honingmes langs zijn lippen. 'Licht, elegant en scherp... Touché!'

'Jij leeft in de verkeerde tijd, mannetje!' Burri onderdrukte een geeuw.

'Daarin heb je absoluut gelijk.'

Een moment lang zwegen ze allebei. Op de keukenradio stierven de laatste dreinerige klanken van een evergreen weg, waarna het nieuws volgde. Het was elf uur. Eschenbach vroeg zich af of men het incident bij Grieder zou noemen. Maar er kwam niets, behalve sneeuw: 'In grote delen van Zwitserland gaat het met kerst sneeuwen...' klonk het aan het slot van het weerbericht.

Burri stond op en begon af te ruimen.

'Waar ken jij die Gloor eigenlijk van?' Eschenbach liep naar de koelkast en zette de boter, kaas en melk weg.

'Ik zit als medisch specialist in een werkgroep van de partij... We werken af en toe samen.'

'Zit jij in de politiek?' Eschenbach inspecteerde de inhoud van de koelkast.

Burri maakte een afwerend gebaar. 'Het gaat om medische vraagstukken, om inhoudelijke zaken op het gebied van de geestelijke gezondheidszorg...'

'Vreselijke woorden: geestelijke gezondheidszorg!'

'Bovendien ben ik al meer dan tien jaar vertrouwensarts bij Sociale Zaken.'

'Dat wist ik niet,' zei Eschenbach.

'Een bijbaantje...' Burri aarzelde even. 'Artsen hebben het tegenwoordig lang niet meer zo breed als vroeger. Al die bezuinigingen... Dan zijn ook voor artsen relaties belangrijk.'

Eschenbach dacht na welke relaties voor hem belangrijk waren. Onvermijdelijk moest hij denken aan Corina en Kathrin en aan het feit dat die relatie niet meer bestond. 'Hm,' zei hij.

Burri drukte op de knop van de vaatwasser. Bijna geruisloos begon hij met zijn werk. 'Heb je nog kleren nodig?' vroeg hij.

'Ik trek mijn eigen kleren weer aan.' In gedachten staarde de commissaris naar de omrekentabel voor diabetici op de koelkast. 'Ik wist helemaal niet dat jij problemen met je suiker hebt.'

'Heb ik ook niet, hoezo?'

'Om dat daar.' Eschenbach wees met zijn kin naar het lijstje waarop de belangrijkste voedingsmiddelen op basis van het aantal koolhydraten stonden aangegeven. 'Ik ken het van mijn vader, die ouderdomsdiabetes had.'

'Ja, die is ook niet voor mij...' Zijn stem haperde even. Toen ging hij verder: 'Mijn moeder had suiker. En elke keer wanneer ze hier sliep, moest ik zorgen dat er zo'n tabel was.'

'Op die fiets.' Eschenbach was verbaasd. Hij was zelf op de begrafenis van Helene Burri geweest, vijf of zes jaar geleden. Christoph was er de man niet naar om oude meuk lang te bewaren. Bovendien oogde de tabel nog als nieuw.

'Moet je nou nog kleren hebben of niet?'

'Nee, dank je. Echt niet. Ik heb al te veel misbruik van je gastvrijheid gemaakt.'

Eschenbach nam de trap naar de logeerkamer en trok zijn kleren aan. Het overhemd had donkere vlekken. Het rook naar rode wijn en zweet, en een beetje naar Denise Gloor.

Na een vriendschappelijke omhelzing verliet de commissaris Burri's villa en bereikte na een kwartiertje lopen Bellevue. In de hele stad was het een drukte van belang. Geen wonder, het was zaterdag, 24 december, en de winkels waren nog tot vijf uur open. Op de Limmat-Quai krioelde het van de mensen; winkels en boetieks puilden uit. Uit de boekwinkel van Orell Füssli jengelde de eeuwig eendere versie van Mahalia Jacksons 'Silent

Night' en een paar stappen verder, bij restaurant Vorderer Sternen, bromde Ivan Rebroffs zware bas vanaf een binnenplaats. De zoektocht naar het allerlaatste cadeau had apocalyptische trekken aangenomen. Eschenbach glipte zo goed en zo kwaad als het ging langs de massa's richting Rathausbrücke. Telkens moest hij blijven staan omdat het vastliep of omdat hij door een hoestaanval werd getroffen. Voor de vijfhonderd meter tot Hotel zum Storchen, die hij op normale dagen in minder dan tien minuten zou hebben afgelegd, had hij nu een uur nodig.

Toen hij aan de laatste treden naar de deur van zijn appartement begon, had hij voor het eerst in zijn leven begrip voor de mensen die kerst een gruwel vonden, die het feest ontvluchtten en met een grote boog om opgetuigde kerstbomen heen liepen.

Waarschijnlijk was het de eenzaamheid, dacht hij; en dat je geen cadeaus meer kreeg, dat ook. Dat vreet aan je. De commissaris bleef staan. Een moment lang stond hij tussen twee verdiepingen op de fris geboende trap, hield zich vast aan de leuning en haalde diep adem. Het rook naar was en geurkaarsen. Toen hij verder wilde, knipte het licht uit. Eschenbach vloekte. De wereld lacht je uit als je ziek bent, dacht hij. Toen bewoog hij zich op de tast langs de muur omhoog, zocht met zijn voeten naar de treden en mat hun diepte. Ernstig rugletsel wordt meestal veroorzaakt door een val van de trap, had hij wel eens gelezen. En vooral bij oudere mensen. Met een 'klik' ging het licht weer aan. Leuke lichtjes langs de muren, de commissaris zag ze pas nu voor het eerst. Boven hem op de trap, die steil naar boven leidde, ontwaarde hij zijn dochter. De plompe zwarte schoenen, donkere spijkerbroek.

'Gaat het, papa?' riep ze.

'Jij hier?' Eschenbach vermande zich en klom verder. 'Het licht,' hijgde hij. 'Het is uitgegaan.'

'Ik heb het weer aangedaan.'

'Dank je.' Hij nam de laatste treden. Toen hij boven was aangekomen, stonden ze tegenover elkaar. Kathrin zag er anders uit. 'Wat doe jij hier? Ik bedoel...'

'Alsjeblieft.' Ze hield een klein, langwerpig pakje in haar uit-gestoken hand. Blauw papier en een rode strik. 'Vrolijk kerst-feest, papa!'

De commissaris liep op Kathrin toe en omhelsde haar. Zo bleven ze een tijdje zwijgend staan. Met zijn hand streek hij tel-kens weer door haar haar. Ze had het korter sinds de laatste keer dat hij haar had gezien. Er waren sindsdien twee maanden verstreken, schatte hij. 'Heb je je haar laten knippen?'

'En geverfd,' zei ze trots. 'Nou, hoe vind je het?' Terwijl ze zich van hem losmaakte, floepte het licht weer uit.

'Wacht...' een ogenblik later hoorde ze weer een klik. 'Ik weet nu waar de knop zit.'

Kathrins blonde lokken waren nu kort en zwart. Eschenbach keek er verbaasd naar. Dat hem dat niet meteen was opgeval-len. 'Mooi,' loog hij. 'Pittig en brutaal.'

'Vind je?' Ze keek hem ongelovig aan. 'Mama vindt het stom.'

'Tja.' Eschenbach haalde zijn schouders op. 'Smaken ver-schillen nu eenmaal.'

Ze knikte.

'Vooruit, we gaan naar binnen, voordat het licht weer uit-gaat.' Eschenbach opende de deur van zijn appartement.

'Ik moet zo meteen...' Ze keek op haar horloge.

'Neem in elk geval een cola,' bromde de commissaris. Hij had binnen het licht aangedaan en wilde net zijn jas ophangen.

'Echt, pap. Over twintig minuten gaat mijn trein.' Kathrin stond nu ook op de gang, de deur nog open. 'Mama wordt pissig.'

'We bellen haar op... en zeggen gewoon dat je de volgende trein neemt.'

'Heb ik al gedaan, papa. Gaat niet.'

'Onzin.' De commissaris zocht naar zijn telefoon.

'Echt, ik heb het haar beloofd...' Kathrins blik bleef hangen op Eschenbachs overhemd met de wijnvlekken. 'Wolfgangs ouders komen, en opa en oma ook. Die zijn er al. Je kent mama... Kerstavond is heilig voor haar. En morgenochtend vertrekken we voor een paar dagen naar de Engadin... Net als de laatste keer toen jij er nog bij was.' Ze zwaaide met het rood-blauwe pakje, dat ze nog altijd in haar hand had.

'Oké dan.' Eschenbach slikte. Hij moest eraan denken hoe mooi het altijd was, samen met Kathrin, Corina en haar ouders. Hoe mooi Corina de kerstboom had versierd en hoe ze lachten wanneer hij er bij het zingen voortdurend naast zat. 'Vind je Wolfgang eigenlijk leuk?' vroeg hij.

'Hij is aardig.'

'Dus aardig,' mompelde hij.

'En wanneer ik mijn eindexamen haal, krijg ik misschien een paard van hem, heeft hij gezegd.'

'O.' Eschenbach wilde nog iets zeggen, haalde zijn schouders op en liet het begaan.

'Je cadeautje, pap!' Ze stopte het in de zak van zijn overhemd. 'Hopelijk zijn het de goeie.'

'Jij bent voor mij de goeie, daar gaat het om,' zei hij en gaf haar ten afscheid een kus op het voorhoofd. 'En pas een beetje op jezelf, wil je?'

'Beloofd.' Ze stak haar duim op en liep naar de deur.

De deur van het appartement stond nog altijd open. Eschenbach had buiten het klikken van de lichtknop gehoord en Kathrins voetstappen. Doffe stevige stappen, die bij het afdalen steeds een tree oversloegen. Hij wachtte nog even en vroeg zich af of hij ook zou horen wanneer beneden op de begane grond de deur van de flat in het slot viel. Maar hij hoorde niets meer.

Eschenbach ging op de bank zitten, pakte een tijdschrift en bladerde erin. Na een tijdje merkte hij dat zijn ogen weliswaar de letters volgden, maar dat hij met zijn gedachten heel ergens anders was. 'Maak je geen zorgen, ik zal mijzelf niet meteen ophangen,' had hij telkens bezworen wanneer zijn vrienden hem voor de feestdagen wilden uitnodigen. 'Ik ben blij met die paar rustige dagen en ik ga veel lezen.'

Eschenbach legde het blad weg. Hij staarde naar de muur en vervolgens naar het zwarte glas van zijn tv. Even overwoog hij om toch nog naar Christian te gaan, naar Hotel Saratz in Pontresina. Of naar Georg in de Bourgogne, naar diens oude boerderij. Door het raam zag hij hoe het sneeuwde. Voor vandaag was het te laat.

Nadat hij een bad had genomen en drie uur had geslapen, voelde hij zich beter. Hij besloot om zich er verder niets van aan te trekken dat het kerstavond was. Hij deed alsof het een doorsnee dag was. En bovendien had hij een zaak: het geval met de Crazy Girl riep een hele reeks vragen op.

Met jas en muts verliet hij zijn woning.

Zo opgewonden als de stad er tussen de middag had uitgezien, zo rustig lag ze er 's avonds bij. Bij de Rennweg nam hij tramlijn 13, bleef zitten tot de Zwielplatz in de wijk Höngg en stapte uit. Op een stadsplattegrond bij het gemeentehuis zocht hij de straat waar Martin Zgraggen had gewoond. Hij was een halte te vroeg uitgestapt.

Er blies een koude wind. Eschenbach hoestte. Bijna een kwartier lang liep hij door lege straten. Hier en daar hoorde hij muziek uit geopende ramen of keek hij de auto's na die iemand hadden opgehaald of met gasten kwamen voorrijden.

De scène bij Grieder schoot hem weer te binnen. Hoewel de commissaris pas was gearriveerd toen de dode al was afgevoerd, zag hij nu de zwerver voor zijn geestesoog, zoals hij daar onder het poortgewelf had gelegen en met glazige ogen in het niets moet hebben gestaard.

Het was een verdomd slecht idee geweest om hierheen te gaan. Eschenbach kon zich de laatste keer niet heugen dat hij zich zo eenzaam had gevoeld.

Voor een woonblok met een pas geverfde, grijze gevel bleef hij staan. Voor de zekerheid keek hij nogmaals op het briefje met Zgraggens adres.

De paar treden die naar de ingang beneden en de brievenbus leidden, waren sneeuwvrij gemaakt en royaal met zout bestrooid. De treden glansden donker. In een bloemperk ernaast, onder een met sneeuw bedekte spar, flonkerde de kerstverlichting.

Mijnheer Pellegrini op de begane grond had een sleutel. De huismeester droeg een zwart pak met vlinderstrik. Op de achtergrond hoorde je geschreeuw van kinderen en een show op Rai Due.

'Gistermorgen nog heeft gebracht geschenken voor mijn kinderen, mijnheer Zagge.'

Eschenbach verzekerde Pellegrini dat hij het wel alleen afkon, en nam de lift naar de vierde etage.

De tweekamerflat was provisorisch ingericht: in een hoek op de gang stonden op elkaar gestapelde kisten met boeken; aan een kledingrek hingen schone overhemden en een stuk of vijf donkere pakken. Een ingeklapte strijkplank leunde tegen de muur in de woonkamer en in de slaapkamer stond een halfgemonteerde kast. Hoewel alles was opgeruimd, keurig op zijn plaats stond of opgestapeld lag, maakte de woning een verwaarloosde indruk: niets was af.

In de keuken stond een ordner met betaalde rekeningen. Alfabetisch gerangschikt. En op een plank lag een stapeltje van vijf doosjes met hetzelfde medicijn: *Prozac – it brightens up your mind!* las Eschenbach. De verpakking leek op die van een wasmiddel. Misschien dat Salvisberg van het Forensisch Instituut er iets mee kon, dacht Eschenbach, en deed een van de pakjes in zijn zak.

'Wanneer is mijnheer Zgraggen hier komen wonen?' wilde hij van de huismeester weten toen hij de sleutel terugbracht.

'Lang, lang...' zei deze en fronste zijn voorhoofd. 'Twee jaar. Misschien drie. Ik moet kijken gaan...'

'Laat maar.' De commissaris wuifde met zijn hand. 'We komen na kerst terug.'

'Buon Natale, commissario!'

'U ook een Buon Natale.' Eschenbach nam de paar treden naar de straat. De beelden van de Crazy Girl kwamen hem voor de geest; het bloed en de hele stinkboel. En 's ochtends had Zgraggen nog cadeautjes voor de kinderen meegebracht. Daar kon hij geen chocola van maken.

Misschien is het leven niets meer dan een provisorisch onderkomen.

5

'U bent dus de specialist voor Arabisch,' zei de man die zich aan Schwinn had voorgesteld als Thomas Rhym.

De Mercedes, dacht Schwinn, en schraapte zijn keel.

'Korporaal Schwinn is technisch onderofficier van een CEO-compagnie, gestationeerd in Heimenschwand,' preciseerde divisiecommandant Heidegger. 'En ja, de korporaal beheerst het Arabisch – in woord en geschrift.'

'Aha.' Rhym knikte. Zijn blik verried een mengeling van verbazing en nieuwsgierigheid.

'En hij was direct beschikbaar,' aldus de divisiecommandant, die de lichte irritatie op Rhyms gezicht had bespeurd.

'Zo is het,' zei Schwinn.

Na de korte begroeting bracht men hem naar een kleine, lichte ruimte. Het schrootjesplafond was wit geverfd en de grijze linoleumvloer was in gebouwen van het Zwitserse leger al tijden een klassieker. Tegen kale muren stonden tafels met krachtige computers. Vier bureaus met beeldschermen en een kleine vergadertafel telde Schwinn. Een operatiekamer voor data, dacht hij.

'Ik wil meteen ter zake komen,' zei Heidegger, toen ze aan tafel hadden plaatsgenomen. 'De evaluatie van de Onyx-data van de afgelopen vierentwintig uur heeft een document-output in het Arabisch opgeleverd die we u graag willen laten zien.'

Schwinn schrok even. Hoewel hij al vier jaar in Heimenschwand dienst had, hadden ze hem nog nooit naar Zimmerwald laten komen. Ging het echt om zijn kennis van het

Arabisch? Daar had de inlichtingendienst toch zijn eigen specialisten voor? Er klopte iets niet.

'Het zijn drie teksten die los van elkaar staan... Dat vermoeden we tenminste.' Heidegger schoof een veldgrijze map naar Schwinn. 'Hardcopy en datatape. U vindt alles in de documenten.'

'Gecodeerd?' vroeg Schwinn droogjes.

'Ja.'

'Een 128-bits codering, neem ik aan.'

'Ik zal open kaart spelen,' zei de korporaal en glimlachte. 'Sinds de jaren zeventig leveren wij onze cryptoapparatuur aan Arabische landen. En in het kader van een servicecontract plegen wij regelmatig onderhoud aan die dingen... Onze cryptoanalysten hadden dus niet echt veel omhanden.'

Rhym kuchte even.

Schwinn trok zijn wenkbrauwen op. 'Zo zit dat dus,' mompelde hij. Het was niets nieuws, geen geheim, dat hij zojuist had gehoord. Het Zwitserse Cobra AG met hoofdkantoor in Zug leverde behalve aan twaalf Arabische landen ook nog eens cryptoapparaten aan meer dan honderd andere landen. Ironisch genoeg ook aan de Amerikaanse NSA. Het leek erop dat de officieren inderdaad open kaart speelden en hem, de buitenstaander, met respect bejegenden. 'Met uw welnemen ga ik maar eens aan het werk.'

De beide mannen knikten.

Schwinn stond op, pakte de map en liep naar een bureau. Zijn opdrachtgevers sloegen hem met welwillende belangstelling gade. Terwijl het vertaalprogramma opstartte, bekeek hij de kopieën. Bovenop lag een bericht van het Egyptische ministerie van Buitenlandse Zaken over CIA-gevangenissen in Oost-Europa. Het tweede document was afkomstig van de Iraanse geheime dienst VEVAK. Het bevatte gedetailleerde informatie over Amerikaanse ondervragingen, en het derde vod was een sportverslag van de satellietzender Al-Jazeera.

Er rinkelde een mobieltje. Rhym greep naar zijn jaszak, excuseerde zich en verliet het vertrek.

Schwinn laadde de documenten en nam ze alinea na alinea

door. Plotseling bleven zijn ogen hangen aan de naam van een man die hij maar al te goed kende. Schwinn schrok. Even hield hij op met lezen. Nu niks laten merken, dacht hij, en las verder. Hij had het onbehaaglijke gevoel dat de divisiecommandant hem nauwlettend in de gaten hield. Wanneer het document in het Duits was vertaald, zou Heidegger in elk geval ook weten wie de man was van wie werd gezegd dat hij voor de CIA en zijn verhoormethoden psychotrope stoffen had ontwikkeld.

'Weet u zeker dat dit het originele document is?' Schwinn deed zijn best de vraag zo terloops mogelijk te stellen. Hij werd zich plotseling bewust van de impact van de zaak.

'Nee, dat is een kopie. Hoezo? Klopt het niet?' Heidegger fronste zijn voorhoofd.

Schwinn dacht krampachtig na wat hij moest doen. Misschien was de informatie vals en gold hetzelfde voor de documenten. In het uiterste geval kon hij de naam door een andere vervangen om tijd te winnen. Maar met Heidegger achter hem was dat lastig.

'Ik moet het origineel hebben,' zei Schwinn op besliste toon. 'Het gaat hier om de naam van een CIA-steunpunt bij Constanza aan de Zwarte Zee,' loog hij. 'Ik wil gewoon op safe spelen. Bij eigennamen luistert het heel nauw. Wanneer het systeem van twee punten een streepje maakt – en dat kan wel eens gebeuren – dan betekent het meteen iets heel anders. U weet toch dat het Arabisch...'

'Is al goed,' zei de divisiecommandant. 'U bent de specialist.'

Schwinn hoopte dat Heidegger er zelf achteraan zou gaan en een tijdje weg zou blijven. In plaats daarvan riep Heidegger er een van de officieren bij en vroeg hem de informatiedrager met het origineel te gaan halen.

Schwinn was nog maar nauwelijks met de divisiecommandant alleen, of Rhym was alweer terug. 'Waar gaat het precies om?' vroeg hij. Ze keken allebei belangstellend over Schwinns schouder.

Schwinn gaf een korte inleiding over de morfologie van het geschreven Arabisch. 'Een specifiek kenmerk van het Arabisch is het voorkomen van ligaturen.' Hij wees met een pen op het beeldscherm. 'Die verbinden verschillende letters tot één lettertype.' Terwijl hij praatte, brak Schwinn zich het hoofd over wat hij moest doen. 'Deze krulletjes noem je diacritica – ze worden alleen gebruikt wanneer er misverstanden kunnen ontstaan over hoe je een woord moet lezen. Er zijn in totaal acht van zulke diacritische tekens. Punten, streepjes, vogeltjes, voetjes, et cetera. Je zet ze boven of onder een woord.'

De officier verscheen met de datatape waarop het origineel stond. Het duurde even voordat het was ingelezen.

Nu loerden er zes paar ogen over Schwinns schouder mee. Het was onmogelijk iets aan de documenten te veranderen zonder dat het opviel.

Schwinns handpalmen waren vochtig geworden.

'Dat is reuze spannend,' zei Heidegger.

'Zeg dat wel.' Schwinn wreef zijn handen over zijn broek en pakte een potlood. 'Daar heb je het – ziet u?' Hij wees naar de tekst. 'Het moet *Mihail Kogalniceanu* zijn, dat is de naam van het steunpunt. Er is inderdaad een 'voetje' weggepoetst. Kan gebeuren.' Schwinn leunde achterover en zweeg een moment.

'Nu kunt u het dus vertalen,' zei Heidegger.

'Precies,' Rhym knikte. 'Jullie kunnen het wel alleen af...' Hij haalde een pakje Philip Morris uit zijn jaszak en verliet het vertrek.

'Oké, dan ga ik nu maar...' Schwinn hoopte dat Heidegger en de officier Rhym zouden volgen of tenminste zouden gaan zitten. Maar dat gebeurde niet.

Schwinn startte het programma voor Arabisch en liet de teksten er een voor een doorheen lopen. Daarna begon hij de ruwe versies in het Duits te bewerken. 'Ik heb misschien nog twee uur nodig,' zei hij.

'Prima,' bromde Heidegger. Hij beval de officier weg te gaan, terwijl hij zelf geïnteresseerd bleef toekijken hoe Schwinn aan de tekst schaafde.

'Dat sportverslag geloven we wel,' zei Heidegger, toen Schwinn uiteindelijk aan het derde document wilde beginnen. En resumerend voegde hij eraan toe: 'U hebt al met al maar veertig minuten nodig gehad.'

'Soms gaat het nu eenmaal sneller,' zei Schwinn. Op zijn voorhoofd zaten zweetdruppels.

Heidegger knikte en riep Rhym. Die kwam binnen met een envelop in zijn hand en gaf hem aan Schwinn. Beide mannen keken elkaar even aan.

'Dat was het dan,' zei Heidegger. 'In de envelop zit overigens een uitdraai van de documenten – van het Arabisch origineel en de vertaling ervan. We willen dat u er nog een keer goed naar kijkt, als controle. Als er iets niet klopt, geeft u dat dan aan. Vernietig ze daarna. Ze zijn als geheim geclassificeerd.'

'Akkoord,' zei Schwinn. Daarna verklaarde Heidegger de zaak voor beëindigd.

Vijf minuten later schreef Schwinn naam, rang, datum en tijdstip in het logboek en verliet het gebouw.

De motor van de auto draaide al toen hij bij de parkeerplaats kwam.

'Dat heeft even geduurd,' zei de chauffeur, nadat hij het portier voor hem had geopend.

'Oefeningen van de staf... Altijd hetzelfde.' Schwinn stapte in. Hij betwijfelde of de chauffeur werkelijk geloofde dat de Zwitserse generale staf op kerstavond oefeningen hield. Hij strekte zijn benen.

Zwijgend reden ze door het nachtelijke winterlandschap terug naar Heimenschwand. Schwinn merkte hoe de spanning in zijn lijf wegvloeide. In zijn hoofd buitelden de gebeurtenissen van de afgelopen uren over elkaar heen. Heidegger moest de naam hebben gezien, daar viel nauwelijks aan te twijfelen. Waarom had hij niets gezegd? Of had hij Heidegger daar uit zichzelf op moeten aanspreken? Verwachtte een tweesterrengeneraal van het Zwitserse leger dat? Was het een test? Hij maakte de envelop open. Maar die bevatte alleen de documenten, precies zoals Heidegger had gezegd. Natuurlijk zou hij ze nog een keer controleren, dacht Schwinn. Ook al wist hij zeker dat de vertaling klopte, hij had er geen goed gevoel over.

Voor het manschappenverblijf in Heimenschwand stopte de auto. Schwinn stapte uit en wilde het portier al dichtslaan toen de man achter het stuur nog iets naar hem riep: 'Vergeet uw map niet.'

Schwinn keek naar de dunne, veldgrijze ordonnansmap die de chauffeur hem aanreikte. 'Ik had er helemaal niet een bij me,' reageerde hij.

De man zocht met behulp van de binnenverlichting van de auto naar het naamplaatje. 'U hebt gelijk,' zei hij. 'Hij is van luitenant Meiendörfer. Die moet hem vanmiddag hebben laten liggen toen ik hem in Zimmerwald heb afgehaald.'

'Was die ook in Zimmerwald?' Schwinn keek ontstemd naar de chauffeur.

'Ja. Ze hebben daar waarschijnlijk te weinig mensen. Kan ik hem aan u meegeven?'

'Ik leg hem wel in zijn postvak,' zei Schwinn en nam de map mee. Hij keek op zijn horloge. 'Hij ligt vast al te slapen.'

'Misschien viert hij ook nog een feestje, want het is pas half een... Vrolijk kerstfeest trouwens.'

'Ja u ook, vrolijk kerstfeest!'

Het was precies zoals de chauffeur had vermoed. Gusti Kappeler van de wacht was de enige die niet vrij was en dienst had. Hij deed de toegangscontrole.

Op een draagbare dvd-speler die de soldaat voor zich op tafel had gezet, was een horrorfilm te zien. Een meute bloeddorstige honden scheurde net een jonge vrouw aan stukken.

Gusti Kappeler zette het geluid uit. 'De meesten zitten in de Rössli,' zei hij. 'Daar is waarschijnlijk het meest te doen.'

'Juist ja,' zei Schwinn. Hij noteerde zijn gegevens in het logboek, wenste Kappeler een goedenacht en liep naar de recreatieruimte. Uit een drankautomaat haalde hij een flesje mineraalwater, ging ermee aan een tafel zitten en dronk eruit.

De gebeurtenissen van vanavond bleven in zijn hoofd rondspoken. Was het echt toeval dat ze juist hem naar Zimmerwald hadden laten komen?

Vóór hem lag de map van Meiendörfer. Ze zagen er allemaal hetzelfde uit, die dingen. Hetzelfde geplastificeerde veldgrijs, met daarin dezelfde reglementen, dienstaanwijzingen en operationele plannen. Hij wist niet wat hem ertoe bracht de map te openen. Wanneer de *Berner Bund*, de *Blick* of om het even welk blad op tafel had gelegen, had hij het waarschijnlijk niet gedaan en in plaats daarvan de krant doorgebladerd.

Wat hij er naast de bekende documenten uit haalde, was een onderzoeksrapport over *proëtecine*. Schwinn trok zijn wenkbrauwen op. Wat moest dat hier? Hij bladerde erdoorheen, soms las hij een alinea. Proëtecine was de werktitel van een stof die zijn baas bij de ETH, professor Theophilius Winter, had ontwikkeld. Schwinn kende de proeven die ze in het onderzoekslab van de ETH hadden uitgevoerd. Tenslotte was hij zelf lid van de onderzoeksgroep en op deelgebieden zelfs verantwoordelijk geweest. Maar dit hier was een andere studie. En tot zijn verbazing had hij dit rapport nooit eerder gezien.

Konrad Schwinn keek op de klok. Hij pakte de bladen, die met een grote paperclip bijeen werden gehouden, en liep naar een van de drie werkruimtes. Daar joeg hij ze door het kopieerapparaat. Toen stopte hij het origineel weer terug en deponeerde de map in het postvak van eerste luitenant Meiendörfer.

En dat was geen minuut te laat, want vanuit de hal drongen stemmen tot hem door. Hij zou het rapport later wel lezen, dacht hij. In alle rust. Want iets klopte hier niet.

6

Het was 6 januari, Driekoningen – en in Zürich lag net als in Arosa sneeuw. Tussen sneeuwhopen door baanden trams zich een weg door de Bahnhofstrasse en in de winkels stonden de mensen te graaien in grote stapels hemden, broeken en jassen die je allemaal voor de halve prijs kon meenemen. En zo was de winter pas echt goed begonnen.

Tot in december was het heerlijk weer geweest, met droge straten en resten verkruimeld herfstblad. De föhn had de Alpen zo dicht bij de oever van het meer getoverd dat je ze bijna had kunnen aanraken – hier en daar klaagde men over hoofdpijn en reuma. Toen kwam de sneeuw: plotseling, meedogenloos en koud; even voor kerst was het begonnen en tot oud en nieuw was het blijven sneeuwen, alsof de winter wist dat de bedrijven in de stad in deze tijd onderbezet waren en niet op dit soort overvallen voorbereid.

De vips over wie de media normaliter berichtten, waren de stad uit en verbleven in de Engadin of op de Malediven. Dus deden ze maar verslag van het weer, de sprookjesachtige Märli-tram die op de Limmat-Quai was vastgelopen en kinderen die sneeuwpoppen maakten of schaatsten. Op de lokale televisie zag je hoe veegbedrijven niet in staat waren de witte vijand de baas te worden en in een speciale uitzending werd gedemonstreerd hoe je sneeuwschoenen en -stokken diende te gebruiken. Maar Zürich was en bleef wit.

'Ik word ziek van die kerstverlichting,' mompelde commissaris Eschenbach. Hij sloeg zijn kraag op en knipperde met zijn ogen bij de aanblik van een reeks neonbuizen die kaarsrecht boven het midden van de Bahnhofstrasse hingen. Het was kwart over vijf en hij was op weg naar het bureau. Toen schoot hem te binnen dat hij niets meer te roken had. Het was een fikse omweg naar Wagners Tabak-Lädeli aan de Weinplatz, maar dat was niet anders. Hij was er al jaren klant. De vriendelijkheid waarmee hij werd bejegend, was al even ouderwets als zijn loyaliteit aan dit hokkerige winkeltje.

'Nee, nee, nee!' Mevrouw Hintermann schudde uit alle macht haar hoofd en legde nog twee mapjes lucifers bij de Brissago's die de commissaris had gekocht. 'De sterrenhemel... Dat was toch zo mooi.' Ze sloeg haar ogen ten hemel.

'Romantisch,' zei Eschenbach.

'Ja, precies. Romantisch!' De vrouw met het roodgeverfde haar, bij wie Eschenbach al jarenlang cigarillo's kocht, straalde.

'Juist.' De commissaris slaakte een zucht van voldoening, liet zijn schouders zakken en merkte op: 'Dat is het nou net, mevrouw Hintermann. De romantiek gaat naar de barrebiesjes.'

Sinds vier weken hield de commissaris een privé-enquête: over de nieuwe kerstverlichting in de Bahnhofstrasse.

'...en bent ú blij met dat neongedoe in de straat?' Vrijwel zonder overgang plakte hij de zin aan elke begroeting vast. Het antwoord was een consequent 'nee' in combinatie met een hoofdschudden en een 'vreselijk' of 'erg'. Eschenbachs humeur klaarde op wanneer iemand kwaad 'Hoe konden ze dat nou doen!' riep. Als jurist constateerde hij daarmee dat hier van 'grove nalatigheid' sprake was, terwijl een 'Hadden ze nou maar...' alleen op de lichtere vorm van 'nalatigheid' wees. Het verschil zat hem in de strafmaat: boete of gevangenisstraf, dus bepaald geen kattenpis.

Eschenbach stapte langs de Limmat door enkelhoge sneeuw en frunnikte aan de cellofaanverpakking van zijn Brissago's. Bij Café Wühre legde hij aan. Staande dronk hij een espresso, rookte en bekeek de mensen. Overwegend jongere bankemployés die met een fles Corona in de hand hun werkdag uitluidden. Modieuze, donkere pakken en lichtroze of -groene stropdassen. Een paar beschermden hun zwartleren schoenen met lelijke grijze rubberoverschoenen. Eschenbach droeg bruine wandelschoenen met profiel. Een relict uit de tijd dat Bally nog een Zwitsers schoenenmerk was.

Van een tafel pakte hij de *Blick*, bladerde erin en pafte. Hij zocht naar de pitbull die hij op z'n laatst op pagina drie vermoedde: kwijlend en met opengesperde muil. Sinds een meute vechthonden in december vorig jaar een kleuterleidster had doodgebeten, was de bastaardterriër vaker in het boulevardblad te vinden dan Flavio Briatore. Eschenbach moest gapen. Hij was blij dat hij destijds zijn poot stijf had gehouden toen Kathrin met alle geweld een hond wilde hebben. 'Niet in de stad,' had hij gezegd. Hij zag zichzelf niet op de Paradeplatz met een plastic zakje hondendrollen van het plaveisel oprapen.

Alweer twee maanden woonden Kathrin en Corina op het land. Vlak bij Horgen, in een verbouwde boerderij. Nog altijd zonder hond, maar wel met Wolfgang. Hij had het liever andersom gezien.

Het was afgelopen herfst allemaal begonnen, met een reünie van de lagere school. In eerste instantie had Corina helemaal niet willen gaan. 'Wat moet ik daar?' had ze gezegd. 'De meeste mensen van mijn klas wonen er nog altijd: in Horgen! Hebben nooit een stap buiten het dorp gezet. Ik weet echt niet waar ik het met hen over moet hebben.' Het had sarcastisch geklonken en haar toon beviel Eschenbach niets. Bovendien vond hij haar redenering belachelijk: 'Het feit dat wij in Zürich wonen...' had hij gezegd en vol onbegrip zijn hoofd geschud. '...betekent nog niet dat wij wereldburgers zijn en zij niet!' Vervolgens had hij haar aangemoedigd om desondanks of juist daarom toch te gaan.

Het was Wolfgang, een oud schoolvriendje van Corina, inmiddels architect en man van de wereld, die haar op zijn boerderij had uitgenodigd. De rest is geschiedenis. En die kwam weer bij Eschenbach boven toen hij aan de bar stond en de pitbull op pagina drie van de *Blick* in z'n valse ogen keek.

De commissaris bestelde een dubbele Laphroig. Met kerst alleen thuis zijn was vreselijk, dacht hij. En dan ook nog met griep, gelukkig was het voorbij. De whisky sloeg hij in één keer achterover. Daarna betaalde hij en vertrok.

Het was half zeven en op de derde verdieping op het hoofdbureau aan de Kasernenstrasse was iedereen al weg. Eschenbach gooide zijn jas op de vergadertafel, overbrugde de paar meter naar zijn bureau en liet zich in zijn zwartleren stoel vallen. Er was niets wat hem aan deze plek bond en niets waardoor hij naar huis wilde. Hij zat gewoon te zitten, kruiste zijn armen in zijn nek en staarde uit het raam naar de duisternis. De stadswoning in de Wohllebgasse had hij aangehouden. Om Kathrin, had hij zich wijsgemaakt. En om Corina, had hij gehoopt. Maar er kwam geen mens. In de vier kamers voelde hij zich als een jas die twee maten te groot was – die van hem een schriel mannetje maakte en hem langzaam dreigde te smoren.

Het werk waarop hij zich tijdens de feestdagen had willen storten, liet hij grotendeels voor wat het was. En hij had Zgraggens vrouw, die op vakantie was in de Provence, telefonisch op de hoogte moeten brengen. Vóór hem lagen een paar aantekeningen over de schietpartij in de Crazy Girl. Het rapport had hij al rond oud en nieuw willen schrijven. Toen kwam het bericht dat mevrouw Zgraggen met een zenuwinzinking in de psychiatrische inrichting Burghölzli was opgenomen. Dat haar man zo'n daad zou hebben begaan, was voor haar gewoonweg niet te bevatten. En daarom had Eschenbach nog niet met haar kunnen spreken. Het liep allemaal niet zoals hij zich het had voorgesteld. Er restte hem niets anders dan te wachten.

Misschien had hij deze zaak onder andere omstandigheden allang aan een collega overgedaan. Het was een routineonderzoek, volgend op een menselijke tragedie. Het gevaar was geweken en over de vraag naar het waarom wilde hij al helemaal niet meer nadenken. Dat deden de psychiatrische instanties al voldoende, meestal samen met de familieleden van de slachtoffers. Maar echt afdoende antwoorden hadden zij evenmin.

Op de een of andere manier was hij blij dat de zaak nog niet gesloten was. Zo had hij tenminste een reden al die andere dingen die hij nog moest doen voor zich uit te schuiven: het jaarverslag voor de vrouw die zijn chef was en tot 10 januari op cursus was; de begroting voor de bespreking op de elfde en al die flauwekul die elke dag zijn postvak verstopte.

De aan hem persoonlijk gerichte brief waarin een zekere Benedikt Ramspeck schreef dat hij bang was dat zijn doggen eraan moesten geloven, gooide hij in Rosa Mazzoleni's postvak. Gevolgd door een stapel brieven van moeders die vanwege de vechthonden in hun wijk bezorgd waren dat hun kinderen iets zou overkomen. En dat kwam allemaal op zijn bordje terecht, bij de kantonale recherche – een hondenleven, dat was het! Maar zijn secretaresse zou bij het beantwoorden van deze brieven zeker de juiste woorden vinden.

Het had weinig gescheeld of Eschenbach had het grijze briefje over het hoofd gezien waarop Rosa in zijn afwezigheid de naam van een beller had genoteerd: Konrad Schwinn. Die naam zei hem niets.

'Is assistent-hoogleraar aan het Biochemisch Instituut van de ETH' stond er in zwierige groene letters onder. Een pijl wees naar een telefoonnummer in Zürich. De commissaris draaide het nummer.

'U bent verbonden met het instituut van professor Winter,' sprak een ingeblikte vrouwenstem. 'Wij zijn bereikbaar van maandag tot en met vrijdag van acht tot twaalf uur en van...'

Eschenbach legde neer. 'Ook goden zijn niet altijd bereikbaar,' mompelde hij.

Al meer dan honderdvijftig jaar troonde de ETH op de Zürichberg, in zijn stijlvolle jasje van Gottfried Semper. Met de ongenaakbare afstandelijkheid van de betweters leek ze de hele tijd op de stad neer te kijken en zich te verbazen. Het was een wereld op zich. Een wereld waarin één en één altijd twee komma nul was en zelfs cijfers achter de komma geschiedenis schreven. De politie had er niets te zoeken.

Een moment bleef de commissaris zitten en dacht na.

Hij herinnerde zich de krantenartikelen van drie jaar geleden, toen bekend werd dat Theophilius Winter van Stanford University aan de ETH was benoemd om de leerstoel biochemie te gaan bekleden – de kleine Theo, die tijdens gym op school nooit ook maar één bal wist te raken en over wie de

50

Neue Zürcher Zeitung schreef dat met hem een genie naar de stad aan de Limmat was teruggekeerd. Eschenbach plukte de halfopgerookte Brissago van de tafelrand, stak hem aan en staarde uit het raam naar de mist. Ergens achter die grauwsluier ging de koepel van de ETH schuil.

7

Konrad Schwinn was laat. Hij betrad het hoofdgebouw, beklom de trappen, waarbij hij telkens twee treden tegelijk nam, en bleef voor het Auditorium Maximum staan. Er was geen mens.

Op de deur hing een A4'tje:

De collegecyclus
DEPRESSIE – EEN ZIEKTE VAN ONZE TIJD?
is naar de aula verplaatst.

Docent:
Prof. dr. dr. h.c. Theophilius Winter,
gewoon hoogleraar in de biochemie aan de ETH Zürich

Schwinn rolde met zijn ogen. Wanneer de professor sprak, dan natuurlijk in de aula, waar goden en godinnen de wanden sierden. Dat verraste hem niet. Tenslotte kende hij Winter al bijna tien jaar. Al sinds de tijd dat ze elkaar in Stanford voor het eerst hadden ontmoet: de student en de professor. Nu deden ze gezamenlijk onderzoek aan de ETH: hij, de assistent-hoogleraar, en Winter, God zelf.

Terwijl Schwinn zijn weg naar boven vervolgde, dacht hij aan de ruzie die hij aan de telefoon met Winter had gehad. 'Koni, jongen,' had de professor gezegd. 'Laten we nou maar niet meteen naar de politie gaan.' Met 'Koni, jongen' begon altijd iets wat in een imperatief eindigde. Ook al had het mild, ja bijna toegeeflijk geklonken: Winters wil was wet. Maar ditmaal kwam de imperatief te laat. Schwinn had de politie al gebeld. Winter was ontploft toen hij het hem had verteld. Buiten zinnen had hij hem de huid vol gescholden en de hoorn erop gesmeten. Schwinn wist niet wat hij ermee aan moest. Tenslotte was er bij hem ingebroken.

Op 5 januari had zijn dienst in Heimenschwand erop gezeten en was hij naar Zürich teruggegaan. Bij thuiskomst bleek zijn voordeur te zijn geforceerd, alles was overhoopgehaald. Als dat geen reden was om de politie te bellen.

Een half uur later had Winter opnieuw gebeld en voorgesteld elkaar na het college te ontmoeten. Het merkwaardige onderzoeksrapport had Schwinn nog helemaal niet aangeroerd. Dat had hij bij zich, in een map. Het was de eigenlijke reden waarom hij de professor wilde zien.

Schwinn sloop de aula binnen.

De zaal zat tjokvol. Het rook er naar parfum en avondkleding. Sommige mensen stonden aan de zijkant en achterin bij de pilaren. De assistent-hoogleraar voegde zich bij twee studenten die tegen de achterwand leunden. Hij spiedde over de hoofden.

Zoals alle interdisciplinaire colleges trok ook dit college een breed en gemêleerd publiek. Er waren studenten uit alle studierichtingen, artsen en therapeuten, een paar journalisten en opvallend veel dames uit de hogere leeftijds- en inkomensklassen. Wat bezielde een dame van midden vijftig om bij nacht en ontij hierheen te komen? Haar eigen nacht? Schwinn dacht aan de omzetstatistiek van Prozac die Winter hem een keer had laten zien: vrouwen, vrouwen en nog eens vrouwen. Bijna driekwart.

De vertrouwde stem klonk via de luidsprekers uit alle hoeken: 'Mannen zijn hard tegen zichzelf...' De kleine man achter de lessenaar sprak helemaal uit zijn hoofd. Hij had niet eens een spiekbriefje in zijn hand. 'In plaats van zich te laten helpen, zuipen ze zich klem en op een gegeven moment schieten ze alles en iedereen overhoop. Dan zijn ze ook hard tegen alle anderen.'

Hier en daar klonk gelach.

'Er zijn helemaal niet zo veel psychiaters, therapeuten en zelfbenoemde handopleggers die luisteren naar wat niemand eigenlijk aan hen kwijt wil. De psyche... Dat is een gedachteconstructie, dames en heren.'

Schwinn zuchtte. Hij wist wat er zou komen.

Immanuel Kant. Een door een tijdgenoot gemaakte gravure van de denker straalde van de projector op het grote scherm. De volgende vijf minuten waren gereserveerd voor de *Kritiek van de zuivere rede.*

Schwinn haalde twee dichtgevouwen A4'tjes uit zijn zwartleren aktetas tevoorschijn. Bij Kant was hij er graag bij gaan zitten. Hij speurde nog eens om zich heen of er misschien toch nog ergens plaats was, maar hij had geen geluk.

Op de vellen stonden twee groepen letters, in verschillende kolommen schijnbaar willekeurig samengevoegd: PRBOS-SOSMGMGEURB, enzovoort. Cijfers zaten er niet bij. Op het eerste gezicht kon hij er geen logisch verband in ontdekken. Vermoedelijk gecodeerd, dacht Schwinn. Hij lette op dat niemand de lijst kon zien. De regels waren doorgenummerd van een tot en met achttien. In totaal waren het twee kantjes die als bijlage aan het rapport over de klinische test van proëtecine waren toegevoegd. Hij had al uren zitten broeden op de betekenis die achter deze merkwaardige lettercombinatie moest schuilgaan. Het was in elk geval niet een van de gangbare coderingsmethoden, want die kende hij. Er moest iets anders achter zitten.

Van opzij bekeek Schwinn het profiel van de mensen die ingespannen hun nek uitrekten of aandachtig – soms met gesloten ogen – het betoog volgden.

Met behulp van Kants zuivere rede stuurde Winter af op het onderwerp waar hij vanaf het begin naartoe had gewild. Naar de biologische psychiatrie: 'Kant maakt een onderscheid tussen de "wereld van de verschijnselen" en het "ding op zich". De mens kan alleen de wereld van de verschijnselen doorgronden. De dingen op zich – waartoe hij de vraag naar een god en het wezen van de ziel rekent – kan de mens weliswaar denken, maar niet herkennen. En dan zijn we weer bij de psyche... een zuivere gedachteconstructie. Neem van mij aan, dames en heren... het is slechts een kwestie van tijd tot de wetenschap zogenaamde psychische functies als zelfvertrouwen, discipline of ook het vermogen lief te hebben en intelligentie biologisch kan beïnvloeden.' Winter pauzeerde even en keek als een mata dor de zaal in. 'En wanneer ik over wetenschap spreek, dan bedoel ik natuurlijk de natuur- en niet de geesteswetenschappen.' Hij gaf de technicus die via een laptop de lichtbeelden aanstuurde een teken. 'Grauw is alle theorie...'

Het beeld van Immanuel Kant verkruimelde fraai op het scherm. Vervolgens verscheen een omzetstatistiek van de bekendste psychofarmaca.

'Laten we eens kijken naar de feiten... Laten we ons eens afvragen wat al die gespreks-, schilder- en gezinstherapieën opleveren.'

De omzetstatistiek liet zien dat de vraag naar antidepressiva in de afgelopen tien jaar met een factor vier was toegenomen.

'Waarom komen ze uiteindelijk allemaal bij ons terecht... bij fluvoxamine, paroxetine, sertraline, ludiomil en bij prozac? Ik vraag me af wanneer we eindelijk tegenover onszelf durven bekennen dat depressie, schizofrenie en verslavingen op een gestoorde functie in de hersenstofwisseling berusten.'

En toen stak Winter zijn gebruikelijke riedel af. En dat klonk goed. Voor elk probleem was er een oplossing.

Veel mensen in de zaal knikten instemmend. Waarschijnlijk familie, dacht Schwinn. Mensen die drugsverslaving en depressie alleen uit een indirect perspectief kenden. En er toch middenin zaten. Ouders, broers en zussen, en partners. Het leek alsof ze zich plotseling begrepen voelden, alsof ze het altijd al hadden geweten.

'Je moet je alleen wel laten helpen,' dreunde het uit de luidsprekers.

Dat de professor slechtgehumeurd was, merkte Schwinn aan de manier waarop hij na afloop vragen beantwoordde. Kort en zonder empathie. Al na een paar minuten keek Winter naar de rector magnificus. Hij tikte op zijn horloge en liet zijn collega zo weten dat het tijd was.

Er volgde een zalvend slot.

Op een vraag van een journalist, die diverse keren op het eenzijdige karakter van het betoog en Winters betrokkenheid bij de farmalobby had gewezen, reageerde de rector, zelf hoogleraar in de kernfysica: 'Het mag er hier dan wel uitzien als een kerk...' – met beide handen wees hij naar de rijke ornamentiek van de door Gottfried Semper ontworpen aula – '...toch zijn we als onderzoekers meer geïnteresseerd in oplossingen dan in geloofskwesties.'

Er klonk nog een keer een besmuikt gelach voordat de mensen opstonden en in een beschaafd gedrang naar de uitgang stroomden. Door de belofte van de professor was op veel gezichten vertrouwen en hoop te lezen.

Ook de godin Minerva zag vanaf een van de muurschilderingen voldaan toe.

Schwinn tuurde over de hoofden naar de lessenaar. Hij kon Winter niet zien. De kleine man was omringd door een hoop mensen. De burgemeester en zijn eega waren er, enkele professoren en Frank Hummer, bestuursvoorzitter van de grootste farmaceutische multinational van het land. Het kon nog wel even duren.

Konrad Schwinn wachtte geduldig.

'Laten we even naar mijn kantoor gaan,' zei Winter, toen iedereen eindelijk weg was. Hij zag er moe uit. Het vuur dat tijdens zijn hoorcollege nog zo gloedvol had gebrand leek te zijn gedoofd.

Zwijgend liepen ze door het trappenhuis en de verschillende gangen en betraden zijn werkkamer.

'Ze willen dat ik nog met hen ga eten.' De professor zuchtte. Ze gingen zitten.

Schwinn legde de proëtecine-studie op tafel. Daarnaast legde hij de opengevouwen lijsten met de letterbrij.

'Wat is dat?' De professor trok zijn wenkbrauwen op.

'Dat wilde ik net aan jou vragen, Theo.'

Winter pakte het rapport, bladerde erin, volkomen onaangedaan: 'Nou ja, als het om proëtecine gaat, dan moet het wel van ons zijn.'

'Dus niet,' zei Schwinn. 'Dat is het juist. Ik weet heel precies wat wij hebben gedaan. Het komt niet bij ons vandaan, neem dat van me aan.' Schwinn aarzelde even. 'Tenzij het zonder mijn medeweten is gebeurd.'

'Wat denk je nou helemaal?' De professor verhief zijn stem. 'Bij dit project gebeurt er niets buiten jou om. Dat is je hopelijk duidelijk. Meer valt er niet over te zeggen.'

Schwinn haalde zijn schouders op.

'Hoe kom je er eigenlijk aan?' wilde Winter weten. Hij keek op zijn horloge.

Opnieuw aarzelde de assistent. 'Ik mag... ik kan je dat niet vertellen, Theo.'

De professor rolde met zijn ogen. Daarna gaf hij het rapport aan Schwinn terug en merkte op: 'Hoe dan ook, ik heb geen idee uit welke dubieuze bronnen dat document afkomstig is. Mij zegt het in elk geval niets.'

Konrad Schwinn kon het maar moeilijk geloven. 'Zit Frank Hummer erachter?' vroeg hij aarzelend. 'Ik heb hem daarnet gezien... Zitten we soms op twee verschillende sporen? Je kunt het me rustig vertellen...'

'Nee, godallemachtig! Frank heeft er helemaal niks mee te maken.' De professor stond woedend op. 'Vergeet het, Koni! Concentreer je liever op onze studie. Tenslotte hebben we daarmee al genoeg problemen sinds we om het dierenwelzijn de proef met marmosets moesten staken.'

Schwinn stopte de papieren terug in de map en stond eveneens op. Zonder nog een woord te wisselen verlieten ze het kantoor.

De assistent werd van Winter niet veel wijs. Er was altijd een vertrouwensband tussen hen geweest, waarom zette Winter die nu op het spel? In de staat van opwinding waarin de professor momenteel verkeerde, kon hij hem onmogelijk nog op de tweede zaak aanspreken. Op het document dat hij in Zimmerwald had vertaald. En op het feit dat hij daarin Winters naam had ontdekt in relatie met biochemische stoffen die door agenten van de Amerikaanse geheime dienst tijdens verhoren werden gebruikt.

Terwijl ze de trappen af liepen naar de uitgang, keek Schwinn naar de kale muren, het ruwe beton waaraan in geen honderd jaar een schilderij had gehangen. Opeens had het matte grijs, dat van alle kanten de ruimte beheerste, iets vreemds.

8

De volgende ochtend lag er verse sneeuw. Niet zoveel dat je het sensationeel kon noemen of dat het de sneeuwruimende bedrijven voor nieuwe problemen had geplaatst. Het was een wit laagje dat het patina bedekte en wegen en trottoirs weer wit liet glanzen.

Eschenbach was vroeg uit de veren. Net als de voorgaande nachten had hij slecht geslapen, was telkens wakker geworden en rechtop geschoten. Hij was dwars in bed gaan liggen om de lege plek aan zijn zijde te vullen. En toen hij na twee of drie uur nogmaals wakker werd, lag hij weer op de plek waar hij altijd had gelegen. Op zíjn kant, naast Corina, die er niet was.

Rond half zes stond hij bij de aanlegsteiger bij Hotel Storchen en keek naar de Limmat. Aan de kant had zich ijs gevormd. Het had zich vastgezet aan de oude stenen van de muur, waagde zich een meter op het open water en werd doorzichtig als glas. Breekbaar. Eschenbach vroeg zich af of het meer binnenkort zou dichtvriezen als het zo koud zou blijven. Net als in 1963, toen dat voor het laatst gebeurde.

Op de terugweg ontdekte hij zijn eigen voetsporen, die hem midden op de Strehlgasse tegemoetkwamen. Eschenbach volgde ze in omgekeerde richting tot aan zijn voordeur. Daar vermengden ze zich met andere sporen: de naderende en de zich verwijderende stappen; samen met die van de krantenbezorger die in de tussentijd was langsgekomen.

'Instituut van professor Winter, met Juliet Ehrat. Wat kan ik voor u doen?'

Het was kwart over acht. De commissaris zat in zijn kantoor, hield de telefoon aan zijn oor en stelde zich net een Zwitserse versie van Juliette Binoche voor. Hij legde uit waarom hij belde.

'Ik moet u helaas teleurstellen, mijnheer Schwinn is op het moment niet aanwezig.'

'Verbindt u me dan alstublieft met professor Winter...' En voordat mevrouw Ehrat hem kon afwimpelen, voegde hij eraan toe: 'We kennen elkaar privé.'

Het duurde even. Op de lijn klonk krakerig Bachs *Wohltemperiertes Klavier*.

'De professor zit net aan de telefoon...' meldde de stem zich weer. 'Maar hij zei dat hij u graag wil ontmoeten. Morgen om tien uur. Dat zou mooi zijn.'

'Morgen?' mompelde de commissaris en zocht naar zijn agenda. 'Is het dan zo belangrijk?'

'Nee, integendeel. Van onze kant staat er niets gepland. De professor dacht alleen dat het mooi zou zijn wanneer hij u na zo lang weer eens kon ontmoeten. Voor een kop koffie... en als u wilt ook voor een stukje taart.'

Eschenbach vond de agenda. Hij diende als onderzetter voor twee mokkakopjes. Hij bladerde door de maand januari. 'Om tien uur dus...' Toen merkte hij dat hij de agenda van afgelopen jaar voor zich had.

'Houdt u van taart?' klonk het vriendelijk.

'Ja, natuurlijk...' Eschenbach probeerde een tweede blauwe boek onder een stapel dossiers vandaan te trekken. De stapel viel om. Politierapporten, vakantieplanningen en informatie over bezuinigingsmaatregelen verspreidden zich als herfstbladeren over de vloer. De commissaris vloekte.

'Stoor ik?' vroeg mevrouw Ehrat voorzichtig.

'Welnee, is prima. Ik kom. Het wordt wel een beetje... en anders bel ik wel weer.'

'Dat is mooi. Ik zal u bij de hoofdingang afhalen.'

Madame Ehrat bedankte nogmaals uiterst vriendelijk en Eschenbach hing op. Wat bewoog Theo in 's hemelsnaam om hem uit te nodigen? Koffie met taart, dat moest een grap zijn. Na al die jaren. Er zat vast meer achter.

Nadat hij de rest van de dag met het gebruikelijke kantoor-werk en telefoontjes had doorgebracht, met dingen die hij allang had moeten doen, ontmoette hij 's avonds zijn vrienden in de Schafskopf om te kaarten.

Hij had hem aardig hangen toen hij tegen enen thuiskwam. Maar toch kon hij de slaap niet vatten. Hij hing voor de tv en zapte tussen *Indiana Jones* en een opera-uitvoering van *Don Giovanni*. Eindelijk, tegen drieën, viel hij in een rusteloze slaap.

Op rubberlaarzen sloop hij door de keldergewelven van de ETH. De vertrekken waren volgens de stelling van Pythagoras ingericht: een rechthoekige driehoek en drie vierkanten. In het grootste vierkant lag Albert Einstein dood tussen twee eiken vaten. Ertegenover stond een groot wijnrek. Het eerste vak was leeg. In het tweede lag één fles, in het derde eveneens. In het vierde lagen er twee, dan drie, vijf, acht, dertien, eenentwintig flessen... 'De rij van Fibonacci!' De man die dat naar hem riep was zijn oude natuurkundeleraar, Marcel Bornand. Hij kroop uit een van de vaten en liep met een duimschroef op hem af: 'Hoe luidt de eerste wet van Newton?' Eschenbach keek om zich heen of hij Theo Winter kon ontdekken. De kleine Theo, die altijd naast hem had gezeten en alles wist... Toen klonk het schelle geluid van de schoolbel.

Eschenbach schrok wakker, zette de wekker uit en bleef met de herinneringen aan zijn schooltijd nog een tijdje liggen.

Theo was de kleinste van de klas geweest. Bleek, met krachte-loze, afhangende schouders en een brilletje waarvan het linker-glas mat was. Eschenbach had nooit begrepen waarom ze de goede kant afdekten; waarom de wereld alleen maar via zijn slechte, loensende oog bij hem mocht binnenkomen. Dat was vierenveertig jaar geleden geweest, op de Hegibach-school in Zürich.

Vanuit de school voor arbeiderskinderen waren ze er beiden in geslaagd op het gymnasium en later de universiteit te komen. De kleine Winter studeerde biochemie aan de ETH in Zürich; de lange, Eschenbach, rechten in Basel. Echte vrienden waren ze nooit geworden.

Vanaf zijn kantoor aan de Kasernenstrasse was het maar een klein stukje lopen naar het Central-plein en de Polybahn, die omhoogliep naar de ETH. Eschenbach nam de tijd. Voor een ommetje naar Sprüngli in het centraal station; voor twee harde bolletjes met boter en een sandwich met gehaktbrood. De kleren die hij droeg waren nieuw: de donkergrijze wollen jas met visgraatmotief en de bruine corduroy broek. Hij was tien kilo afgevallen sinds hij alleen woonde. Zijn oude kloffie had om hem heen geslobberd als om een vogelverschrikker. 'Je bent hard op weg een magere lat te worden,' had zijn vriend Gregor onder het kaarten tegen hem gezegd. Gregor was klein en gezet.

'U bent me het voorbeeld wel,' siste een jonge moeder. Ze stond achter hem op de stoep; met kinderwagen en een jongetje aan de hand.

Een taxi remde met piepende banden.

Pas nu merkte de commissaris dat hij midden op de kruising stond en het licht op rood stond. Betrapt bracht hij zijn hand met de sandwich omhoog en haastte zich naar de overkant.

Bij de Polybahn vergat hij een kaartje te kopen. Hij dacht er pas aan toen hij al in de cabine stond en het rode wagonnetje het smalle bruggedeelte bij de Seilergraben was gepasseerd. Zo kon het niet verder met hem, zoveel was duidelijk. Om hem heen stonden jonge mensen. Met afgetrapte gymschoenen en puntlaarzen. Daartussen een meisje met zwarte lakschoenen, een apothekeres in spe, schatte Eschenbach. Bijna vier minuten duurde het ritje door grijs, winters struikgewas de heuvel op. Puma en Adidas discussieerden over de eiwitverbinding van een specifieke griepvirusstam. De rest zweeg en keek naar de vloer of uit het raam.

Juliette Binoche zag eruit als Heidi. Ze had kort roodblond haar en een sportief figuur. Ze liep met een verende tred op hem af en stak haar hand uit: 'Ehrat,' klonk het vrolijk.

'Eschenbach.' De commissaris keek in een zelfbewust gezicht: zonder make-up, met een leuk neusje en zomersproeten. Hij schrok even. Wat hij zag was het op het oog perfecte evenbeeld van Judith, zijn grote jeugdliefde. 'Gelukkig haalt u me af,' zei hij, nadat hij zich had hersteld. 'Ik zou me geen raad weten in dit doolhof...' Hij wees op de verplaatsbare wanden waarop het leven van Albert Einstein werd verteld en op de installaties over de relativiteitstheorie.

'Mercedes heeft zijn ster, wij hebben Einstein.' Kennelijk haar standaardantwoord wanneer men haar aansprak op de natuurkundige met de warrige haardos. Ze liep voor hem uit en Eschenbach volgde het geklikklak van haar laarsjes, over trappen en slecht verlichte gangen. Hij dacht aan Judith. Aan zijn jaren met haar, meer dan dertig jaar geleden. En hij vroeg zich af waarom het destijds zo had moeten eindigen.

Het kantoor van de professor was een grote, bijna vierkante ruimte. En net als in het hoofdgebouw domineerden de kleuren van licht hout en ruw beton.

De kleine man achter het grote bureau stond op.

'Eschenbach, kerel,' riep hij door de kamer.

De commissaris wilde 'Hallo Theo' roepen, maar bleef steken bij een geïrriteerd 'Hallo'. Hoewel Eschenbach ruim twee hoofden groter was, was het niet meer de kleine Theo die tegenover hem stond. En dat lag niet aan zijn witte jas. Al meteen was hem Winters hoofd opgevallen: dat leek in vergelijking met de rest van het lichaam te groot, te massief, en in de donkere, enigszins uitpuilende ogen lag een onderzoekende blik.

'Laten we gaan zitten,' zei Winter en wees met zijn kin naar een ronde tafel met vier houten stoelen. Voor zover Eschenbach kon zien, was de tafel het enige ronde voorwerp in de kamer.

Juliet Ehrat bracht twee espresso's en een glazen karaf met leidingwater. Daarnaast zette ze twee glazen en een kleine worteltjestaart neer.

'Taart is er alleen door jou... Dat krijgen we anders nooit,' merkte Winter op.

Juliet glimlachte. 'Jullie zullen elkaar wel veel te vertellen hebben,' zei ze nog en sloot de deur.

En Winter vertelde. Na de jaren aan de ETH was hij met een beurs van het nationaal fonds naar de VS vertrokken om les te gaan geven aan Stanford University, in de biochemie; en naderhand was hij een grootheid geworden op het gebied van het onderzoek naar psychotrope stoffen. Hij vertelde over miljarden dollars aan onderzoeksgelden en liet doorschemeren dat de resultaten van zijn werk hem wellicht nog eens de Nobelprijs zouden opleveren.

Eschenbach dronk intussen zijn espresso en at driekwart van de worteltjestaart. Sinds zijn studietijd had hij niet meer op houten stoelen gezeten; zijn achterwerk deed pijn. Hij moest denken aan de wandeltochten die ze met school hadden gemaakt, naar de Bachtel of de Rigi, en aan Theo, die achteropraakte, samen met de leraar Latijn, die suiker had, of de vrouw van de klassenleraar, die medelijden met de kleine jongen had. En altijd weer kwam de gedachte aan Judith bij hem boven.

'En nu ben ik weer hier,' zei Winter, die zijn armen uitspreidde en grijnsde. 'Mijn alma mater. Godallemachtig, twintig Nobelprijzen heeft ze op haar geweten... voor scheikunde, geneeskunde en natuurkunde natuurlijk.' Zijn donkere ogen fonkelden.

'Bespaar me alsjeblieft de details,' zei de commissaris. 'Ik heb onlangs over Bornand gedroomd, dat vond ik al erg genoeg.'

Winter lachte. 'Weet je nog wat hij altijd tegen je zei? "Eschenbach, jij bent het levende bewijs van de eerste wet van Newton, te weten: het traagheidsprincipe."'

Nu moest ook de commissaris lachen. 'Ja, als het niet gaat, dan gaat het niet.'

'Zo ongeveer.'

'Scheikunde, natuurkunde... Dat is niet mijn pakkie-an.'

'Maar, maar...' De professor trok zijn borstelige wenkbrauwen op. 'Albert Einstein! Daar hou je toch wel van?'

Altijd weer die Einstein, dacht Eschenbach. 'Ik zag dat jullie met een tentoonstelling over hem bezig zijn.'

Tevreden speelde Winter met zijn zilveren balpen. 'Einstein onderwees hier theoretische natuurkunde van 1912 tot 1914, nadat hij hier net als ik had gestudeerd...'

'Ik weet het, Theo. Jullie zijn hier gewoon de grootsten...'

'En natuurlijk Wilhelm Conrad Röntgen,' vervolgde hij

onverstoorbaar. 'En Wolfgang Pauli! Dat leer je allemaal op het gymnasium! In theorie tenminste... want als ik bedenk wat de studenten tegenwoordig meebrengen. Of beter: niet meebrengen. Wij vervallen nog eens tot schoolse middelmaat, hier boven op de Zürichberg!' Hij haalde zijn hand met een energiek gebaar door zijn kortgeschoren haar. Een veld van zwarte en witte stoppels die zich vanuit het enorme voorhoofd naar achteren toe verdichtten.

'Ik ben een latinist,' repliceerde Eschenbach. 'En een jurist... maar als ik me niet vergis, ben ik gebeld door je assistent en niet door een Nobelprijswinnaar. Wat was er eigenlijk aan de hand?'

De kleine man lachte en maakte een wegwerpgebaar. 'Ach, die Koni... Dat was een beetje overhaast van hem. Maar zo is hij nu eenmaal.'

'Je kunt het daarom toch wel vertellen?'

'Hij meende dat er bij hem was ingebroken. Maar je kent de jongelui. Ze laten de deur openstaan, gaan op vakantie... en als ze thuiskomen denken ze dat er iemand binnen is geweest. De zaak is in elk geval opgelost.'

'Vanwege een inbraak heeft nog nooit iemand me gebeld.' Eschenbach vond de kwestie verdacht.

Winter stapte over op een ander onderwerp. Ze praatten over oude tijden. Eschenbach vertelde hoe hij na zijn studie bij de kantonale politie verzeild was geraakt.

'En wat is je specialisatie?'

Eschenbach strekte zijn benen. 'Zware criminaliteit.'

'Moord en doodslag dus.'

'Zo ongeveer, ja.'

'Dat zou niets voor mij zijn.' Winter schraapte zijn keel en keek op zijn horloge. 'Ik kan niet zonder het leven... Ook al speelt zich dat uitsluitend af in een reageerbuis.'

'Mocht je toch iets hebben, dan weet je waar je me kunt vinden.'

'Het stelt niks voor, wees gerust.' Winter stond op.

'Mevrouw Ehrat brengt je wel naar de uitgang als je wilt. Het is hier een kruip-door-sluip-door.'

Eschenbach verheugde zich al op de zomersproeten en knikte.

'En kom nog eens langs,' zei de professor nog. 'Ik vond het leuk je na zo veel tijd weer eens te zien.' Ze gaven elkaar een hand en Eschenbach verliet Winters werkkamer.

Madame Ehrat was er niet. Nergens een zomersproet te bekennen. Slechts de beschaafde geur van parfum hing in de lucht.

Eschenbach zocht de uitgang. Hij volgde de bordjes, die hem twee trappen naar beneden, vervolgens door een lange gang en ten slotte weer een halve verdieping naar boven stuurden. Eén groot doolhof van beton en hout. Het was bijna als in zijn droom. Plotseling stond hij voor een verlichte vitrine met opgezette vogels. De doordringende blik van een steenarend deed hem aan Winter denken. De commissaris vloekte en maakte rechtsomkeert. Zijn stappen echoden dof door de lange gang. Vanuit een van de gangen keek hij door een glazen wand in een fitnessruimte; een stuk of dertig jonge mensen zakten op de maat van de muziek door hun knieën en sloegen even later hun handen boven hun hoofd tegen elkaar. 'Een... twee... drie...' hijgde de akela voor de groep. In de derde rij herkende Eschenbach mevrouw Ehrat. Ze droeg een grijze slobberbroek en een rood topje. Haar kleine borsten deinden mee. De luide bas drong door het glas naar buiten en kietelde Eschenbach in zijn maagholte. Hij liep door. Er volgden diverse mededelingenborden, een loket waarboven in koeienletters het woord *Mobility* prijkte, en een boekwinkel. Toen stond hij voor de mensa.

Een pronte kantinemedewerkster uit het voormalige Oostblok hielp de commissaris aan een espresso: 'Daar krijgt u muntjes. De machine is hier, suiker daar.'

Eschenbach glimlachte schaapachtig en diepte een muntstuk van vijf frank op. 'Zou u mij niet...'

'Voor deze keer, omdat jij zo aardige mijnheer...' Ook zij glimlachte.

In deze omgeving, waarin jonge mensen met truien en laptops rond tafels zaten en de wereld opnieuw uitvonden, klonk 'aardige mijnheer' naar oud papier.

De commissaris nam het kartonnen bekertje aan, ging bij het raam zitten en recapituleerde het gesprek met Winter. Het was hem opgevallen dat de professor met geen woord over Judith had gerept. En hij zelf had niet de moed opgebracht om over Judith te beginnen. Sinds de kwestie van toen hadden ze geen woord meer met elkaar gewisseld. Er was ruim dertig jaar verstreken en ineens nodigde Theo hem uit om over niets anders dan onbenulligheden te babbelen. Eschenbach had een onbestemd gevoel. Was er werkelijk niets aan de hand, zoals de professor hem wilde doen geloven? Een assistent-hoogleraar op de ETH was per slot van rekening geen kleine jongen die gewoon de deur open liet staan en voor niets de politie belde. Hij zou die Konrad Schwinn vandaag of morgen eens bellen. De zaak begon hem te interesseren.

9

'De kliniek heeft zich gemeld,' zei Rosa, toen Eschenbach met sneeuw aan zijn schoenen en met opgezette kraag langs haar heen snelde, linea recta naar zijn bureau. 'Ze vertelden dat mevrouw Zgraggen inmiddels bezoek kan ontvangen.'

'O ja?' De commissaris keek naar zijn secretaresse: ze was begin veertig, had een stevig postuur en mooie donkere ogen. Haar korte zwarte haar glansde. 'Nou, dan ga ik wel.' Hij was in gedachten nog steeds bij Winter en had geen enkele aanvechting om nu naar het Burghölzli, de psychiatrische kliniek van de universiteit van Zürich, te gaan.

'Ik heb maar alvast een afspraak voor u gemaakt,' zei Rosa met een blik waaruit medelijden sprak. 'Vanmiddag om vier uur.' De bril, die ze alleen bij het schrijven of lezen ophad, bungelde aan een gouden kettinkje om haar hals.

Eschenbach zuchtte. Hij wist dat hij de gelegenheid te baat moest nemen. De bereidheid van doktoren om met een ondervraging in te stemmen, was al even wisselvallig als de toestand van de patiënte zelf. Morgen kon het allemaal weer anders zijn.

Het gesticht, of het Burghölzli, zoals de volksmond zei, lag op dezelfde heuvelrug als de ETH, iets meer naar het zuiden. Het herinnerde in zijn bouwstijl uit 1870 aan een grand hôtel uit die tijd.

Zowel de ene als de andere instelling had onderdak geboden aan beroemde namen: Friedrich Glauser of Albert Einsteins zoon Eduard.

De behandelmethoden verschilden echter aanzienlijk van die

welke de vakantiegasten in Sils Maria of Davos rond de eeuw-wisseling ten deel vielen: wie seksueel ongeremd, liederlijk, homoseksueel, vagebonderend, mismaakt of anderszins gedegenereerd leek (aldus de oorspronkelijke tekst uit 1892), werd gecastreerd of – daar het meestal vrouwen waren – gedwongen gesteriliseerd. Deze therapeutische methode van eugenetische origine, die voortbouwde op het gedachtegoed van de rassen-hygiëne, vond destijds een enorme bijval. Tot de pleitbezorgers van deze ideeën behoorden beroemde Zwitserse psychiaters en Burghölzli-directeuren als August Forel en Eugen en Manfred Bleuler. De gerenommeerde Zürichse zenuwinrichting was het kloppend hart van dit denken – ook nog na 1945.

Dat stond allemaal niet in de brochure die Eschenbach door-bladerde, terwijl hij op de arts van Maria Zgraggen wachtte. De commissaris kende de geschiedenis van het Burghölzli van een van zijn eerdere zaken; en net als toen ontstond er een gevoel van groeiend onbehagen.

'Niet langer dan een half uur,' merkte dr. Eberhard op. Hij praatte zo langzaam alsof hij de toegestane gesprekstijd het liefst helemaal zelf wilde vullen.

Door het raam in de kleine spreekkamer was een besneeuw-de boomgroep te zien. Mevrouw Zgraggen zat naar buiten te staren alsof ze haar verhaal alleen kwijt wilde aan de dennen en sparren, waarvan de takken onder het gewicht van de sneeuw tegen de grond werden gedrukt. Eschenbach hoefde geen psycholoog te zijn om te zien dat de wanhoopsdaad en de zelf-gekozen dood van haar man als een loodzware schuld op haar drukten.

'Had u nog veel contact met uw man?' vroeg hij. Eberhard en hij hadden plaatsgenomen aan de tafel waaraan mevrouw Zgraggen zat.

'Hij nam altijd weer contact met me op...' Maria Zgraggen keek hulpzoekend naar dr. Eberhard.

De arts knikte instemmend. 'Na de scheiding... en nadat Martin Zgraggen zichzelf telkens valse hoop had gegeven, liep hij tegen diverse ernstige affectieve stoornissen aan.'

'Depressies?'

'Inderdaad.'

'En was hij daarom in behandeling?' vroeg Eschenbach.

'Ja. In de drie jaar na de scheiding van het echtpaar Zgraggen heeft hij tweemaal een klinische therapie van twee weken ondergaan. Met daartussenin steeds opnieuw ambulante behandelingen en gesprekken.'

'En medicijnen?' Eschenbach zocht in zijn jas naar het doosje dat hij in de keuken van de dode had gevonden. Toen hij het niet kon vinden, voelde hij alle zakken na. Samen met een doosje Brissago's vond hij het ten slotte in een van zijn binnenzakken. Hij legde het medicijn op tafel. 'Prozac – dat zegt u toch wel iets?'

Dr. Eberhard fronste zijn voorhoofd. 'Waar hebt u dat vandaan?'

'Daar lag een hele stapel van in zijn woning.'

'Ik weet het niet...' De arts haalde zijn schouders op. 'Prozac, ja. Dat heb ik mijnheer Zgraggen destijds voorgeschreven. Maar...' De arts aarzelde even. 'Bij onze laatste gesprekken... Martin zei tegen me dat hij het niet meer nodig had. Hij maakte een stabiele indruk op me.'

'Als hij die doosjes niet van u had, hoe kon hij dan...'

'Via internet!' klonk het zonder aarzelen. 'Je kunt het spul bestellen als, als...' Dr. Eberhard zocht met zijn handen naar een vergelijking.

Eschenbach knikte. Zoiets had hij al gedacht.

'Als gummibeertjes!' kwam erachteraan.

Maria Zgraggen keek naar de grond.

Een tijd lang zei niemand een woord. Toen kuchte de arts: 'Het gebeurt altijd weer dat een patiënt bij ons de indruk wekt dat hij weer boven Jan is... dat hij de stijgende lijn te pakken heeft. Dat is het gevaarlijkste moment in een therapie. We weten nu dat een dergelijke omslag in iemands stemming ook andere redenen kan hebben: het besluit tot suïcide bijvoorbeeld of tot een daad van vergelding. Neemt de patiënt in alle stilte een dergelijk besluit, dan zal hij vanaf dat moment meestal door een gevoel van opluchting worden gedragen. Hij bereidt zijn daad voor en hij weet hoe het afloopt. Deze zekerheid straalt op hem af, en wij, zijn omgeving, interpreteren deze signalen op een heel andere wijze.'

Eschenbach dacht aan de geschenken voor de kinderen en aan de woorden van de huismeester.

'Ik zou nu graag willen stoppen,' zei dr. Eberhard met een blik op zijn patiënte.

Ze gingen staan.

Toen Eschenbach weer buiten stond, haalde hij diep adem. Hij had de indruk dat de mist enigszins was opgetrokken, dat de zon er misschien nog doorheen zou komen. Het was eenzelfde soort gevoel als na een wortelkanaalbehandeling bij de tandarts, nadat alles voorbij was en hij weer trek kreeg in een reep chocola.

Wat hij had gehoord was niets nieuws geweest. Het sloot min of meer naadloos aan op de uitlatingen van psychiaters bij justitie en politie, die ter verklaring van elke tragedie, al is die nog zo gruwelijk, achteraf en na de dood op de een of andere manier een plekje vonden in de menselijke ziel.

In de dagen erna voltooide Eschenbach het rapport over de zaak-Crazy Girl en probeerde hij het door het kanton opgelegde bezuinigingsprogramma van de jaarlijkse begroting van tafel te krijgen. Tussen de bedrijven door belde hij diverse keren met het instituut: Konrad Schwinn was er nooit.

'Ik weet met de beste wil van de wereld niet waar hij uithangt,' zei Juliet Ehrat. 'En als ik de professor erop aanspreek, geeft hij een ontwijkend antwoord.'

De commissaris bleef het desondanks proberen. Hoewel de assistent-hoogleraar niet opdook, werden de telefoontjes met mevrouw Ehrat steeds langer. Gingen de gesprekken in het begin nog over het weer, later kwam de gezamenlijke voorliefde voor jazz en lekker eten aan bod en betrapte Eschenbach zich erop dat hij stiekem hoopte dat Schwinn nog lang zoek zou blijven.

'De professor heeft gezegd dat ik u direct moet doorverbinden,' zei Juliet, toen hij het weer eens probeerde.

'Oké.' Zou ze de teleurstelling in zijn stem hebben gemerkt?

'Voordat je nog weer honderd keer belt...' zei Winter. 'Schwinn is weg. Verdwenen, spoorloos. En ik weet eerlijk gezegd ook niet wat ik daarvan moet vinden. Ik heb afgewacht... maar nu krijgt de zaak langzaam aan iets onheilspellends.'

Ze spraken om kwart over elf af. Voordat de commissaris zijn kantoor verliet, keek hij nog een keer onderzoekend in de spiegel in de wandkast en trok een grimas.

Met de taxi liet hij zich pal voor de ingang van het hoofdgebouw afzetten. Hij vond Winters kantoor nadat hij tweemaal de weg had gevraagd. Nu keek hij in het lege secretariaat.

'Ze is aan het fitnessen!' Winter lachte toen hij het vertrek betrad en de teleurstelling op Eschenbachs gezicht las. 'Zoals je ziet sta ik er helemaal alleen voor.'

Ze namen plaats aan de ronde vergadertafel in Winters kamer.

'Ik heb lang getwijfeld,' begon de professor. 'Maar dr. Sacher vond dat het ook discreet kon worden aangepakt.'

'O?' Eschenbach vroeg zich af waarom het hoofd van het politiedistrict van het kanton Zürich zich met de zaak bemoeide.

'Mevrouw Sacher is lid van de adviescommissie van de ETH. Ze weet van aanpakken. Ik heb met haar gesproken... Ze vond jou de meest geschikte man voor dit soort zaken.'

'Wat voor soort zaken, Theo? Het zou me een lief ding waard zijn wanneer ik iets meer zou weten. Assistent-hoogleraren verdwijnen doorgaans niet zomaar.'

'Ik zou je graag willen helpen... Helaas kan ik er ook geen wijs uit, eerlijk waar. We hebben overal naar gekeken: ouders, familie, vrienden...' En na een korte pauze voegde hij er nog aan toe: 'Als ik zeg spoorloos, dan bedoel ik ook spoorloos.'

Met Winter kwam hij geen steek verder, voelde Eschenbach. Tenminste, nu niet. De professor gaf hem een mapje met de belangrijkste informatie over de persoon Schwinn en benadrukte nogmaals hoe belangrijk het voor hem was dat de naspeuringen onder de dekmantel van de grootst mogelijk discretie plaatsvonden.

'Ik houd je op de hoogte,' zei Eschenbach voordat ze afscheid namen.

Onder het lopen bladerde de commissaris in de stukken. Misschien dat hij daarom opnieuw in dezelfde gangen verdwaalde waar hij al eerder was verdwaald. En net als de eerste keer stond hij opeens voor de mensa.

Met salade, braadworst en bier ging hij bij het raam zitten en nam de dossiers door: wanneer er werkelijk genieën bestaan – en de wereld was gemakkelijker te verdragen als je daarin geloofde – dan was Konrad Schwinn een van hen. In elk geval een kleintje: op zijn negende eerste prijzen bij 'De jonge onderzoekers', op zijn zestiende eindexamen. Studie biochemie aan de universiteiten van Teheran en Zürich; voortreffelijke referenties en een beurs van Hoffmann-La Roche in Basel. Daarna volgden studies in binnen- en buitenland: Cambridge en Stanford, alleen het beste van het beste.

Het waren niet de uitstekende prestaties en het 'summa cum laude' die de assistent-hoogleraar van Theophilius Winter schijnbaar achteloos had neergezet. Het was de foto waaraan de commissaris zich ergerde: de jongen was mooi; hij zou met zijn donkere, halflange lokken perfect in een van die tv-series hebben gepast waar zijn dochter zo mee wegliep.

Toen hij de boel had doorgenomen, stak Eschenbach een Brissago op en liet zich een moment lang meevoeren door de herinneringen aan zijn eigen schooltijd: hij was geen slechte leerling geweest. Misschien een beetje lui. Maar als het erop aankwam, had hij het altijd gered. Misschien kwam het gewoon omdat met eerste en tweede afgeleiden bij meisjes geen eer viel te behalen. De commissaris wist niet of hij nou wel of geen waardering voor Konrad Schwinn moest opbrengen.

'U mag hier niet roken,' fluisterde een vrouwenstem in zijn oor. Het was mevrouw Ehrat. Ze had haar hand op zijn schouder gelegd; in de andere had ze een beker met Bircher-muesli en een plastic lepel. 'Mag ik bij u komen zitten?'

De commissaris stond op en schoof een stoel aan. 'Zal ik een kop koffie voor ons halen?' vroeg hij.

'Liever thee.' En toen de commissaris al halverwege het buffet was, riep ze hem na: 'Groene, graag!'

Het was net één uur geweest en de mensa zat stampvol. De

commissaris wurmde zich langs een stelletje dat bij de koffie-machine met muntjes in de weer was. Uit de keuken klonk het gerinkel van vaatwerk en bij de kassa stond een rij studenten. Eschenbach ontwaarde de kleine stevige dame die hem al eens eerder met de espresso had geholpen. Ze zette verpakte porties salade in een vitrine. Met zijn charmantste glimlach liep hij op haar af.

'Kunt u me misschien nog een keer...' Tegelijk met zijn glimlach toverde hij een biljet van tien frank tevoorschijn.

De kantinemedewerkster knikte.

Een paar minuten later had ze alles keurig op een dienblad gezet. Lepeltjes, suiker, theezakje, melk.

'Hebt u hier soms relaties?' vroeg mevrouw Ehrat, die verrast was dat hij zo snel weer kwam aanzeilen. Ze had zich intussen op de Bircher-muesli gestort en hield haar hand voor haar halfvolle mond.

Eschenbach wist uit hun telefoongesprekken al dat Juliet Ehrat sinds drie jaar het secretariaat van de professor bestierde en over een handelsdiploma beschikte. Dat ze farmacie had gestudeerd en haar studie in het voorlaatste semester had afgebroken, was iets wat ze tot op heden voor hem had verzwegen: 'Ik ben een bijna-apothekeres met een zwak voor organisatorische zaken...' Ze keek hem verlegen aan en trok haar neus op. 'Maar ik voel me hier op mijn plaats,' benadrukte ze. Ze zei verschillende keren dat ze gewoon geluk had gehad met de baan. 'Al toen ik op gesprek kwam – de professor had nauwelijks tien minuten met me gesproken – vroeg hij me al of ik voor hem wilde werken. Hij hoefde helemaal niet veel van me te weten. Dat heb ik wel een beetje raar gevonden, vooral in een tijd waarin je met bijna-maar-net-niet niet meer ver komt.'

Eschenbach keek naar Juliet. Ze leek inderdaad als twee druppels water op Judith. Vermoedelijk was dat de reden geweest waarom Theo haar zonder veel plichtplegingen meteen had aangenomen. Het moet de herinnering aan Judith zijn geweest, dacht hij. Hij had graag tegen Juliet gezegd dat ze mooi was en dat het 'bijna-maar-net-niet' absoluut niet op haar sloeg, maar hij liet het erbij.

Ze gaf hoog op van haar baas, de professor, het team en de inspirerende sfeer aan de ETH.

'En Konrad Schwinn...' vroeg Eschenbach. 'Hoe is die?' Het was de commissaris opgevallen dat ze nooit over hem hadden gesproken.

'Koni?' Ze pauzeerde even. 'Om eerlijk te zijn, ik zou niet weten wat ik over hem zou kunnen vertellen...'

'Werkt hij niet samen met de professor? Ik bedoel, u moet elkaar toch kennen?'

'Dat is het hem net.' Ze veegde een pluk haar uit haar gezicht. 'Ik ken hem helemaal niet goed... Tja, wat zal ik zeggen?' Opnieuw een pauze. 'Koni is aardig... misschien zelfs aantrekkelijk.'

Eschenbach trok zijn wenkbrauwen op.

'Misschien is "aardig" niet het juiste woord... "Aardig maar gereserveerd" komt dichter in de buurt.'

'Is dat zo?' De commissaris keek in haar warme ogen. 'En wat houdt "aardig maar gereserveerd" in?'

'Ach, weet u...' Ze lachte verlegen. 'Er zijn mensen die de wereld indelen in mensen die wel en mensen die niet hebben gestudeerd: in een eerste en tweede categorie dus.'

'En Koni is zo iemand?' wilde Eschenbach weten.

'Ja.' Ze sloeg haar ogen neer. 'Voor hem ben ik niet meer dan dat typmiepje. Een secretaresse die zo af en toe zijn rapporten uittypt of telefoontjes pleegt.'

'Juist ja,' bromde de commissaris enigszins verlegen. 'U behoort voor mij tot de eerste categorie.'

Ze keek hem een moment zwijgend aan: met halfopen mond en zomersproeten onder lichte, vrolijke ogen.

Eschenbach, die vanwege zijn lompe opdringerigheid het liefst zijn tong had afgebeten, was blij dat het lawaai van de overvolle mensa de kleine stilte tussen hen overstemde. 'Zullen we?'

Ze stonden op.

Nadat ze afscheid van elkaar hadden genomen en Juliet met verende tred naar de trap was gelopen, zich nog eens had omgedraaid en even naar Eschenbach had gezwaaid, vergat de commissaris een moment lang Corina. Met een glimlach om zijn lippen verliet hij het hoofdgebouw van de ETH en betrapte zich erop dat hij een liedje neuriede: 'Raindrops keep falling on my head...'

Buiten hing een dikke mist. Op de korte route naar de Polybahn werd hij weer bevangen door de vochtige kou en merkte hij dat hij zijn jas in de mensa had laten liggen. Met een elegante zwaai maakte hij rechtsomkeert.

10

De volgende drie dagen verliepen rustig. De commissaris werkte zijn collega's bij de afdeling Vermiste personen op de zenuwen door dagelijks te bellen en te vragen hoe het er in de zaak-Konrad Schwinn mee stond. Hij betrapte zich erop dat hem 'die Schwinn' eigenlijk geen moer kon schelen, dat hij het alleen deed omdat hij een excuus zocht om mevrouw Ehrat te spreken. En soms hoopte hij stiekem dat zij contact met hem zou zoeken. Op een keer belde hij 's nachts met het instituut en luisterde naar haar ingeblikte stem: 'Maandag tot en met vrijdag van acht tot twaalf uur...' En opnieuw moest hij onwillekeurig aan Judith denken. Hoe eenzaam Eschenbach zich op dat moment ook voelde, hij kon zich goed verplaatsen in hoe zij zich indertijd moet hebben gevoeld.

Hij vroeg zich af hoe het met Corina ging, en met Kathrin, samen met die Wolfgang-de-architect. En toen hij door het hele gedoe de slaap niet kon vatten omdat het pijn deed – en omdat hij een sentimentele klootzak was – luisterde hij naar Daniel Barenboim, zoals die het derde notturno van Liszt aan de toetsen wist te ontlokken: 'O lieb, solang du lieben kannst.'

'Heeft er nog iemand voor me gebeld?' vroeg hij zijn secretaresse regelmatig.

Rosa had aanvankelijk geprikkeld op zijn altijd eendere vragen gereageerd. 'Ik noteer al uw telefoontjes,' placht ze gepikeerd te antwoorden. Maar na verloop van tijd merkte ze dat er iets niet klopte en werd haar toon milder.

Toen de commissaris haar er op deze morgen opnieuw naar vroeg, zei ze: 'Verwacht u iemand in het bijzonder?'

'Nee, nee,' loog Eschenbach en lette erop dat het luchtig klonk.

'Een paar dagen geleden, toen u van de ETH terugkwam...' zei Rosa met een schalks lachje, 'was u heel erg vrolijk.'

'Vindt u?'

'We werken alweer meer dan twaalf jaar samen,' zei ze. 'Sinds u deze toko runt.' Haar brede armgebaar onderstreepte haar Italiaanse afkomst. 'Ik zou wedden dat er een vrouw in het spel is.' Ze keek hem spiedend aan.

'U maakt er wat moois van.'

'Ja, ja,' knikte ze.

En daar lieten ze het bij.

De tijd was voortgekabbeld en plotseling moest er nog van alles worden gedaan. Eschenbach voelde zich gedwongen 's nachts door te werken, was tot zeven uur 's ochtends in de weer en stapte om half acht met de zojuist voltooide stukken naar de bespreking met zijn chef, Elisabeth Kobler.

De begroting, die nog in het oude jaar afgedaan had moeten worden, werd nogmaals besproken. Er werd acht procent gekort – dat was het. De commissaris had op tien gerekend, twaalf procent had hij ingecalculeerd.

Ongeschoren, maar vol goede moed was hij tegen elven terug in zijn kantoor.

'Moeten we nu gaan bezuinigen?' vroeg Rosa en trok haar wenkbrauwen op.

'Uw salaris moeten we schrappen,' riposteerde de commissaris op onheilspellende toon, 'maar u mag blijven.'

'Dan blijft alles dus bij het oude,' zei ze en zette een kopje espresso op zijn bureau. Zwart, zonder suiker.

'Zo is het, mevrouw Mazzoleni. Alles blijft bij het oude.' Eschenbach gaf haar de rapporten *Jaarplanning recherche* en *Strategische aanvalsplannen*, die hij met Kobler had besproken. 'Zijn allebei probleemloos goedgekeurd,' zei hij. 'Een paar wijzigingen maar... Ach, daar komt u wel uit.'

Nadat de commissaris het bovenste derde deel van zijn postberg had doorgenomen en de belangrijkste e-mails beantwoord,

volgde een ontmoeting met de commandant van de gemeentepolitie. In een marathonvergadering worstelden ze zich door de
veiligheidsconcepten voor de stad: van januari (Economisch
Wereldforum in Davos) tot mei (Dag van de Arbeid). De maanden juni tot en met december bewaarden ze voor een andere
keer. De afgelopen nacht was loodzwaar geweest. Op de terugweg kocht hij vier belegde broodjes bij Sprüngli, pakte thuis een
fles Primitivo uit het rek, zette de tv aan en ging op de bank zitten. Na 'Julia – Wege zum Glück' was de fles leeg. Hoe ze haar
geluk vond, zou hij niet kunnen navertellen. Hij probeerde de
Brunello, die hij voor een feestje had willen bewaren. Voor erbij
maakte hij een zakje pinda's open. Met beide kon hij het tot na
het journaal uitzingen. Daarna dommelde hij in en het hele
avondprogramma van het Erste Schweizer Fernsehen ging al
flakkerend ongemerkt aan hem voorbij.

Om half twaalf werd er gebeld. Dat ding moet een eeuwigheid hebben gerinkeld, dacht Eschenbach, toen hij het draadloze toestel eindelijk onder een stapel wasgoed had gevonden.

'Met brigadier Wälti,' zei een mannenstem. 'Spreek ik met
commissaris Eschenbach van de kantonale politie?'

'Ja.' Eschenbach liep naar de keuken en draaide de kraan
open. Toen Wälti zijn betoog een moment onderbrak, hield de
commissaris zijn hoofd onder de koude waterstraal. Hij onderdrukte een zucht.

'Bent u er nog?' vroeg de brigadier.

Haastig nam hij nog twee, drie slokken – hield vervolgens de
telefoon weer bij zijn oor en zei: 'Ja, ik kom...'

'Of moet ik iemand anders...'

'Nee, geen probleem.' Eschenbach greep naar zijn voorhoofd.
'Badi Tiefenbrunnen, zei u?'

'Nee, Letten!'

'Letten dus.' De commissaris herinnerde zich de ellende van
tien jaar geleden toen het Letten-gebied één groot drugspara-
dijs was. Daarna maakte hij een bruggetje: van zijn roes naar
de drugs en Letten. 'Bij het zwembad daar.'

'Ja,' zei de ambtenaar aan de andere kant van de lijn. 'Wij zijn
hier nog wel even. Haast u niet.'

'Dank u.' De commissaris beëindigde het gesprek en liep enigszins wankelend naar de badkamer. Een moment vroeg hij zich af waar hij het draadloze toestel zou neerleggen. Vroeger lag de telefoon altijd in de hal of op het nachtkastje – dat kon je ook onthouden als je een beetje aangeschoten was.

11

'Nee, ik ruik de alcohol niet,' zei de taxichauffeur.

'Echt niet?' Eschenbach had het hem al driemaal gevraagd. Telkens weer had hij zijn adem uitgeblazen in het gezicht van de man naast hem, die een Helly Hansen-jas droeg en geconcentreerd naar de besneeuwde rijbaan tuurde.

'Dan is het goed,' bromde de commissaris.

Er was nauwelijks verkeer op dit tijdstip. En het sneeuwde alweer. Niet hard en ook niet vlagerig. Maar je kon de vlokken onder de straatverlichting duidelijk zien, als een zwerm kleine witte muggen.

Bij het Central-plein reden ze over de Rudolf-Brun-Brücke in de richting van de Limmat-Quai. Eschenbach duwde zijn onderkaak naar voren en ademde uit in zijn hand. Hij probeerde zijn eigen adem te ruiken. Zijn tong was helemaal beslagen door de drie Fisherman-pastilles waarop hij onder het douchen en tijdens de taxirit had zitten sabbelen. En doordat hij zo stevig in zijn hand had geblazen, begonnen zijn ogen te tranen.

'Maar Badi Letten is in deze periode dicht,' zei de chauffeur, toen ze hun bestemming naderden. 'Hier is winter net als in Polen.' Hij praatte met een Slavisch accent.

'Dat weet ik,' bromde Eschenbach en keek op zijn horloge: 'Het is 12 januari, tien over twaalf.' En na een korte pauze voegde hij eraan toe: '13 januari dus.' Bijna was hij in de lach geschoten: vrijdag de dertiende – Badi Letten – even na middernacht. Hij kneep in zijn onderarm, om er zeker van te zijn dat hij niet droomde.

Drie dienstauto's van de politie stonden kriskras geparkeerd voor de badinrichting.

'Wat hier aan de hand?' wilde de taxichauffeur weten.

'Vrijdag de dertiende? Met jouw tanden in mijn nek.' De commissaris liet zijn hoektanden zien, bedankte de chauffeur en gaf hem een royale fooi.

Zes politiemensen, twee geliefden en een dode drenkeling, concludeerde Eschenbach, nadat brigadier Wälti hem uitgebreid had gebrieft.

Het jonge stel geloofde eerst dat de zak of de pij van de knecht van Sint-Nicolaas achter een houten badsteiger was blijven hangen. Pas toen ze 'het' uit het water wilden vissen, hadden ze gezien dat het om een mens ging.

Kurt Wälti, die het spoedtelefoontje had gekregen, was met zijn collega Fiona Jungo om ongeveer kwart over elf bij het zwembad gearriveerd. Daar hadden ze geprobeerd het lijk uit de ijskoude Limmat te tillen. Toen ze daarin niet slaagden, hadden ze via de politietelefoon Schaufelberger en Hänni op de hoogte gebracht, die vervolgens om 23.32 uur ter plaatse waren. Om 23.43 uur hadden Kunzelmann en Levi zich bij hen gevoegd; zij waren toevallig in de buurt geweest. Met vereende krachten was de bergingsoperatie gelukt.

Op de vlonder lag een halve meter sneeuw. Een breed sleepspoor liep van de trap, die naar het water leidde, door de sneeuw naar de dode. Een zwaargebouwd lichaam in spijkerbroek en zwarte anorak. Als een gevelde boom lag hij daar. Zijn kortgeschoren, bleke schedel stak maar nauwelijks af tegen de sneeuw, die aan zijn gezicht plakte en het lichaam als een piepschuimverpakking omhulde. Bloedvlekken waren niet te ontdekken, ook geen schrammen of wonden. Overal waren voetsporen.

Eén blik op het gelaat van de dode volstond voor de commissaris om vast te stellen dat het niet Konrad Schwinn was. De rest zou wel uit het forensisch-pathologisch onderzoek blijken. Even dacht de commissaris aan de mogelijkheid dat het weer om een dakloze zou gaan. Hij kon het niet zeggen.

Bij de zes politiemensen die bij de plaats delict stonden, met elkaar praatten of rookten en daarbij lichtgekleurde rookslierten de nacht in bliezen, hadden zich inmiddels ook nog drie mensen van de technische recherche gevoegd. Walter von Matt, de veteraan uit Bern, en twee assistenten.

'Hai, Äächi,' begrootte Von Matt de commissaris. 'Het loopt hier wel storm, zeg.'

'Weet ik,' zei Eschenbach. 'Eindelijk gebeurt er eens wat... en dan ben je blij dat je niet alleen bent.'

'Hoe dan ook, het zijn er te veel,' reageerde de slungeachtige Berner korzelig. 'Het lijkt de Jungfrau wel.'

Eschenbach lachte. 'Is goed.' En tegen brigadier Wälti, die naast hem stond, zei hij: 'U kunt vier mensen naar huis sturen. Ik denk dat we genoeg mankracht hebben.'

Wälti blies in zijn rode handen en knikte.

'En wanneer Von Matt hier klaar is, brengt u het lijk naar het Forensisch Instituut. Zou dat lukken?'

'Ja, doe ik.' De brigadier, die nog steeds in zijn vuisten blies, aarzelde een moment. Het leek alsof hij twijfelde of hij moest salueren. Toen stopte hij zijn handen in zijn zakken en wees met zijn kin in de richting van de dode. 'Zal ik hem met de auto...? Ik bedoel...'

'In 's hemelsnaam...' Eschenbach keek naar de brigadier, die hij nauwelijks vijfentwintig gaf. Naar zijn druppelende, rode neus en de vermoeide ogen, die uit smalle spleetjes glansden. De commissaris voelde dat de jonge man tegen zijn eigen grenzen was opgelopen. 'Laat de ambulance komen, die moeten het verder afwerken...' Eschenbach legde zijn arm om de schouders van de agent. 'U hebt het prima gedaan.'

Wälti sloeg zijn ogen neer. 'Ik heb nog geen ervaring met...' Hij trok zijn neus op.

'Met doden,' vulde Eschenbach aan.

'Ja.'

'Dat komt vanzelf.'

Even zwegen ze, stonden midden in de sporen van platgetrapte sneeuw en sloegen een moment de assistent van Von Matt gade, die foto's maakte, en keken toen naar de Limmat, die zwart en dreigend langs hen stroomde.

Om half drie was Eschenbach terug in zijn woning en twintig minuten later, na een hete douche te hebben genomen, viel hij in een diepe, droomloze slaap.

Toen hij wakker werd, was het buiten al licht. Het was de eerste keer sinds Corina hem had verlaten dat hij zes uur aan één stuk had geslapen.

Het ontbijt nam hij bij Sprüngli op de Paradeplatz. Hij at drie croissantjes en een broodje zalm. Ondanks een lichte hoofdpijn voelde hij zich kiplekker. Tussen drie espresso's door werkte hij zes telefoontjes af.

Toen hij Silvia Koeninger aan de telefoon had, was hij blij dat hij dit keer niet om Konrad Schwinn naar Vermiste personen had gebeld. 'U moet de foto's van het lijk allang hebben,' zei Eschenbach.

De jonge moeder die naast de commissaris zat en mee kon luisteren, trok de kinderwagen naar zich toe.

Eschenbach knikte haar geruststellend toe; vervolgens diepte hij – zijn mobieltje nog steeds aan het oor – zijn portemonnee met zijn legitimatie op uit zijn zak en legde het voor hem op tafel. 'Politie – ik doe u niets.'

De moeder monsterde zijn identiteitspasje argwanend.

'Bel anders Wälti,' zei hij in de telefoon. 'Brigadier Wälti – van bureau Seilergraben. Hij heeft de actie geleid.'

'Bent u...' De vrouw wees met haar vinger naar Eschenbach.

'Verdomme zeg, ja,' mopperde de commissaris en stond op. 'Ik moet hangen...' Hij wilde het gesprek al beëindigen, toen hij aan Von Matt moest denken. 'Of de TR. Bel die maar, zij hebben de foto's gemaakt.'

De commissaris pakte zijn jas van de stoelleuning, wurmde zich tussen tafel en kinderwagen door en liep naar de kassa. Onderweg toetste hij uit zijn hoofd het nummer van Walter von Matt in op zijn gsm.

Er werd opgenomen door iemand van een trimsalon.

De commissaris vloekte zachtjes en verbrak de verbinding. Terwijl hij in de rij stond en stapje voor stapje de kassa naderde, belde hij Rosa Mazzoleni. Hij had die klotefoto's nodig. In elk geval eentje, dacht hij. Voor de persconferentie 's middags.

'U bent aan de beurt,' zei de dame achter de kassa bits.

Eschenbach zocht zijn broekzakken af. 'Potverdriedubbeltjes,' mompelde hij. 'Ik heb toch...'

Een elegante vrouw in streepjespak drong zich langs hem heen en hield haar hand met een biljet van twintig frank erin in de richting van de kassa. 'Kunt u niet even...'

Eschenbach draaide zich om, keek spiedend naar de plaats bij het raam waar hij had gezeten. Daar zette een oudere dame met ruchesblouse en nette schort het serviesgoed op een dienblad.

'Stop,' riep hij en nam een run door het café.

De vrouw van de kinderwagen schoot in de benen en ging beschermend voor haar kroost staan.

Hij legde de dame nogmaals uit dat hij tot de goeien behoorde en dat hij alleen zijn portemonnee op tafel had laten liggen.

De vrouw met het dienblad had meegeluisterd en gaf hem zijn portemonnee. 'Alles zit er nog in,' zei ze.

De commissaris bedankte haar met een glimlach.

Toen Eschenbach op zijn werkkamer kwam, lag er een foto van het lijk op zijn tafel. Een bleke, hoekige schedel tegen een sneeuwwitte achtergrond. Geen lust voor het oog, en dan ook nog eens in tienvoud.

'Het kwam per e-mail,' zei Rosa. 'Ik heb hem voor u uitgeprint.' En na een korte pauze voegde ze eraan toe: 'Lijkt wel op een schilderij van Salvador Dalí.'

'Francis Bacon, zou ik zeggen.' De commissaris ging zitten, pakte de hoorn en toetste een nummer in.

Silvia Koeninger van Vermiste personen nam zelf op.

'Ik heb de foto's inmiddels,' zei ze. 'En u?'

'Ja, alles is binnen. Ze zaten bij een mailtje. Ik heb het eerst helemaal niet gezien.'

'Mooi zo.'

'We zijn bezig met een *check*... tot nog toe geen *positive fit*.'

'Oké,' zei Eschenbach. 'Dan geven we de foto vanmiddag aan de pers.'

'Ik denk niet dat we nog een *identification* krijgen,' meende Koeninger. 'De *run* is meteen klaar.'

'U kunt me anders altijd nog bellen.'

'Begrepen.'

De commissaris hing op en ontwaarde de brievenmap die Rosa de hele tijd voor zijn neus had gehouden.

'Niets belangrijks, maar wel dringend,' zei ze druk.

'Sinds ze daar een programma voor foto-identificatie hebben, moet alles in het Engels,' mompelde de commissaris en begon de stukken te tekenen.

'So what!' Rosa nam de map onder haar arm en liep naar de deur. 'O ja, voordat ik het vergeet.' Met een glimlach op haar lippen draaide ze zich om, hield haar hoofd schuin en zei: 'Ene mevrouw Ehrat wilde u spreken.'

'Was ze hier?' Eschenbach sperde zijn ogen open.

'Natuurlijk niet... Ze heeft gebeld, vanochtend.'

'En dat zegt u me nu pas? Mevrouw Mazzoleni!'

'Is het dan zo dringend?'

'Nee, dringend is het niet...' De commissaris draaide verlegen zijn potlood tussen zijn vingers rond. En toen Rosa zijn kamer had verlaten, riep hij haar luid achterna: 'Maar wel belangrijk!'

12

KOsNaReAIDb SiClHgWINaNa –

Konrad Schwinn zat voor zijn laptop en glimlachte. Hij had wel moeilijker codes ontrafeld. Maar deze was iets bijzonders; hij was ingenieus, bijna origineel. Aan de basis ervan lag het periodiek systeem van de chemische elementen.

K(alium) – Os(mium) – N(atrium) – Re (rhenium) – Al(uminium) – Db (dubnium), enzovoort. Het hele alfabet zat verborgen in deze in 1869 door Dmitri Mendelejev en Lothar Meyer ontworpen tabelstructuur.

Het bevreemdde Schwinn dat enkele elementen niet bij het coderingsproces werden gebruikt. In eerste instantie had hij aangenomen dat het alleen om gassen ging: waterstof (H), helium (He), stikstof (N), enzovoort. Maar de eerste indruk was misleidend. Chloor (Cl), bij kamertemperatuur eveneens een gas, was deel van het coderingssysteem. Schwinn zat lang te puzzelen, herschreef zijn programma en dacht na over het gebruik van de elementen.

Er bestond een vrijwel onafzienbaar aantal mogelijkheden om de elementen op basis van hun eigenschappen te ordenen. De covalente straal, de dichtheid, de oxidatiegetallen of de elektronegativiteit. Om gek van te worden.

Misschien zou iemand die helemaal niets van scheikunde wist in het voordeel zijn geweest. Wellicht was de bedenker helemaal geen scheikundige, tenminste niet iemand die ervoor had gestudeerd, dacht Schwinn.

De eenkamerwoning die hij tijdelijk had gehuurd, was aangeboden in een advertentie op een van de mededelingenborden van het Juridisch Instituut. De woning was van een ouderejaars studente die vier weken naar haar ouders in Florida ging en het geld goed kon gebruiken. Als assistent-hoogleraar aan de ETH was hij op haar even vertrouwenwekkend overgekomen als de paus. Zijn zeven concurrenten waren kansloos geweest. Bovendien moesten de kat en de bloemen worden verzorgd en dat vertrouwde ze hem kennelijk het meest toe.

Met het verzoek om geheimhouding en discretie had Schwinn de huur op duizend frank afgerond. Zijn vrouw had hem, zei hij, bedrogen en hij wilde even rust. De studente had hem vol compassie aangekeken. Met het zwijggeld had de toekomstige juriste geen probleem. Jammer eigenlijk.

Hoewel de woning slechts over een kleine oliekachel beschikte en het niet bijzonder warm was, zette Schwinn het raam open. Hij had behoefte aan frisse lucht. Op de kleine binnenplaats lag een halve meter sneeuw. Misschien ook wel een hele; van bovenaf was dat moeilijk te zien. De lucht was ijzig koud. Schwinn sloot het raam weer, liep naar de keuken en wachtte tot het theewater kookte.

De met ijs bedekte vensterbank en het dampende water in de ketel – plotseling kwam de gedachte bij hem op dat in verband met de code de aggregatietoestanden van de elementen wel eens een rol konden spelen. Want als de temperaturen maar laag genoeg waren, veranderden zelfs gassen in vaste stoffen.

Schwinn dacht aan de proef met de roos. Hij demonstreerde hem graag aan studenten in het eerste semester aan de ETH: hij dompelde een tere bloem in een vat met vloeibare lucht. Na een seconde was de bloem tot ijs gestold en waren de fluwelen blaadjes breekbaar geworden, als flinterdun, rood glas. Een fragiel geschenk voor het knapste meisje in de collegebanken. Meestal oogstte hij daarmee veel hilariteit en een verlegen glimlach.

Met deze glimlach voor ogen simuleerde Schwinn achter de computer het periodiek systeem bij verschillende temperaturen.

Natuurlijk zou hij met deze lumineuze ingeving de wereld niet veranderen. Niet zoals James Watson met de zijne. Bij het zien van een wenteltrap was bij hem het idee ontstaan van een dubbele helix. Samen met Francis Crick had hij als eerste de basisstructuur van het menselijk erfelijk materiaal, het DNA, ontrafeld. Ook was zijn vondst niet vergelijkbaar met de gloedvolle ideeën van Robert Wilhelm Bunsen; de vurige tongen van een haardvuur hadden hem op de moleculaire structuur van benzeen gebracht.

En toch: Schwinn had het elektriserende gevoel dat hij iets gevonden had wat er altijd al was geweest en waaraan desondanks nooit eerder aandacht was besteed. De thee in het kopje naast de laptop werd koud, en hij vond waarnaar hij zo lang had gezocht: het laatste stukje van de sleutel waarmee hij de code kon kraken.

Bij een kamertemperatuur van twintig graden was het element chloor (Cl) een gas, terwijl het bij een kookpunt van min 34,6 ºC, als de temperatuur dus maar laag genoeg was, vloeibaar werd. Schwinn rekende het periodiek systeem naar min 37 ºC om. Het werkte. De lichaamstemperatuur van de mens, maar dan onder nul, dat was de sleutel. De lijst vulde zich met persoons- en plaatsnamen.

Daar waar de gedecodeerde letters geen betekenis hadden, noteerde Schwinn het atoomnummer van het element in het periodiek systeem: dat resulteerde in getallen die de assistent-hoogleraar als postcode, lichaamsgewicht en toe te dienen hoeveelheid interpreteerde.

Het enige probleem was de nul. Die kwam als atoomnummer niet voor. Schwinn ontdekte echter al snel dat in plaats daarvan positie 100 in het periodiek systeem fungeerde. Zodoende had hij ook daarvoor de oplossing gevonden.

OFmFmH ZnUuuErbInClHg stond dan voor 8001 Zürich, het binnenste postcodegebied van de stad aan de Limmat.

Toen hij de lijsten had ontcijferd, was het vier uur in de ochtend. Schwinn was tevreden over zijn werk. Het resultaat was een reeks namen die hem niets zeiden: Pavel Navrilinka, Dragan Matjorewic, Ivan Petric... Vermoedelijk mensen uit het voormalige Oostblok, dacht hij. Uit de provincies van ex-Joegoslavië, uit Roemenië, Bulgarije en de Kaukasus. De namen waren niet allemaal even exotisch: Erich Hollenstein stond bijvoorbeeld op de lijst en Armin Gygax. Die namen zeiden hem al evenmin iets. Het geheel deed hem aan een willekeurige voetbalploeg denken. Waarschijnlijk zou je de namen ook allemaal bij de wijkvereniging van Zürich-Schwammendingen vinden of in de bouwketen op de grote bouwplaatsen. Maar waarom kwamen deze mensen voor op een lijst? Hadden ze iets met elkaar gemeen?

Wat hij miste waren volledige adressen. Straatnamen en huisnummers ontbraken, er waren alleen plaatsnamen met de bijbehorende postcode en stadsdistricten of kleinere plattelandsgemeenten. Zo kon hij de mensen niet lokaliseren.

De assistent-hoogleraar begon zijn zoektocht op internet; hij tikte de namen in de gangbare zoekmachines en elektronische telefoonboeken in. Hij vond niets. Even twijfelde hij of deze mensen wel bestonden. Had hij de code misschien toch onjuist geïnterpreteerd? Of was het een doodlopende weg waarin hij was vastgelopen?

Toen hij de lijst nogmaals doornam, zag hij het: achter de items verborg zich iets ontheemds, alsof iedereen afzonderlijk uit een groter geheel was weggeplukt. Het waren elementaire deeltjes – elementen zonder verbindingen. En het periodiek systeem was niet alleen de sleutel daartoe, maar als het ware een allegorie.

Konrad Schwinn lag lange tijd wakker en dacht over alles na. Wat verborg zich achter die lijst die hij in de bijlage van het proëtecine-rapport had gevonden, en vooral, wie was de schrijver ervan? Was het Meiendörfer zelf? Tenslotte had hij de studie in diens map gevonden. En ook al kenden ze elkaar van de ETH en waren ze elkaar ook later bij oefeningen in het kader van hun dienstplicht steeds weer tegengekomen: Schwinn wist nauwelijks iets over hem. Waar werkte hij eigenlijk? Voor een biochemicus lag het voor de hand dat hij bij een van de farmaceutische concerns in dienst was getreden. En te oordelen naar de heftigheid waarmee Winter op zijn opmerking had gereageerd, kon het heel goed zijn dat men achter zijn rug om met die lui samenwerkte. Met proëtecine zou je ooit veel geld kunnen verdienen, dat wist hij zeker. Met deze gedachte sliep hij in.

De volgende ochtend belde Schwinn met het onderzoekslaboratorium van de ETH in Schwerzenbach. Misschien dat ze daar iets van de geheimzinnige proeven wisten. Dr. Marc Chapuis, die er aan het hoofd stond, kende hij goed, maar hij kon hem niet bereiken. Chapuis was op een internationaal symposium, werd hem verteld, en zou pas over drie dagen terugkomen. Schwinn wilde geen afspraak maken. Dat was te riskant, dacht hij. Sinds het gesprek met Winter aan de ETH had hij niets meer van zich laten horen. Tegenover niemand. Waarschijnlijk waren ze al naar hem op zoek. Hij moest zich rechtstreeks met Chapuis in verbinding stellen.

In de resterende tijd zou hij uitvogelen wat de namen op de lijst te betekenen hadden. Maar waar moest hij beginnen? Hij kende iemand bij het federaal bureau voor emigratie. Misschien was dat een goed vertrekpunt.

13

'Mijn god, waarom nou juist Letten?' zei Elisabeth Kobler. 'Sinds we er de boel hebben schoongeveegd, floreert het er weer.' Het klonk alsof Kobler er zelf bij was geweest, in februari tien jaar geleden, toen men met traangas en rubberkogels de welig tierende drugsscene in de wijk Letten de nek om had gedraaid.

Eschenbach had zijn chef toevallig op de gang getroffen. Ze had hem uiterst hartelijk begroet – en ze was zeer te spreken geweest over het seminar voor kaderpersoneel op de Hasliberg, over de vele sneeuw en de kerstverlichting in de Bahnhofstrasse. Na een paar gezamenlijke passen waren ze de kamer van Kobler binnengegaan, waar Eschenbach zijn chef over de gebeurtenissen van de afgelopen nacht briefde.

Vijf minuten al was Kobler aan het woord over de vindplaats van het lijk, alsof er werelderfgoed op het spel stond.

'Er is daar een voor Zürich uitzonderlijke zomercultuur ontstaan,' zei ze. 'Geïmproviseerde bars, een barak met restaurant, muziek en openluchtbioscoop. Letten moet in Zürich school gaan maken.'

'Ik weet het,' zuchtte Eschenbach. De commissaris had een van de vergaderstoelen gepakt en was aan het bureau tegenover Kobler gaan zitten.

'En voor de natuur is het een oase. Wist u dat daar een zeer zeldzame hagedissensoort voorkomt?'

De commissaris dacht aan de halve meter sneeuw op de vlonder bij het zwembad en aan brigadier Wälti's rode neus.

'Hazelwormen en nachtegalen heb je er ook...' vervolgde Kobler. 'Stel je voor: nachtegalen!'

Eschenbach kon zijn lachen niet inhouden. Hij was niet bijzonder op Kobler gesteld; de samenwerking verliep vaak moeizaam en haar logica was zelden de zijne. Maar op momenten als dit – Kobler raakte door de nachtegalen de draad van het verhaal kwijt – vond hij haar iets aandoenlijks hebben.

'Waar waren we gebleven?'

'Bij de nachtegalen.' Eschenbach keek haar glunderend aan.

'Nee, ik bedoel...'

'Bij Letten,' hielp hij. 'Het lijk werd naar het Forensisch Instituut gebracht. Salvisberg bekijkt de zaak.'

Kobler knikte tevreden en er viel een korte stilte.

'O ja.' Eschenbach kuchte even. 'Er is nog wat...'

'En dat is?' De chef stak haar kin in de lucht.

'Die stageplaats...' Vol verwachting keek hij Kobler aan. Geen reactie. Zelfs geen wenkbrauw die werd opgetrokken. 'Die is toch geschrapt?' vervolgde hij.

'Dat was uw idee,' zei ze en veegde met haar hand over het opgeruimde bureaublad.

'Juist ja.' De commissaris glimlachte.

Weer viel er een korte pauze.

'En nu kunt u wel weer een stagiair gebruiken?' kwam het aarzelend uit haar mond.

'Nee, integendeel juist,' zei Eschenbach zachtjes. 'Ik wilde het alleen nog een keer horen, vanwege dat geval met Sacher.'

'Bedoelt u mevrouw Sacher, de minister van ons kanton?'

'Ja. Die Pestalozzi, die wij moeten opleiden. Die kan ik onmogelijk hebben...'

'Tobias Pestalozzi is een neef van minister Sacher,' zei Kobler gedecideerd. 'Ze heeft mij om deze gunst verzocht.'

Eschenbach snoof hoorbaar. Toen zei hij: 'Ik kan toch niet... Ik bedoel, volgens zijn referenties is die Pestalozzi totaal ongeschikt voor politiewerk.'

'Ach wat!' Kobler veegde opnieuw met haar hand over het bureau. 'U hebt al heel wat andere lummels opgeleid. Walter Kammermann, kent u die nog? Uw eerste stagiair... Die is tegenwoordig hoofdcommissaris in Zug! En Claudio Jagmetti, dat was in het begin een absolute ramp...'

Eschenbach moest lachen toen hij aan Claudio's vroegere escapades dacht.

'Juist! En nu maakt hij furore in Chur. Caviezel loopt met 'm weg.'

'Maar zij hadden talent,' bromde de commissaris. 'Dat waren ruwe diamanten, daar hoefde ik niet veel aan te doen...'

'Hou op, Eschenbach. U weet wel raad met dat soort jongens, u hebt een bijzondere band met hen. U zou van een balletdanser nog een goeie diender maken.'

Eschenbach haalde zijn schouders op en glimlachte: 'Maar Pestalozzi is een operazanger.'

'Hij heeft een artistieke inslag, best mogelijk,' repliceerde Kobler. 'Maar de studie aan het conservatorium is niet zijn ding.'

'De studie medicijnen die hij heeft afgebroken... en dat half jaar als bloemist? Was dat dan ook niet zijn ding?'

Nu moest Kobler glimlachen. 'Hebben we niet allemaal onze jeugdzonden?'

'Ik kan dat niet...' Eschenbach haalde zijn hand door het haar. 'Ik ben te oud voor zulke geintjes... en dan komt hij ook nog uit de hoogste kringen van Zürich! Ik bedoel, waarom moet zo iemand bij de politie?'

'Geef hem een kans, Eschenbach.'

De commissaris zuchtte.

'En dat met het budget, dat regel ik wel.' Kobler probeerde bemoedigend te lachen.

'Doe me dan maar een opleidingsbonus,' antwoordde de commissaris, maar vervolgens zei hij: 'Nou goed. Maar ik zie het somber in.'

De volgende dag nam Eschenbach in alle vroegte de kranten door. Dat deed hij zoals altijd in het Hiltl. Het restaurant stond bekend om zijn vegetarische keuken, groente en vruchtensappen, tofuschnitzels en gezonde salades. Eschenbach was verzot op de espresso, las de kranten, waarvan een uitgelezen selectie aanwezig was, en rookte.

Hij was niet verrast dat de dode van Letten de voorpagina's

niet had gehaald. De vechthonden en een portret van de nieuwe president waren te sterke concurrenten. In elk geval trof hij in alle kranten wel de foto van de dode aan – samen met een oproep voor getuigen.

Rond half negen verliet hij het Hiltl. Onder zijn voeten knerpte de sneeuw. Hij stak de Uraniastrasse over en slenterde langs de etalages naar de Löwenplatz. Af en toe bleef hij even staan, keek naar de etalages en dacht aan Corina. Ze hadden elkaar al weken niet gesproken. Ze hadden elkaar een kerstkaart gestuurd, meer niet. Misschien was het zo wel beter, dacht hij. Zou ze ook wel eens aan hem denken? Stiekem hoopte hij dat ze een keertje zou bellen. Maar dat deed ze niet. En omdat zij niets van zich liet horen, liet hij het er ook bij.

'veel voor weinig geld' stond er in koeienletters boven een keur aan handschoenen, petten, sjaals en truien. Een paar meter verder stond er in het Engels kortweg: 'sale'. Eschenbach vroeg zich af of de Engelsen wisten wat het woord in het Frans betekende. Hij deed z'n best om 'opruiming' in de vier landstalen te vertalen. Bij het Reto-Romaans moest hij passen; het Italiaanse 'saldi' vond hij in een boetiek verderop. Alle aantrekkelijke aanbiedingen ten spijt kocht Eschenbach niets. Hij had alles en wat hij niet had, was niet te vinden.

Toen hij om ongeveer negen uur in zijn kantoor kwam, zat er een slungelige jongeman met halflang, blond haar naast Rosa Mazzoleni aan het bureau. Ze praatten Italiaans met elkaar.

Een verlate engel Gabriël, dacht Eschenbach, en baste: 'Goedemorgen!'

De jongeman kromp ineen en Rosa lachte: 'Buon Giorno, chef,' zei ze. 'Dit is trouwens mijnheer Pestalozzi, hij spreekt uitstekend Italiaans!'

'Pestalozzi,' liet hij zich ontvallen, 'de operazanger.'

De blonde jongeman stond op, glimlachte verlegen en stak zijn hand uit: 'Tobias Pestalozzi.'

'Eschenbach,' zei de commissaris en onderstreepte zijn groet met een stevige handdruk. 'Ik had u niet zo vroeg verwacht.'

'Mijn tante, mevrouw Sacher… Ze zei dat ik me direct bij u moest melden.'

'Prima. Mevrouw Mazzoleni zal een werkplek voor u gereed-maken, dan zien we wel verder.'

'Die werkplek hebben we al, chef,' zei Rosa.

'Dat is dan helemaal mooi,' bromde de commissaris en verdween zonder een woord te zeggen in zijn kantoor. Nadat hij zijn jas met een grote boog op de vergadertafel had gegooid, achter zijn bureau had plaatsgenomen en in zichzelf tot acht had geteld, drukte hij op de knop van de intercom en riep in het apparaat: 'Mevrouw Mazzoleni, komt u even?'

Rosa nam de tijd. Zo veel tijd dat Eschenbach tot honderd-tien verder had kunnen tellen.

'Mevrouw Mazzoleni,' bulderde de commissaris, waarbij hij zo stevig op de knop van de intercom drukte, dat die in de behuizing bleef steken.

'Ik kom,' klonk het zalvend van verre.

Toen Rosa eindelijk kwam, zat de knop nog steeds vast. De commissaris vloekte.

'Ik weet het, u mag hem niet, chef,' zei Rosa, toen ze de deur had dichtgedaan.

'Ach wat!' Eschenbach sloeg het apparaat met de vastzitten-de knop op het bureaublad. 'Het maakt geen ene moer uit of ik hem mag of niet.'

'Wat is er aan de hand?' vroeg Rosa. 'En wat is daar de bedoe-ling van?' Ze wees op de intercom.

'Die kloteknop zit vast…' De commissaris trok aan zijn haar. 'Wat een idiote vooroorlogse constructie! In plaats van ons van moderne middelen te voorzien, zadelen ze ons op met teno-ren… Het is een gekkenhuis, mevrouw Mazzoleni!'

'Ma dai,' zei Rosa en hield haar wijsvinger voor haar mond.

'Wilt u zeggen dat hij nog altijd…' Eschenbach, tot wie het langzaam doordrong dat zijn getier linea recta naar Mazzo-leni's werkplek werd doorgestuurd, wees met zijn kin naar de deur.

Rosa knikte. 'Ja, hij is er nog.' En na een korte pauze merkte ze op: 'Hij is overigens geen tenor, maar een bariton.'

'Interesseert me geen sier,' siste Eschenbach zachtjes. En na een korte pauze voegde hij er mismoedig aan toe: 'Nu moet ik al tussen mijn eigen vier muren fluisteren.' Hij pakte een schaar om het snoer van de intercom door te knippen.

'Nee!' riep Rosa. 'Wacht...' Ze liep naar de vergadertafel, pakte Eschenbachs winterjas en wikkelde het apparaat erin.

'Maffiamethoden,' foeterde de commissaris.

'Ik laat iemand komen die het maakt,' zei ze kalmerend. 'En ik let ook wel een beetje op signore Pestalozzi.'

'Daar gaat het toch niet om.' Eschenbach steunde zijn hoofd in beide handen. 'Ik ga niet het kindermeisje uithangen voor die Sacher...'

'Geef hem in elk geval tijd tot de zomervakantie,' zei Rosa.

'Hij krijgt een maand, maximaal!'

'Mooi,' klonk het opgelucht. 'Een maand.'

'Afgesproken – en dan is-ie weg,' sloeg Eschenbach toe.

'Alleen als hij er niets van bakt,' zei Rosa.

'Mij best.' De commissaris snoof berustend.

14

'Voor die man is het einde oefening!' Het was de stem van Salvisberg, die hem 's middags even voor drieën had gebeld. Salvisberg was gerechtelijk patholoog-anatoom en stond erom bekend dat hij geen overhaaste conclusies trok. 'Op z'n vroegst overmorgen om een uur of twaalf,' ging hij verder. 'Dan hebben we de eerste resultaten.'

'En het tijdstip van overlijden? Heb je al een idee?'

'Lastig.' De patholoog zuchtte. 'Hij heeft misschien twee tot drie dagen in het water gelegen. We zijn ermee bezig.'

'Is hij verdronken?' wilde Eschenbach weten.

'Verdrinken is een verhaal op zich,' begon Salvisberg uit te leggen. 'Wanneer iemand verdrinkt, vinden we doorgaans diatomeeën in de hersenen, het beenmerg, de nieren, et cetera.'

'En dat hebben jullie niet gevonden?' vroeg de commissaris om het gesprek kort te sluiten. Salvisberg had hem dat al ontelbare keren uitgelegd.

'Diatomeeën zijn micro-organismen, kiezelwieren, insectenlarven en dat soort spul... Wanneer iemand nog leeft en zijn hart nog klopt terwijl hij verdrinkt, dan dringen die door het longvlies de bloedsomloop binnen...'

Eschenbach zocht in zijn bureaula naar een doosje cigarillo's.

'Die worden als het ware door de bloedsomloop gepompt,' betoogde Salvisberg.

'En dat hebben jullie dus gevonden?'

'Nee, juist niet.'

'Dan was hij dus al dood toen hij in het water terechtkwam,' zei de commissaris en glimlachte. Hij dacht het raadsel dat

Salvisberg had opgegeven te hebben opgelost; bovendien had hij in het pennenvakje nog een Brissago gevonden en stak die op.

'Nee, jongen, zo is het ook niet.' Er klonk een combinatie van hoesten en lachen.

'Je rookt te veel,' zei Eschenbach en trok aan zijn cigarillo.

'Dat moet jij zeggen.'

'Nou, vooruit met de geit. Hoe staat het ervoor?'

'Er zitten wat minuscule modderdeeltjes in de bronchiën... Bovendien had hij zijn handen tot vuisten gebald. Dat duidt erop dat hij in het water nog heeft geleefd. Weliswaar heel kort, maar leven deed hij nog wel.'

'Halfdood in het water gevallen,' mompelde de commissaris.

'Zo ongeveer.'

Eschenbach probeerde zich een dergelijk scenario voor te stellen. 'En verder? Ik bedoel, zijn er sporen van geweld, alcohol, drugs?'

'Nog niet alle tests zijn klaar. Bovendien wacht ik het rapport van toxicologie nog af... Over twee dagen misschien, dan kan ik meer vertellen.'

'Nou ja, dat is al iets...' Eschenbach blies de rook in de richting van het raam en bedankte Salvisberg. Toen hing hij op.

De rest van de middag bracht de commissaris door met politierapporten en statistieken. Even voor vijven belde hij met het instituut van Theo Winter. Hij vertelde Juliet Ehrat dat er geen nieuws was, babbelde met haar over de sneeuw in de stad, over skiën en de muilkorfplicht voor vechthonden. De vraag naar de kerstverlichting liet hij achterwege. Eigenlijk had hij haar graag voor een etentje of een film uitgenodigd, maar toen moest hij aan Claudio Jagmetti denken: aan de verhouding die de jonge politieman met een verdachte had gehad. Dus liet hij het erbij, praatte nog wat over koetjes en kalfjes en wilde het gesprek juist beëindigen, toen ze vroeg: 'We zouden misschien bij een etentje...'

De commissaris glimlachte tegen de twee poppetjes die hij tijdens het gesprek had getekend: 'Heel graag.'

Ze spraken af voor de volgende avond. Het was zijn eerste

afspraakje – zijn dochter zou het een date noemen – sinds meer dan twaalf jaar; sinds hij Corina bij een *frozen margarita* in de Central Bar had ontmoet.

's Avonds lag Eschenbach in bed en kon de slaap niet vatten. Hij moest voortdurend aan Corina, Juliet Ehrat en aan de verdrinkingsdood denken. Plotseling werd hij zich bewust van de rook die vanuit de woonkamer de slaapkamer was binnengedrongen en het schoot hem te binnen dat hij vergeten was een raam open te zetten. Hij stond op en deed alle ramen open. Er waaide een stevige wind. De sneeuw, die in dikke lagen op de vensterbanken had gelegen, werd door de wind de woning in geveegd; het had wel een beetje weg van een storm. De commissaris, in pyjama en blootsvoets, staarde in de nacht en zocht tevergeefs naar de sterren. Hij krabde de ijskorsten van zijn buitenthermometer op de vensterbank: 'Min twaalf,' mompelde hij. Toen kreeg hij het koud en deed de ramen een voor een weer dicht.

De volgende ochtend ontbrak van de jonge Pestalozzi elk spoor. Ook Rosa had met geen woord over hem gerept. En Italiaans werd er ook niet meer gesproken. Zal zich wel verslapen hebben, dacht Eschenbach. Of op de Bürkiplatz in een gletsjerspleet gevallen. Hij was de operazanger met politie-aspiraties alweer bijna vergeten toen Rosa hem tegen de middag een twaalf pagina's tellend rapport over het 'Limmat-lijk' overhandigde. Eschenbach, die eigenlijk Salvisbergs betoog had verwacht, was verrast. 'Van wie is dat?' vroeg hij.

'Bekijkt u het eens, chef,' zei Rosa. 'Het is een analyse van de informatie over de dode. Weet u nog? De oproep in de kranten voor getuigen...'

'Ja, natuurlijk.' Eschenbach knikte. Je kon van tevoren nooit weten welke reacties op zo'n oproep kwamen. Het is net als met de omzet van een warenhuis. Zonnig of grijs, warm of koud, voor of na de feestdagen: alles speelde op de een of andere manier een rol – en toch waren er ook altijd weer verrassingen.

'We hebben meer dan honderd meldingen binnengekregen,' zei Rosa en klopte op het rapport.

'Dat zijn er heel wat.' Eschenbach trok zijn neus op. Zoveel had hij niet verwacht. Niet in januari. 'Misschien kwam het door de foto.' Het klonk weinig overtuigend.

'Tele Zürich heeft er aandacht aan besteed,' reageerde Rosa.

'Aha...' Eschenbach zweeg een moment. En vervolgde: 'Ik heb liever één goede aanwijzing dan honderd foute.'

'Uiteraard.' Rosa gaf nogmaals een paar tikjes op het rapport. 'Het is allemaal geanalyseerd en samengevat. Mijnheer Pestalozzi heeft...'

'Pestalozzi?!' snoof Eschenbach verbaasd. Hij was even stil, toen glimlachte hij en schoof het rapport met beide handen over de tafel naar Rosa toe. 'Neem maar weer mee.'

'Lees het nou eerst – Dio cristo!' siste ze. 'Het is het intelligentste rapport dat ik sinds tijden heb gelezen.' En terwijl ze met energieke tred afmarcheerde, fluisterde ze tegen zichzelf: 'Die van u incluis.'

Toen de commissaris het betoog van Pestalozzi had gelezen, drukte hij op de knop van de intercom. Rosa had de monteur laten komen en nu deed hij het weer. 'Hebt u dat geschreven, mevrouw Mazzoleni? Ik bedoel, geholpen? Een beetje geholpen...?'

Een antwoord bleef uit.

Het was precies zoals Rosa had gezegd: het werkstuk was briljant. Ruim honderd min of meer vage getuigenissen waren tot een knappe werkhypothese gesmeed. Vier ervan werden als zeer belangrijk geclassificeerd en met drie getuigen was nogmaals contact opgenomen. Daarnaast had Pestalozzi ook nog vijf andere personen ondervraagd, die zich in eerste instantie weliswaar niet hadden gemeld, maar voor het totaalplaatje van cruciaal belang waren. 'Verificaties' noemde hij hen. Over de hele linie isoleerde hij zes personen, zijnde 'relevant voor de zaak'. Hun uitspraken waren allemaal keurig netjes vastgelegd en als bijlage toegevoegd.

In zijn samenvatting formuleerde Pestalozzi twee belangrijke veronderstellingen: de eerste hield in dat de dode een bouwvakker of landarbeider zou kunnen zijn (aantekening van een telefoongesprek met Salvisberg, waarin onder meer wordt gewezen op eeltplekken op handen, knieën en voeten). In de tweede werd geopperd dat het slachtoffer op een grote bouwplaats in Zürich werkte (vermoedelijk zwart) of zich daar wilde aanbieden (mededeling van een arbeider, die het slachtoffer bij 'Sihlcity' zou hebben gezien).

Geen slecht begin voor een dode die ze pas twee dagen eerder zonder papieren uit de Limmat hadden gevist. Maar het was slechts een vermoeden – een kleine strohalm waaraan je je kon vastklampen.

Sihlcity stond bekend als de grootste bouwput van Zwitserland. Een enorm project in het zuiden van de stad waarbij meer dan duizend mensen – architecten, bouwvakkers, leveranciers, et cetera – betrokken waren. Opdrachtgever was de op een na grootste bank van het land; op een oppervlak van honderdduizend vierkante meter liet men met vijf gigantische draaikranen een betonnen stad verrijzen. Een complex met kantoren, winkels en woningen.

Er was niet veel fantasie voor nodig om je voor te stellen dat de bouwvakkers met busladingen vol uit alle windstreken werden aangevoerd en dat deze of gene buitenlander in deze moloch van cement geen geldige (of een vervalste) werkvergunning bezat. Eschenbach gruwde bij de gedachte in slecht verwarmde bouwketen rond te hangen, leugens aan te horen, geen Servisch, Moldavisch of Turks te verstaan en toch alles uit te moeten vissen.

De commissaris keek op zijn horloge, het was tien over een. Hij had honger, pakte zijn jas en verliet zijn kantoor. Er stonden zeven mensen voor de lift. Eschenbach nam de trap. 'Daar krijg je een lekker kontje van,' had Corina altijd beweerd, zij het dat ze daarbij dacht aan iemand die de trap op, en niet aan iemand die de trap af liep. Toen hij buitenkwam, wachtte hem de mist. In elk geval sneeuwt het niet meer, dacht hij. Hij liep dwars door de binnenstad naar de Bürkliplatz. Een braadworst warmde zijn verkleumde vingers; al kauwend keek hij uit over het meer. Na een paar meter loste het water op in het melkwitte niets. Het einde der wereld, zo leek het hem – en na een tijdje vroeg hij zich af waarom de meeuwen geen gekleurde veren hadden.

Op de terugweg at hij bij Coop op de hoek van de St. Anna-gasse nog een gerookte worst. Naast hem stonden twee jonge vrouwen in lange, donkerbruine bontmantels (waarschijnlijk sabel) en moonboots van Dior en ze praatten met elkaar in een vreemde taal – was het Russisch? Lets? Litouws? Ze lepelden een ondefinieerbaar pastagerecht uit een wit plastic bakje. Misschien is Zürich inmiddels toch een wereldstad geworden, dacht Eschenbach: toen schoot hem te binnen dat hij voor vanavond nog een Thais restaurant moest zien te regelen.

'U houdt toch helemaal niet van Thais eten?' zei Rosa, nadat hij haar had gevraagd of zij misschien een Thais restaurant kende.

'Ik kan het altijd een keer proberen,' bromde de commissaris.

'Wanneer u van een beetje scherp houdt, moet u echt de papajasalade in de Blue Monkey...'

'Ik ben absoluut geen liefhebber van salade,' onderbrak hij haar.

'Dan neemt u toch de rode curry... of een gai satay.'

Eschenbach krabbelde de woorden in zijn notitieboekje. 'En waar zit die Blue Monkey?'

'Stüssihofstatt,' klonk het zonder aarzelen.

'Dat is bij dat ding...'

'Ja, daar... Iets meer naar het zuiden richting Limmat.' Rosa glimlachte.

De Stüssihof was een bekende pornobioscoop in de Zürichse buurt Niederdorf. Eschenbach knikte.

'Zal ik voor u reserveren?' vroeg Rosa. 'Een tafel voor twee?'

'Dat doe ik wel,' mompelde de commissaris.

'Zoals u wilt. Ik kan u het nummer geven...'

'Goed dan – vanavond om half acht.'

Om twintig over vijf stond Eschenbach bij de hoofdingang van de ETH en stipt om half zes verscheen mevrouw Ehrat. Ze droeg een spijkerbroek en een crèmekleurige jas van zachte stof die tot haar knieën reikte. Al van verre zwaaide ze naar Eschenbach.

Ter begroeting kusten ze elkaar spontaan op de wangen.

'Ik ben dus Juliet,' zei ze. 'Mevrouw Ehrat klinkt zo stom – alsof ik zestig ben.'

'Eschenbach klinkt alsof ik eenenvijftig ben,' zei hij.

'Absoluut.'

Ze lachten en tutoyeerden elkaar.

'Zullen we lopend...' zei ze, terwijl de commissaris zijn steven naar het station van de Polybahn wendde. Vrolijk trok ze hem aan zijn mouw de andere kant op.

'Oké.'

Ze slenterden naar de Sempersteig en liepen de trappen af naar de Hirschengraben. Een enkele keer als ze met haar laarsjes wegggleed, greep ze zich vast aan Eschenbachs schouder.

'Is het ver?' vroeg ze.

'Tot de Schifflände.'

'En pakken we daar de boot?' Ze klonk vol ondernemingszin.

'Nee, een watervliegtuigje... en dan vliegen we over de Alpen.' Hij keek op zijn horloge: 'Rond half negen zijn we in Nice. Ik ken daar een restaurantje aan zee. Daar maken ze de lekkerste papajasalade buiten Thailand.'

'Wow!' Juliet klakte met haar tong. Toen vlijde ze haar hoofd even tegen zijn schouder en zei: 'Dat zou mooi zijn.'

Nog altijd arm in arm liepen ze over de Predigerplatz en langs de Niederdorfstrasse. Langs oude huizen die met snoeren met lampjes feestelijk waren verlicht en langs kleine, mooie etalages met muziekdoosjes, tinnen soldaatjes en antiek schrijfgerei. Zo nu en dan bleven ze staan, bestudeerden de uitgestalde waren en vonden de meest nutteloze dingen nog mooi. Wanneer ze even niets zeiden, hoorde je het knerpen van de sneeuw. En telkens wanneer het knerpte, op het ritme van hun stappen, raakten hun schouders elkaar.

Het was een bijzondere avond geweest. Eschenbach had voor het eerst in zijn leven papajasalade geproefd – een hele, weerzinwekkende lepel vol. Vervolgens was hij met volle mond en brandend gehemelte dwars door de Blue Monkey naar het herentoilet gerend. Toen hij even later was teruggekeerd, weer aan tafel had plaatsgenomen en haar een hees 'Jij helpt me nog om zeep' had toegefluisterd, was Juliet even opgestaan, had zich naar hem toegebogen en hem op zijn mond gekust.

Wanneer je geluk kunt herkennen doordat het je gevoel voor tijd wegneemt, dan moet het op deze avond met hen aan tafel hebben gezeten. Want toen de kelner tegen enen voor de derde keer twee hete doekjes bracht en steels naar de rekening keek, merkten ze dat ze de laatste gasten in het restaurant waren.

Ze kuierden over de Rathausbrücke. Op het dak van de Fraumünster lag sneeuw; de kerktoren zag er onder zijn witte puntmuts uit als een lid van de Ku-Klux-Klan. Duister zag hij neer op de omringende huizen. Toen Juliet het koud begon te krijgen, legde Eschenbach zijn jas om haar smalle schouders, en even later, toen ze over de Heiri-Steg langs de Limmat liepen, drukte hij haar teder tegen zich aan.

Bij het centraal station stapten ze in een taxi.

'Je komt toch nog wel even mee naar boven?' Juliet glimlachte tegen Eschenbach, terwijl hij haar zijn hand toestak en uit de auto hielp.

'Beter van niet,' zei hij glimlachend. Hij begeleidde haar de paar stappen naar de huisdeur en kuste haar ten afscheid op het voorhoofd.

Even bleef ze daar staan en keek naar de commissaris, terwijl hij naar de taxi terugliep. Ze had nog altijd zijn jas om. Hij reikte tot aan haar enkels, en zoals zij hem om zich heen had gedrapeerd, leek het wel alsof ze in een rol tapijt gewikkeld zat. 'Eigenzinnig mannetje!' riep ze lachend in de richting van de taxi.

'Eigenzinnig oud mannetje,' verbeterde hij. Hij stapte in en noemde zijn bestemming.

'Weet u het zeker?' vroeg de taxichauffeur.

'Nog van de oude stempel.' Eschenbach duwde zijn onderkin naar voren: 'Rijden maar!'

De taxi was nauwelijks van het trottoir op de besneeuwde straat gegleden en had een paar meter gereden, toen de commissaris plots van gedachten veranderde. 'Stopt u toch maar. Misschien...' Hij betaalde en stapte uit.

Juliet had zijn jas nog altijd om toen ze de deur voor hem opendeed. Met een ingehouden lachje viel ze hem om de hals.

Eschenbach wist niet wat een vrouw van vijfentwintig bezielde om met een oude man als hij naar bed te gaan. Vrijwillig en zonder ervoor te worden betaald. Dat had hij nooit gesnapt; al niet toen hij op zijn zeventiende voor het eerst de *Faust* had gelezen en het meisje met wie hij graag was uitgegaan iets met een getrouwde man was begonnen.

Terwijl hij daarover lag na te denken, keek hij naar Juliet; zoals ze met opgetrokken benen naast hem lag en sliep. Het stille deinen – op en neer – van haar lichaam. De lichte huid, haar roodblonde, korte lokken, die zich, vochtig van de liefde, op haar voorhoofd krulden en glansden in het warme licht van de kaars. Het viel hem op hoe lang en sierlijk haar wimpers waren. Hij kuste zacht haar oogleden.

Het was mooi. En niet alleen omdat ze hem aan Judith deed denken, hem nog een keer twintig liet zijn en Corina en de pijn van de scheiding naar de achtergrond deed verdwijnen. Eschenbach had het gevoel dat er weer iemand van hem hield. Dat was het.

De commissaris lag nog een tijd lang wakker. Soms sloot hij zijn ogen even om haar geur in te ademen en om te onderzoeken of de beelden van deze nacht zouden beklijven. En op een gegeven moment, veel later, viel ook hij in slaap.

15

Er zijn dagen dat niets je uit je evenwicht brengt: geen verloren portemonnee, geen vergeten afspraak bij de tandarts – zelfs niet een verstopte wc-pot! Allemaal klein bier, dacht Eschenbach. Onbenulligheden in de machtige loop der dingen.

'Niet echt uw dag vandaag,' zei Rosa, nadat ze voor hem een nieuwe afspraak bij de tandarts had gemaakt en hem zolang honderd frank uit de kleine kas had gegeven.

'O zeker wel. Vandaag is mijn dag, mevrouw Mazzoleni!' Eschenbach zei het zonder koppigheid, met een mild lachje. Hij bladerde door de post van die ochtend. Hij dacht aan het ontbijt met Juliet. De eerste keer dat hij niet in zijn eentje iets naar binnen had gewerkt, het eerste ontbijt op bed sinds tijden! Hij had voor hen allebei koffiegezet, broodjes gesmeerd en van het fruit dat hij in Juliets keuken had gevonden een smakelijke Bircher-muesli bereid. Vermoedelijk zou hij – wanneer hij meer tijd had gehad – ook nog bomen uit de grond hebben gerukt en op het balkonnetje een sneeuwpop hebben gemaakt.

In de tram bij de Stauffacherplatz had ze hem voor de laatste keer gekust; hartstochtelijk en onverbiddelijk. Eschenbach had niets anders gekund dan aan de andere passagiers denken, aan de schroom die met het ouder worden was gekomen en aan het feit dat het allemaal niet in elkaar paste. Toen hij was uitgestapt en in zijn eentje de weg naar het hoofdbureau was ingeslagen, was hij op hetzelfde moment opgelucht en gelukkig geweest.

Nadat hij de post had doorgenomen, belde hij met het Forensisch Instituut. De secretaresse van Salvisberg vertelde hem dat de professor er pas 's middags weer zou zijn. En toen hij enige tijd later Vermiste personen belde, vertelde men hem daar dat er noch over de vermiste Konrad Schwinn noch over de dode uit de Limmat nieuws was. Zuchtend nam hij Pestalozzi's dossier met de interviews op de bouwplaats Sihlcity ter hand.

Even na tienen verscheen Kobler. De commissaris hoorde haar stem al van grote afstand. 'Is hij er?' schetterde het vanaf de gang.

Portemonnee, tandarts, wc-pot – dat zal nog wel eventjes zo doorgaan, dacht Eschenbach.

Elisabeth Kobler kwam met een openstaande bontjas en zonder kloppen binnen. 'Ik ben teleurgesteld,' zei ze, schoof een stoel voor Eschenbachs bureau en ging zitten.

'Waarover?'

'Over u!' Ze stond weer op en trok haar jas uit.

'Een kerstcadeau?' De commissaris wees naar de nerts, die als een gevelde beer voor hem op tafel lag.

'Mijn hoofd staat niet naar leuk doen, Eschenbach!'

De commissaris hield zijn mond.

'Als dit zo doorgaat, haal ik u van de zaak af.' De hoofdcommissaris ging weer zitten.

'Welke zaak?'

'Winter,' siste Kobler. 'Professor Winter natuurlijk.'

'Is professor Winter een zaak?'

'De zaak met zijn vermiste assistent... Konrad Schwinn heet-ie, geloof ik. Daar heb ik het over.' Kobler plukte ongeduldig aan haar opgestoken haar. 'U hebt niets... maar dan ook helemaal niets!'

'Dat is ook geen geval voor ons – eigenlijk.' Eschenbach was verbaasd. Eerst had Winter de boel gebagatelliseerd en nu werd het – uit het niets, leek het – enorm opgeblazen.

'O ja! Dat is het wél,' weersprak Kobler hem. 'Het is wél een geval voor ons!'

'We hebben een opsporingsbericht laten uitgaan... Hij zit ook in het systeem. Dus als die Schwinn ergens tussen Moskou en Napels zijn paspoort laat zien of met zijn creditcard betaalt, dan hebben we hem.'

'We kunnen niet gewoon blijven afwachten.'

'Wat moet je anders? De mensen van Vermiste personen hebben zijn ouders bezocht, ze praten met zijn vrienden... en allemaal zo discreet mogelijk. Wilt u dan dat ik me ook nog persoonlijk met de zaak ga bemoeien?'

'Juist ja, dat zult u moeten!' kaatste ze terug. 'Professor Winter voelt zich niet serieus genomen. Hij wil dat u zich er persoonlijk mee gaat bemoeien.'

'Professor Winter?' Eschenbach haalde eens diep adem. Wat bracht Winter ertoe om op deze manier druk op hem uit te oefenen? Was het de kwestie met Judith, indertijd, een late wraakneming? Hij keek naar Koblers bontmantel en zuchtte. 'Geef die zaak toch aan Roger Bühler.'

'Nee.'

Roger Bühler gaf leiding aan de opsporingsdienst, was achtenvijftig en een sukkel. Eschenbach haalde zijn schouders op: 'Nou ja, Adrian Matter dan.'

'Een prima kerel – maar ook nee!'

Eschenbach lachte fijntjes. Dat moest je Kobler nageven. Ze kende haar pappenheimers. Matter was als chef van de opsporingsdienst briljant. 'Dan hou je alleen Sherlock Holmes nog over,' zei hij.

'U bent een eigenzinnig mannetje, Eschenbach.'

'Dat heb ik pas ook al gehoord.'

Om haar lippen verscheen een lachje. 'Waarom praat u niet een keertje met Winter? Gezellig, tijdens een etentje. Een paar bemoedigende woorden doen ons allemaal goed. Ga voor mijn part met hem naar de Kronenhalle. Tenslotte kennen jullie elkaar nog van vroeger.'

'Nou, vooruit.'

'Professor Winter is een icoon,' vervolgde Kobler onverstoorbaar. 'Voor Zürich niets minder dan een zegen...'

'Weet ik.'

'Ook voor het algemeen belang. Een beetje meer engagement graag... Voor de goede zaak, bedoel ik. Dat zou toch moeten lukken?'

'Absoluut.' Eschenbach keek op zijn horloge. 'Ik zal hem bellen.'

'Doe dat.' Kobler knikte tevreden en stond op. Terwijl de commissaris haar in haar jas hielp, zei ze op een wat verzoenlijker toon: 'Theophilius Winter mag dan een beetje gecompliceerd zijn... Professor, weet u. Maar in zijn hart is hij een goed mens.'

'Na, dan is het allemaal geregeld.' Eschenbach had het allang opgegeven de mensen in goed en slecht in te delen. De kans dat je ernaast zat, was domweg te groot.

Toen Kobler tussen neus en lippen door op het onderwerp leek terug te willen komen, zei hij: 'Ik heb het begrepen. We zullen de menukaart in de Kronenhalle eens duchtig aanspreken, daarna naar de opera en...' Eschenbach hief zijn armen alsof hij naar de sterren wilde grijpen. 'En als dat allemaal nog niet voldoende is, maken we een rit per arrenslee naar de Uto Kulm... Misschien ook naar de Noordpool.'

'Dat u nou nooit serieus kunt zijn.' De uitdagende blik van Kobler verdween als sneeuw voor de zon. Ze liep zijn kamer uit.

'We komen met de koets voorrijden en gooien een bak belastinggeld over de balk, net als de Franse koningen...' Eschenbach wond zich steeds meer op terwijl hij naar zijn bureau terugliep. In gedachten mende hij een achtspan: 'En dan zal ik zingen: Theo, wir fahr'n nach Lodz!'

Uit het secretariaat klonk het gegiechel van Rosa.

Een moment staarde de commissaris naar de telefoon. Het irriteerde hem allemaal mateloos, dat theater rond Theo's assistent, de afgodenstatus van de professor en het gezwatel over het publieke belang. Het was absoluut niet zijn wereldje; daaraan konden ook de eenentwintig jaren politiewerk die hij erop had zitten niets veranderen. De reden dat hij geen zin had de hoorn op te pakken was een heel andere. Die lag dertig jaar terug in de tijd en had hem nu ingehaald. Winter en hij moesten met elkaar babbelen.

Eschenbach kneep een paar keer in de nietmachine en keek toe hoe de gebogen nietjes nutteloos op het bureau vielen.

'Hebt u nog iets voor vandaag?' vroeg Rosa. Ze kwam binnen met espresso en een stuk Linzertorte.

'Weet ik nog niet,' antwoordde de commissaris lusteloos.

'Ik zou vanmiddag anders graag vrij nemen.' Ze haalde haar schouders op en wachtte.

'Mij best.' Eschenbach wroette met zijn vork in de taartpunt. 'Morgen is er weer een dag.'

'Kan zijn,' zei Rosa. 'Maar vandaag is het míjn dag!' En terwijl ze naar de deur liep, voegde ze daar nog aan toe – nog net zo luid dat hij het kon horen: 'Het is namelijk mijn verjaardag.'

Eschenbach keek hulpeloos naar het plafond. Hoe kon hij dat nou vergeten? Hij hoorde nog hoe Rosa de kamerdeur achter zich sloot. Toen was het stil.

16

Het telefoontje van Salvisberg kwam even na half vier.

'Er is nieuws,' zei de patholoog-anatoom. 'En als je tijd hebt, zou ik je graag wat meer willen vertellen.'

'Ik kom eraan,' zei Eschenbach, nadat hij een blik op zijn horloge had geworpen. 'En wel meteen.'

Het was een vlucht naar voren. Misschien dat er van deze mislukte dag toch nog iets viel te maken, dacht hij. En waar kikkerde je nou meer van op dan een plek waar ze lijken als diepgevroren pizza's bewaarden en gedroogde bloeddeeltjes door centrifuges joegen?

Het Forensisch Instituut van de universiteit van Zürich lag aan de Winterthurerstrasse. Het was grijs en rechthoekig als een Zwitserse ordner. De weiden en bomen die de betonklomp omzoomden, hadden de kleuren van de winter aangenomen. Alles was dichtgesneeuwd en glansde, bleek als een lijkwade, in het schemerlicht van de vroege avond.

'Dat heb je snel gedaan.' Salvisberg lachte. 'Heb je niks omhanden?'

'Nee,' zei Eschenbach.

Salvisberg plakte er nog wat gehinnik aan vast. Hij stond voor het instituut in de kou en rookte. Telkens wanneer de commissaris de vadsige man zag, vielen hem altijd eerst diens pientere, heldere ogen op. Ze straalden in een lichtblauw dat je anders alleen bij babykleertjes zag, en ze pasten op geen enkele manier bij de rest, bij zijn wat lobbige gezicht en zijn gedrongen gestalte. Hij droeg een doktersjasje van dun katoen.

'Roken verboden,' zei hij en nam een trek van zijn filterloze Gauloise. 'En dan te bedenken dat tachtig procent van het personeel rookt.'

Eschenbach wreef in zijn koude handen.

'De directie heeft ontdekt dat de muren van de rookvrije zones minder vaak hoeven te worden overgeschilderd – en dus wordt er alleen nog buiten gerookt. Briljante koppen hebben we hier, zeg ik je.'

Twee vrouwen van een jaar of dertig kwamen het gebouw uit. Ze hadden dezelfde witte werkkleding aan als Salvisberg. Toen ze de patholoog zagen, groetten ze vriendelijk. Ze draaiden zich om, liepen naar de asbak aan de andere kant van de ingang en gaven elkaar een vuurtje. Na de eerste gulzige haal bliezen ze de rook uit in de ijzige kou.

'Zo staat de helft van het personeel nu buiten,' hoestte Salvisberg. 'Bij min tien. En 's winters heeft altijd wel iemand het te pakken.'

'Er zijn parken in Amerika,' zei Eschenbach, 'waar je ook in de openlucht niet meer mag roken.'

'Juist ja! En nu creperen ze aan de vetzucht – en de hele gezondheidszorg crepeert mee.' Salvisberg drukte zijn peuk uit tegen de rand van de overvolle asbak. 'Je moet toch ergens aan doodgaan.'

Ze liepen door de klapdeur de warmte tegemoet.

'Zegt het woord *fugu* je iets?' vroeg de patholoog, nadat ze op zijn kamer in twee oude, aftandse rieten stoelen waren neergeplofd.

'Moet dat?' Eschenbach schudde zijn hoofd. Om hem heen lagen stapels papier: rapporten, krantenknipsels – nieuwe en oude vergeelde – en boeken. Ladingen boeken. Geamuseerd nam de commissaris de wanorde in zich op. 'Vind je altijd wat je zoekt?'

'Altijd,' zei Salvisberg. Uit een van de stapels trok hij een boek ter grootte van een sigarenkistje. De blauwlinnen band was door het vele gebruik groezelig geworden en tussen de bladzijden staken ten minste tien briefjes. 'Het vinden is niet het probleem.'

'Maar?'

'Om ze weg te gooien.' Salvisberg haalde zijn schouders op.

'Dat kan ik ook niet,' zei de commissaris. 'Corina mest de boel altijd uit... Vroeger tenminste.'

'Tja.'

'En je secretaresse?'

'Die doet de deur gewoon dicht.' Salvisberg schoof de pil over de tafel. 'Ik kan nu eenmaal niets weggooien. Niets, begrijp je?'

Fundamentals of Aquatic Toxicology las Eschenbach. 'Dat vind je ook allemaal op internet.'

'Poeh!' Salvisberg maakte een wegwerpgebaar. 'Daar vind je niks nieuws – allemaal ouwe koek. En wanneer iedereen het maar van elkaar overschrijft, wordt het er ook niet beter op. De relevantie is het probleem.'

'Ik heb er veel aan,' zei Eschenbach.

De patholoog pakte het boek op, sloeg het bij een van de briefjes open en zei: 'Bij de dode man uit de Limmat heb ik resten tetrodotoxine gevonden.'

'Als jij het zegt.'

'Fugugif!' Salvisberg hoestte. 'De fugu is een vis, een kogelvis... Lelijk beest trouwens.' Zijn hoesten ging over in een hees lachen. 'Moet je je voorstellen, er sterft iemand in de Limmat aan visvergiftiging...'

Eschenbach begreep er niets meer van. 'Leg 's uit. Wat weet ik nou van vissen?'

'Is toch duidelijk...' De patholoog, die zelf een verwoed sportvisser was, knikte goedgeluimd. 'Tetrodotoxine is een van de sterkste niet-proteïnehoudende vergiften die er zijn.'

'Dodelijk dus.'

'Reken maar. Honderd microgram volstaat. Een wreed gif. Het tast de zenuwen in het lichaam aan, niet de hersenen. Het slachtoffer raakt helemaal verlamd – kan niet meer bewegen en praten. Doorgaans overlijdt hij door verlamming aan een adem- of hartstilstand.'

'En dat gif zit in die fugu?' wilde Eschenbach weten.

'Ja en nee. Het zenuwgif wordt niet door de vis zelf gesynthetiseerd, maar door de Pseudomonas-bacteriën die in hem leven. Er zijn gekweekte kogelvissen die het gif niet bij zich hebben, zolang ze maar niet met de micro-organismen worden gevoed die het produceren. In de vrije natuur vreet de vis doelbewust de bacteriën om met hun gif predatoren af te schrikken.'

'En hij is er zelf immuun voor?'

'Ja. Door de speciale structuur van zijn zenuwcellen is hij daar immuun voor.' Salvisberg glimlachte. 'De kogelvis heeft geen natuurlijke vijanden.'

'Leuk.'

'Behalve de Jappen dan.' Salvisberg grijnsde van oor tot oor. 'Zij maken er een sport van om het beest gifvrij te bereiden. Wat niet altijd lukt...'

'En jij denkt dat de dode deze vis heeft gegeten?'

'Nee, dat is het nou net. We hebben in zijn maag niets gevonden wat daarop lijkt: geen kogelvis, geen meerforel – niets wat op een vismaaltijd wijst.'

Eschenbach dacht even na. 'Dan zou hij ook...'

'Precies.' Salvisberg stak zijn kin in de lucht. 'Het heeft er alle schijn van dat hij is vergiftigd.'

'Met fugugif.'

'Alsjeblieft.'

17

Eschenbach legde de berg post op het tafeltje in de gang. Hij had drie dagen lang de brievenbus niet geleegd. Dat had Corina altijd gedaan en tot op de dag van vandaag kon hij er maar niet aan wennen. Hij ordende de stapel. Gratis kranten en grote, losse bladen in schreeuwerige kleuren: een uitnodiging voor de opening van een boetiek voor dameskleding vanaf maat 42 in de Sihlstrasse, depotverkoop van kantoormeubelen in Zürich-Oerlikon en een bon voor een gratis voetreflexzonemassage. Alles wat het leven je te bieden had, zolang je maar over een brievenbus beschikte. Eschenbach gooide het op de stapel oud papier naast de schoenenkast.

Ten slotte had hij alleen nog rekeningen in zijn handen. Brieven zaten er niet bij. Ook geen verlate kerstkaarten.

Op het antwoordapparaat stond Juliet twee keer vanwege zijn portemonnee. Hij had hem bij haar laten liggen. 'Ik had hem bij je in de brievenbus willen doen, maar die zat al vol...' en ook nog een 'Ik mis je'. Daarna volgde een bericht van Corina. Eschenbach hield zijn adem even in, en ook omdat hij dacht dat hij het niet goed had gehoord, spoelde hij het bandje terug. 'Kathrin ligt in het ziekenhuis,' zei ze opgewonden. Corina klonk beurtelings verwijtend en vertwijfeld. 'Ze is ingestort, zomaar.' En dat hij op zijn gsm nooit te bereiken was, dat zei ze ook nog. Geen woord over wanneer het gebeurd was en in welk ziekenhuis ze Kathrin hadden afgeleverd. De commissaris zocht naar zijn mobieltje en vervolgens naar de oplader. 'Kutaccu,' brieste hij. 'Je stort toch niet zomaar in, niet op je vijftiende.' Toen zijn gsm weer een beetje was opgeladen, toetste hij

Corina's nieuwe nummer in, dat hij in het interne telefoonboek vond. Niemand nam op. 'Horgen,' mompelde hij. 'Het moet het Horgen zijn. Verdomme.' Hij keek op zijn horloge, het was tien over zeven. Op het hoofdbureau zou hij niemand meer te pakken kunnen krijgen. Misschien dat Rosa een bericht had achtergelaten: een sms'je of een paar woorden op zijn voicemail. Voor noodgevallen was het zinloos dat je een gsm had die je altijd uit had staan – anders werd je er helemaal kierewiet van dat je voortdurend voor elk wissewasje werd lastiggevallen. Eschenbach schoot het verhaal te binnen van de jongen die met zijn telefoontjes telkens de brandweer voor de gek had gehouden; elke keer rukte de brandweerauto tevergeefs uit. En toen de boel echt in de fik stond, kwam er geen hulp opdagen. We informeren ons dood, dacht hij en zocht op het schermpje van zijn telefoon naar een sms'je. Zijn secretaresse had hem inderdaad geschreven: *Kathrin ligt in ziekenhuis Horgen, Avanti! Rosa.*

'Waar zijn die stomme slangetjes goed voor?' vroeg de commissaris. Hij stond aan Kathrins bed, hield haar hand vast en keek naar Corina tegenover hem.

Ze haalde haar schouders op.

Naast zijn vrouw stond Wolfgang. Hij zag eruit als een pop met slaapogen. Zijn wasbleke hals stak in een donkere coltrui met op de borst een groen-rood ruitpatroon.

Wat heeft die vent dat ik niet heb? dacht Eschenbach, en verdrong die gedachte door de vraag of er – stel dat hij Wolfgang zou wurgen – onder de gebreide kraag een afdruk zou achterblijven.

Op een monitor tekende een groene punt een bergketen. Het apparaat piepte op het ritme van Kathrins hartslag.

'Ik weet niet...' zei Corina na een tijdje. 'Toen ze thuiskwam van school zei ze dat ze zich niet lekker voelde. Een uur later ging ik naar haar kamer. Ze lag op bed, roerloos... Ze had nauwelijks pols.'

Even leek het alsof Corina in snikken zou uitbarsten. Wolfgang slikte. Hij leek na te denken of hij een arm om haar heen zou slaan.

Corina herstelde zich. 'Eerst wilde ik Christoph bellen, maar toen ben ik meteen met haar naar het ziekenhuis gegaan.'

Eschenbach keek als gehypnotiseerd naar de groene punt op de monitor. Op, neer, op, neer. Een regelmatig zaagblad. 'En?' vroeg hij zonder zijn blik af te wenden. 'Is Christoph al geweest?'

Corina keek naar haar pols. 'Even voor achten,' zei ze. 'Eigenlijk moet hij elk moment hier zijn... Hij heeft met de afdelingsarts gesproken. Door de telefoon.'

'En wat zeggen ze? De doktoren?'

'Een collaps. Meer kan dr. Schwalb er nog niet over zeggen.'

Eschenbach zag hoe Kathrins borstkas zwol en weer inzakte. Haar korte, zwartgeverfde haar lag als as in het witte kussen. Haar gezicht was bleek. Het slangetje dat van haar rechterneusgat naar een zuurstofapparaat liep, bewoog niet.

De commissaris sloot zijn ogen enkele seconden – toen ging de deur open.

Het was Christoph Burri. 'En, hoe doet onze patiënte het?' vroeg hij aan niemand in het bijzonder. In zijn stem klonk het bezwerende optimisme door waarmee artsen de gedachte aan sterven even verdreven. 'Dan zullen we 's even kijken.' Voordat hij bij Kathrin ging zitten, kuste hij Corina op haar wang en schudde hij Wolfgangs hand. Eschenbach had een vriendschappelijk tikje op zijn schouder gekregen.

De commissaris keek zwijgend toe hoe Burri Kathrin onderzocht. De heldere lichtstraal van de staaflamp in de ogen, de stethoscoop, de kritische blik op de monitor en de notitie op de status ernaast.

'Ik wacht wel op de gang,' mompelde Wolfgang na een tijdje. En toen Corina er niet op aandrong dat hij bleef, glipte hij langs het voeteneind naar de deur.

'Ze heeft rust nodig,' zei Christoph Burri, nadat hij met het onderzoek klaar was. 'De bloeddruk is nog altijd te laag... maar met medicijnen komt dat wel goed. Haar bloedsomloop is in ieder geval weer stabiel.'

Eschenbach en Corina knikten opgelucht. 'Je bedoelt dat het niets ernstigs is?' vroeg ze.

'Ik kan er nog niet meer over zeggen,' zei Burri. 'De komende dagen zullen ze verschillende tests doen, dan weten we meer.'

'Wil dat zeggen dat Kathrin hier moet blijven?' De commissaris was zich bewust van de hulpeloosheid die in zijn vraag doorklonk.

'In elk geval een paar dagen.' De dokter knikte. 'Ze is per slot van rekening ingestort... Nu moeten we zorgen dat ze op krachten komt.' En na een korte pauze voegde hij eraan toe: 'Dat soort dingen gebeurt altijd weer... Die meiden zijn volop in de groei, eten en drinken te weinig, slapen niet...'

'Maar Kathrin eet wel,' wierp Corina tegen. 'Dat vind ik belangrijk, daar let ik op...'

Eschenbach voelde in Corina's woorden dezelfde hulpeloosheid als bij zichzelf.

'Ze slaapt op het moment, meer kunnen we niet doen,' zei Burri. Hij borg de staaflamp en stethoscoop weer op in zijn tas.

Een tijd lang zei niemand iets. Ze stonden met hun drieën rond het bed en keken naar Kathrin, hoe ze – geholpen door machines en slangetjes – in- en uitademde. Ten langen leste volgden ze de arts naar de deur. Halverwege bleef Corina staan, liep een paar passen terug naar het bed en kuste haar dochter op het voorhoofd.

Op de gang was het bijna donker. Er viel alleen wat diffuus licht door de glazen wand van de zusterpost, dat de gang verlichtte. Een bos rozen op een bijzettafeltje wierp een spookachtige schaduw op de wand. Wolfgang was nergens te bekennen.

Burri gaf zijn alarmnummer aan de nachtzuster; ze namen de lift naar de begane grond.

'Ik zal morgen meteen vragen hoe het met haar gaat,' zei de arts toen ze buiten op de parkeerplaats stonden. 'Het komt wel goed.' Bij het afscheid legde hij zijn hand op Corina's schouder.

Eschenbach keek hoe zijn vriend door de sneeuw naar de auto liep. Daarna draaide hij zich om naar Corina en vroeg zachtjes: 'Zal ik je naar huis brengen?'

'Ik weet niet...' Ze begroef haar handen in de zakken van haar winterjas en haalde haar schouders op: 'Wolfgang... Misschien is hij al weg.'

Ze keken elkaar een moment zwijgend aan. Even later zag de commissaris de beide halogeenlampen die vanaf de parkeerplaats langzaam dichterbij kwamen. Toen de donkere wagen naast hen stilstond, opende Wolfang het rechterportier.

'Je bent niet vergeten,' mompelde Eschenbach. Hij kuste haar ten afscheid op de wang.

'Dat is toch verschrikkelijk,' zei Rosa, toen de commissaris haar de volgende dag vertelde over Kathrin; over zijn bezoek aan het ziekenhuis, over de slangetjes en de monitoren.

'Toen ik er vanmorgen was, ging het al beter met haar. Ze had haar ogen al open... Zo nu en dan tenminste. En ze heeft ook geglimlacht.' De commissaris bewoog zijn vinger over de rand van zijn espressokopje. 'De afdelingsarts zegt dat ze langzaam opknapt.'

'Gelukkig!' Rosa zette haar bril af, liet hem aan het gouden kettinkje bungelen en nam het servetje dat naast een bord met croissantjes lag. Ze tipte een ooghoek aan. 'Zo'n jong, knap meisje...' En even later voegde ze eraan toe: 'Ze eten veel te weinig tegenwoordig.'

'En dat zegt u.' Eschenbach lachte fijntjes.

'En u? U eet ook niks!' Rosa wees naar de croissantjes. 'Die heb ik van Sprüngli bij het station.'

'U bent een schat.' Hij pakte een stokbroodje, beet de helft ervan af en mompelde met volle mond: 'Ze heeft haar haar laten verven. Dat is nu zwart... en korter.' Hij keek zijn secretaresse aan: 'Net als dat van u.'

'Aha.'

'Juist ja. Dat komt er nog bij.'

'Zwart en kort is altijd goed,' zei Rosa. 'Komt trouwens weer helemaal in.' Ze streek haar haar recht.

'Zwart?'

'Nee, kort. Maar van mode weten Zwitserse mannen niets.'

'Heel anders dan de Italianen, ik weet het.' De commissaris pakte nog een croissantje. 'Niets van mode, niets van voetbal en niets van eten. Eigenlijk hebben we helemaal nergens verstand van.'

'O jawel! Van politiek en politiewerk. Soms tenminste.' Rosa zette haar bril weer op en wees naar de *Tagesanzeiger* die naast de post en de koffiekopjes op het bureau lag. 'Hebt u dat ook gezien?'

'De *Tagi*? Nee,' zei Eschenbach. 'Ik lees alleen modebladen.'

'Ik maak geen grap,' zei Rosa. 'In het katern binnenland, een hele pagina. In Zürich leggen de drop-outs het loodje, staat er. Door de kou en de sneeuw. Ze laten hen gewoon doodvriezen. En als ik het stuk goed heb begrepen, bedoelen ze met kou niet alleen de temperatuur. Dat werpt een heel negatief licht op onze stad, onze sociale voorzieningen... U weet wel.'

'Ach wat,' zei Eschenbach. 'Dat zijn incidenten. Ongelukjes. Onlangs bij Grieder, ik kwam er toevallig net langs. Een arme drommel in de passage en nu blazen de media het op. Altijd hetzelfde.'

'Twaalf doden binnen vier weken, hebben ze geschreven,' zei Rosa. 'Het is niet altijd hetzelfde. Lees maar.' Ze zette de espressokopjes op het lege bord, pakte het voorzichtig op en verdween.

18

Eerst belde de commissaris met Adrian Conzett, het plaatsvervangend hoofd van de gemeentepolitie. Adrian was twee jaar eerder vanuit een ander vakgebied bij het korps in dienst getreden. Hij was vroeger een hoge ambtenaar op het departement van justitie en politie geweest. Bij het leger verantwoordelijk voor werving en selectie. Sinds het Zwitserse leger van zo'n zeshonderdduizend manschappen tot een derde van dat aantal was ingekrompen, viel er daar steeds minder te werven. 'Doodlopend spoor,' vond Conzett. De capaciteiten van de jonge, ambitieuze man, die Eschenbach op een seminar had leren kennen, werden niet op waarde geschat. Hoe doelgericht, zakelijk en stug Conzett ook was, Eschenbach vond hem niet onsympathiek.

Ook Conzett wist nauwelijks iets over het verhaal in de krant. 'Een paar van die gevallen ken ik,' had hij gezegd. 'Maar de omvang ervan verbaast me.'

Vervolgens belde Eschenbach met de verantwoordelijke afdeling bij Sociale Zaken. De lijnen waren bezet. 'Geen wonder, na zo'n stuk,' mompelde hij. Nadat ook twee volgende pogingen geen succes hadden, riep hij Rosa.

'Dus toch,' zei ze.

'Niks "dus toch".' Eschenbach maakte met de briefopener het cellofaan om een doosje Brissago's los. 'Breng me alstublieft het artikel, dan kijken we verder. Het kan toch niet zo zijn dat wij, noch de gemeentepolitie uitvoerig over de zaak is geïnformeerd.' De commissaris stak een cigarillo in zijn mond. 'Gloors departement is een zootje... en nu wil ik weten ook wat zich daar afspeelt.'

'Kent u Kurt Gloor dan?' Rosa keek vragend over de rand van haar bril.

'Zijn vrouw.' Eschenbach, die in de bovenste la naar lucifers zocht, dacht aan de avond bij Burri. 'En dat vind ik meer dan voldoende.'

'Aha.'

'En nu we het er toch over hebben, wat voert onze tenor eigenlijk uit?'

'Bariton,' corrigeerde Rosa. 'Mijnheer Pestalozzi doet naspeuringen in de zaak-Winter.'

'Waarin?' Eschenbach keek verbouwereerd op. Het luciferdoosje in zijn hand was leeg.

'De vermiste assistent, u weet toch...'

'Hm.'

'U hebt gezegd dat ze hem er wel op konden zetten.'

'Is dat zo?'

'En dat hij verdwenen is, dat hebt u ook nog gezegd.'

'Klopt,' bromde hij. Aan de ene kant vond de commissaris het prima dat Pestalozzi uit zijn gezichtsveld was verdwenen, bovendien nog met iets waar je geen buil aan kon vallen. Aan de andere kant stond het hem tegen dat hij de controle uit handen had gegeven terwijl het aan vertrouwen ontbrak. 'Heeft hij al iets?' vroeg hij.

'Dat weet ik niet.' Rosa glimlachte. 'Maar als ik hem goed inschat, zal hij wel snel iets vinden.'

'Zo zo.' De commissaris liet zijn hoofd achterovervallen en staarde naar het plafond. 'Nou, dat zal me benieuwen.'

Op weg naar de Zeughauskeller kocht Eschenbach bij Zigarren Dürr vijf kleine aanstekers, rode en blauwe. Toen hij uiteindelijk bij het restaurant aankwam, zat Juliet al op hem te wachten. Ze straalde dezelfde vrolijkheid uit die Eschenbach juist had willen verdringen: zomersproeten, een lach, waarachter geen enkel verwijt schuilging.

'Ik had moeten bellen,' zei de commissaris en wierp een blik op de menukaart.

Juliet bestelde een salade met stukjes kip en vertelde over het instituut: dat Winter het razend druk had en dat hij zich nauwelijks liet zien.

Onder het genot van een manzo brasato en een merlot uit Ticino luisterde de commissaris aandachtig naar haar. Hij volgde het gebarenspel van haar mooie handen en de beweging van haar lippen. Zelfs de kleine dingen des levens klonken bij Juliet altijd even spannend, alsof Hannibal op het punt stond voor de tweede keer de Alpen over te steken.

'Je hebt een leuke assistent,' zei ze terloops, toen ze bij het dessert waren aanbeland.

'O, vind je dat?' De commissaris stak de lepel in het stuk tiramisu en spitste zijn oren.

'Ja, Tobias Pestalozzi. Ik vind hem er helemaal niet uitzien als een politieman.'

'En die was bij jullie op het instituut?' Hij dronk de espresso in één teug op.

'Niet bij mij... bij professor Winter. Waarschijnlijk vanwege Schwinn, maar dat zal jij beter weten dan ik. Ik geloof dat hij zijn taak heel serieus opvat.'

'Zo zo.' Eschenbach riep de kelner. Hij bestelde een grappa en een groene thee voor Juliet. 'En ze hebben met elkaar gesproken.'

'Absoluut!' Juliet moest lachen. 'Zeg niet dat je er niets van weet.'

'O zeker wel.' Ook de grappa ging in één teug naar binnen. 'Ik had alleen nog geen tijd om er met Pestalozzi over te praten.'

'Echt waar? Het is al drie dagen geleden.'

Eschenbach streek met zijn hand door zijn haar.

Juliet keek hem zwijgend aan. Even later zei ze: 'Is er iets? Ik bedoel, kan ik je ergens...' Ze pakte zijn hand.

Na een korte aarzeling vertelde de commissaris haar over Kathrin: hoe ze erbij had gelegen, bleek en met haar ogen dicht. En hoe vreselijk onbeduidend hem alles had geleken in het licht van de enorme angst, de angst voor haar leven.

'Maar het gaat nu toch beter met haar?' vroeg ze met een glimlach. Hij knikte.

'Als je zin hebt...' Ze bewoog haar vingers over de rug van zijn hand, over de haartjes en langs de aders. 'We gaan morgen skiën, op de Hoch-Ybrig. Ga toch lekker mee!'

'Als je zegt *wij*, dan heb je het toch niet over Pestalozzi, hè?' Eschenbach zag de politieman al voor zich, zingend, met een witte sjaal op een snowboard.

Juliet schoot in de lach. 'Je bent jaloers...'

'Logisch.'

Even leek Juliet van de situatie te genieten, waarna ze vertelde dat ze had afgesproken met een vriendin. 'Fiona begeleidt voor de gemeente een project voor langdurig werklozen. Ik denk dat je haar wel zal mogen.'

Eschenbach was in gedachten al in de kelder op zoek naar zijn ski's. 'Op voorwaarde dat het beter gaat met Kathrin,' zei hij zachtjes. 'Kan ik je daar vanavond nog over bellen?'

Ze glimlachte. 'Natuurlijk.'

Toen de commissaris om de rekening vroeg, stak Juliet haar vinger op: 'Vandaag betaal ik.' Lachend pakte ze Eschenbachs portemonnee uit haar tas. 'Van mijn vindersloon!'

'Nee, signore Pestalozzi heb ik niet gezien, de hele dag nog niet.' Rosa schudde haar hoofd.

Direct na de lunch en zonder eerst zijn jas uit te doen, was Eschenbach op zijn secretaresse toegelopen en had haar naar Pestalozzi gevraagd. Hij klopte de sneeuw van zijn schoenen.

Rosa keek misprijzend over het bureau naar de wit-bruine sporen. 'Hoezo? Anders vraagt u nooit naar hem.'

'Iemand moet een beetje in de gaten houden wat hij doet,' bromde de commissaris. 'Anders wordt het een blindganger.'

Toen Rosa iets wilde zeggen, was Eschenbach al op weg naar zijn kamer. 'Moet je kort houden, die Pestalozzi...' mompelde hij. 'Net als pitbulls.' Bozig sloot hij de deur, gooide zijn jas over een bureaustoel en ging aan zijn bureau zitten.

Voor hem lag een envelop: *Commissaris Eschenbach* stond erop. En in grote letters erboven: PERSOONLIJK.

Eschenbach schrok even. De envelop was niet van Rosa. Gelukkig niet, dacht hij. Een keer per jaar nam zijn secretaresse traditiegetrouw ontslag. Meestal in februari, wanneer de mist al maanden over de stad hing en de winter de indruk wekte dat hij nooit meer zou verdwijnen. Dan lag er net zo'n envelop op zijn tafel met exact hetzelfde opschrift.

Plotseling besefte Eschenbach dat hij de laatste tijd niet zo aardig tegen Rosa was geweest; haar verjaardag vergeten en nog altijd geen cadeau gegeven.

Maar hoe dan ook: het was niet haar handschrift. Sinds kort schreef Rosa met een kalligrafeerpen, heel zwierig en met groene inkt. Uit protest, zoals ze zei. Omdat het allemaal zo bekrompen was geworden en omdat de mensen door sms en e-mail het met de hand schrijven verwaarloosden.

De commissaris opende de envelop en haalde er een opge-vouwen A4'tje uit:

Geachte mijnheer Eschenbach,
Ik houd me schuil – u weet ervan.
Er gebeuren dingen waarvan u op de hoogte moet zijn.
Ik stel voor dat we elkaar ontmoeten.
Tijd en plaats krijgt u via sms.
Ik vertrouw erop dat u alleen komt.

Konrad Schwinn

Eschenbach draaide het vel om, maar er stond verder niets op. 'Mevrouw Mazzoleni?' riep hij door de intercom. Er kwam geen antwoord.

De commissaris keek op zijn horloge. Het was half vier. Al was het dan vrijdag, zo vroeg was ze nog nooit naar huis ge-gaan.

Hij vond haar ten slotte neuriënd bij de koffieautomaat. 'Mevrouw Mazzoleni?'

Ze reageerde niet.

Pas nu zag de commissaris de witte snoertjes die naar haar oren liepen. Hij schreeuwde: 'Doe die dingen alstublieft direct uit, mevrouw Mazzoleni! Vertel me, van wie heeft u dat?'

'Van mijn zoon,' zei Rosa, nadat ze de dopjes uit haar oren had gehaald.

'Wat?' Eschenbach schrok even.

'De iPod... mijn verjaardagscadeau.'

'De envelop, verdomme nog aan toe! Hoe komt die op mijn bureau?'

'O die.' Rosa wikkelde de witte snoertjes om het apparaatje. 'Die is door een man gebracht. Ik moest hem aan u geven. Heeft niet iets speciaals gezegd, hoezo?'

'Kom 's mee.' De commissaris zette een ernstig gezicht.

Met de ogen ten hemel geslagen volgde Rosa hem naar zijn kamer. Eschenbach rommelde in de stapels papier op zijn bureau. Hij trok er iets uit en maakte een nieuwe stapel. 'Godallemachtig, net lag het hier nog.'

'Wat?'

'Een rood mapje.' Hij snoof.

'Het dossier Schwinn, bedoelt u?' Rosa liep doelgericht naar de kast en trok de hangmappenlade naar voren: 'Hier. Dat heb ik vanmorgen gedaan. Anders vind je straks niks meer...' Ze gaf hem de map.

'De man die de envelop heeft gebracht...' Eschenbach bladerde door de map en zocht naar de foto van Winters assistent.

'Schwinn was het niet,' zei Rosa.

'Hoe weet u dat zo zeker?' wilde de commissaris weten.

'Die is jong en knap,' zei ze. 'Verdraaide knap zelfs.'

'Aha.'

'Precies. En de andere, die met de envelop kwam... Die was ouder en had een baard.'

'En Schwinn kan het niet geweest zijn? Ik bedoel maar, baarden kun je kopen.'

'Ma dai! – Ik mag dan wel een dagje ouder worden, maar ik ben nog niet blind.' Ze trok een pruilmondje. 'En wanneer ik had geweten dat het zo belangrijk was... maar mij wordt nooit iets verteld.'

'Is al goed.' De commissaris liet Rosa de brief zien. 'En dat weten alleen wij tweeën,' zei hij. 'Geen woord erover tegen anderen – begrijpt u? En al helemaal niet tegen Pestalozzi.'

'Wat denkt u wel, chef!'

'Prima.' Even zwegen ze. Toen wees de commissaris op het

witte apparaatje. Rosa had het nog steeds in haar hand; de snoertjes van de oordopjes had ze eromheen gewikkeld. 'Wat hebt u erop gezet?' vroeg hij.

'Heeft Franco voor me gedaan: Gipsy Kings, Adriano Celentano, Eros Ramazzotti...' Ze glimlachte.

'En Lucio Dalla?'

'Nee, die niet... nog niet. Kent u Lucio Dalla?'

'Kennen nee, maar wel van gehoord...'

Rosa zette haar bril af, friemelde aan het display en zei: 'Ik heb pas vijfendertig nummers. Franco zei dat ik een lijstje voor hem moet maken. Hij heeft alles van internet... meer dan vijfduizend liedjes. Hij zegt dat ze die ruilen zonder dat je iets hoeft te betalen.'

'Zo zo.' Eschenbach lachte fijntjes. 'Voor internetcriminaliteit hebben we een eigen afdeling, denk eraan. En doe Franco de hartelijke groeten van me.'

De S-Bahn naar Horgen zat stampvol forenzen en de muffe geur van de dag kroop uit jassen en mutsen. De commissaris zat bij het raam. Hij had met Kathrin gebeld en zijn bezoek aangekondigd. Dat hij 's avonds in het ziekenhuis zou eten, samen met haar. En dat hij ernaar uitzag, dat had hij ook gezegd. Haar stem had zwak geklonken. Maar ondanks alles praatte ze weer en dat was een goed begin.

De commissaris keek door de ramen naar het meer. Hij ontwaarde in de mist twee vissersbootjes die langzaam langs een kleine baai voeren. Vermoedelijk naar Felchen, dacht hij. Zijn vriend Gabriel, die in Seefeld een restaurant had, leende soms zijn boot aan hem uit. Een houten bootje, ideaal om de wereld te vergeten, zoals hij zei. De wereld van moord en doodslag. En omdat de commissaris geen verstand van vissen had, een baars niet van een forel kon onderscheiden, waren het uitstapjes naar een wereld die goed was, een wereld waarin zelfs vissen niets hadden te vrezen.

Bij Thalwil graaide Eschenbach een van de gratis kranten mee die met tientallen tegelijk rondslingerden. Hij bladerde erdoorheen en bleef hangen bij de weerkaart. Die beloofde in hogergelegen delen zon, terwijl in de stad beneden de mist voorlopig wel zou blijven. *Hoch-Ybrig, poedersneeuw, goed*, las hij in het pisteweerbericht. Toen toetste hij het nummer van Juliet in.

19

Konrad Schwinn reed langs Hotel Dolder, via Gockhausen richting Schwerzenbach. Hij was laat. Ongeduldig trommelde hij met zijn vingers op het stuur. Wie de man of vrouw ook was die met veertig kilometer per uur voor hem uit tufte, zo iemand zou niet meer achter het stuur moeten, dacht hij. In elk geval 's winters niet. Hij vermenigvuldigde zijn gemiddelde snelheid met het aantal nog af te leggen kilometers. Als het zo doorging, zou het een half uur langer duren dan hij had ingecalculeerd.

Glenn Gould speelde de *Goldberg-variaties* van Bach. Schwinn hield van de complexiteit van deze barokke compositie en de ontspannen wijze waarop de pianist ze interpreteerde. Het was de opname uit 1955, waarbij Gould – tegen de bedoeling van de componist in – de herhalingen achterwege liet. Ook Schwinn hield niet van herhalingen en hij was geïrriteerd dat de recital voortdurend door het detonerende akkoord van de verkeersinformatie werd onderbroken; er waren aan de lopende band meldingen over files en ongelukken. De cd van Gould had Denise hem toegestuurd.

Schwinn vroeg zich een moment af waarom hij de snelweg niet had genomen. Hij belde dr. Chapuis en legde hem in het kort uit waarom hij een half uur later zou komen.

Elke keer dat Schwinn naar het ETH-laboratorium voor Gedragsneurobiologie reed, viel het hem op dat geen enkel bordje naar het onderzoeksinstituut wees. Ze waren jaren geleden verwijderd, toen dierenbeschermers met een massademonstratie hadden geprobeerd het terrein te bestormen.

Zeventigduizend proefdieren per jaar; voor een WNF-romanticus moest dat wel de ultieme apocalyps zijn.

Schwinn had er andere ideeën over. Hij zette zijn auto op een van de parkeervakken voor het Instituut voor Neurobiologie, stapte uit en meldde zich aan de poort.

Marc Chapuis was een slungelachtige man van eind veertig, met bloedeloze lippen en grijze ogen. 'We moesten de zaak afbreken,' zei hij droogjes. 'Je 'ad je de rit echt kunnen besparen.' Met zijn Franse accent klonk zelfs het slechtste nieuws nog als een liefdesverklaring.

'Weet ik,' zei Schwinn en legde zijn gewatteerde jas over de stoelleuning in Chapuis' kamer. 'Maar de resultaten van de proefreeksen die we al hebben... die moeten toch voldoende zijn?'

Chapuis knikte. 'Toch zal ik gaan naar Duitsland. Ik 'eb genoeg van die polemisering van jouw regering.'

Schwinn wilde noch over Chapuis' carrièreplanning noch over welke overheidsbesluiten ook discussiëren. Het enige wat hem interesseerde, waren de jongste uitkomsten van de proeven met marmosets.

Marmosets waren wollige klauwaapjes die oorspronkelijk uit de oerwouden van Zuid-Amerika afkomstig waren en waarmee in Schwerzenbach werd gefokt. Ruim zeventig dieren waren bij de proeven betrokken. De aapjes werden in de wetenschap als primaten beschouwd en vormden voor onderzoeksdoeleinden een brug tussen knaagdier en mens. In het onderzoek naar depressies waren ze nuttig omdat hun psyche het dichtst in de buurt komt van die van de mens.

De proef was verdeeld in drie fasen over een periode van zes jaar.

In een eerste fase werden babyapen – het waren altijd tweelingen – aan een gedwongen deprivatie onderworpen. Van de tweede tot en met de achtentwintigste dag van hun leven werden tweelingen tussen dertig en honderdtwintig minuten per dag met geweld van de moeder gescheiden, steeds op andere tijdstippen. Dankzij een reeks vergelijkbare experimenten was bekend dat er een hoge correlatie bestaat tussen deprivatie op jeugdige leeftijd en depressie. Om dit effect te versterken, kregen de gedepriveerde jonge dieren daarnaast de stof dexamethasone toegediend. Een substantie die men nog kende van de therapie van te vroeg geboren kinderen en die als bijwerking onder meer depressies bij mensen veroorzaakt. Op deze manier kreeg je een generatie aapjes die bij een rechtstreekse vergelijking met hun even oude broertjes en zusjes angstig en in hun sociale gedrag in hoge mate gestoord was.

De tweede fase van de proef bestond uit het testen van een breed palet aan therapeutische stoffen op de proefdieren, waaronder ook het door Winter ontwikkelde proëtecine. En in de afsluitende derde fase, waaraan door het afbreken van de proef helemaal niet meer werd begonnen, hadden ze op basis van fokreeksen het effect op de erfopvolging van de dieren willen onderzoeken.

Konrad Schwinn bekeek samen met Chapuis een paar filmpjes op de pc. Je zag de dieren in de verschillende stadia van de behandeling. In eerste instantie zaten de angstige aapjes ineengedoken op enige afstand van de groep en keken ze toe hoe hun broertjes en zusjes speelden. Af en toe wreven ze met hun zwarte klauwhandjes over hun dichtbehaarde, lichtgekleurde kopjes of beten zichzelf plotseling. Hulpeloosheid kende ook hier haar eigen gebaren.

In een opname van een half jaar later leken het opeens compleet andere dieren. Ze waren helemaal niet meer van hun gezonde kameraden te onderscheiden.

'Dat is sensationeel.' Schwinn bekeek de laboratoriumwaarden en trok verheugd zijn wenkbrauwen op. 'Proëtecine is de basis voor een perfect medicijn.'

'Absoluut.' Chapuis deed zijn bril af en wreef met zijn handen over zijn gezicht. Het was hetzelfde gebaar dat je bij de gedeprimeerde marmosets zag. 'Na beëindiging van de proef 'ebben we ze in andere 'okken geplaatst... Drie dagen later waren twee dieren dood. De toestand van de andere dieren is kritiek.'

'Alleen de proëtecine-dieren?' wilde Schwinn weten.

'Ja, alleen die... We onderzoeken 'et nog steeds.'

Een tijd lang bleef Schwinn zwijgend zitten en dacht na. Ze waren heel dicht bij hun doel, en nu dit. Geen goed nieuws. 'Heeft Winter iets gezegd?'

''ij belt elke dag of we iets 'ebben ontdekt. En gisteren was 'ij de 'ele middag op 'et lab. 'ij zegt niet veel.'

'Hm.' Schwinn stond langzaam op. 'Laat je me weten wanneer jullie iets hebben gevonden?'

'Natuurlijk.' Chapuis klonk vermoeid. Hij had donkere randen onder zijn ogen.

Het was even na achten, mistig en zwart, toen Schwinn dezelfde route terugreed naar Zürich. Glenn Gould speelde weer en inmiddels was de vertraging ten opzichte van het oorspronkelijke tijdschema een vol uur. 'Waar zit je?!' stond er op het schermpje van zijn mobieltje. Het was al het tweede sms'je van Denise.

Schwinn hield niet van klef gedoe. Om die reden was hij ook nooit een serieuze relatie met een vrouw aangegaan. Op dat punt kwam Denise hem tegemoet. Ze was getrouwd en dat was welhaast ideaal. Het enige wat hen bond was seks. Niets meer maar ook niets minder.

Hij had een klein kwartier nodig om weer bij Dolder te komen.

Het hotel lag op dezelfde heuvel als de ETH en pronkte met de weelderigheid van een rijke oude dame. Op de parkeerplaats verdrongen de luxebakken elkaar. Het duurde even voordat Schwinn een plekje voor zijn oude VW had gevonden. Hij nam de envelop met de lijst uit het handschoenenvakje, tikte een berichtje voor Denise op zijn mobieltje en stapte uit.

Halverwege de wandeling naar de ingang klonken de piepjes van haar antwoord. 'Ik wacht bij de garderobe, kiss, D.'

Denise Gloor was feestelijk gekleed. Schwinn zag de vrouw van de wethouder al van verre. Ze droeg een nauwsluitende gebreide bruine jurk die maar net over de knieën kwam; haar blonde lokken had ze kunstig opgestoken. 'De bijeenkomst is bijna voorbij,' zei ze met spijt op haar gezicht. 'En dan heb ik ook nog eens een kamer voor ons geboekt.'

'Het ging niet anders, sorry.' Schwinn legde de envelop op de garderobeplank en haalde de lijst tevoorschijn. 'Allemaal namen waar ik niets mee kan beginnen. Misschien kun jij eens kijken in het systeem van Kurt...' Voordat ze iets kon zeggen, sloeg hij zijn armen om haar heupen, trok haar dicht tegen zich aan en fluisterde: 'Jij bent mijn blonde gif.'

Ze drukte een knie tussen zijn dijen.

Een etage hoger debatteerde de rechtervleugel van de Vrijzinnig-Democratische Partij, afdeling Zürich, over de vraag of het hoofddoekjesverbod voor moslima's al of niet in het partijprogramma moest worden opgenomen. Kurt Gloor was tegen. In een puntige verklaring sprak hij zich uit voor de zelfbeschikking van de moderne vrouw. Van alle vrouwen! In alle culturen! Los van hun in zijn ogen niet altijd zelfverkozen geloofsovertuiging. Het regende applaus en instemming.

'Wil je echt hier...?' vroeg Schwinn en keek om zich heen.

'Waarom niet?' Denise trok hem aan zijn riem naar achteren, tussen de kledingrekken. 'Ze praten de hele tijd maar over hoofddoekjes en ik heb niet eens een slipje aan. Kun je je dat voorstellen?'

Schwinn stelde zich Kurt Gloor voor, die kwam aanlopen en om zijn jas vroeg: 'De donkerblauwe alstublieft!' En hij zou – terwijl Denise hem pijpte – achter honderdvijftig donkerblauwe jassen opduiken en roepen: 'Ik kom al!'

'Concentreer je alsjeblieft!' lispelde ze ter hoogte van zijn kruis.

'We gaan naar de hotelkamer, Denise.' Hij keek omlaag, in haar levenslustige blauwe ogen en naar de plek waar haar lippenstift sporen had achtergelaten. 'Niet hier,' mompelde hij. Toen trok hij haar omhoog.

20

Het was een mooie avond met Kathrin geweest. Met een kussen in haar rug en met een verhoogd hoofdeinde had ze in het ziekenhuisbed gelegen en een compleet menu naar binnen gewerkt: voorgerecht, hoofdgerecht en nagerecht. De muren kwamen op haar af en ze wilde eindelijk weg uit het ziekenhuis. Daarom moest ze eten – veel eten, had de dokter gezegd.

Even na negen uur was Eschenbach thuisgekomen en direct de kelder ingedoken. Achter de rubberboot, tussen Kathrins poppenhuis en het lege aquarium hadden ze gestaan. Latten van twee meter vijf met roestranden en een tourbinding uit de vorige eeuw. Van de schoenen geen spoor. 'Huur dat spul toch gewoon,' had Kathrin hem al direct geadviseerd. 'Tegenwoordig zijn ski's even getailleerd als overhemden. En een veiligheidsbinding heb je ook nodig – zoals jij skiet!'

Het enige waarvan de commissaris de volgende morgen – op weg naar de gondel die naar de Hoch-Ybrig voerde – nog kon zeggen dat het van hem was, waren de lange onderbroek, wollen sokken en een gebreide bruine kabeltrui. De rest was van Ybrig-Sport: gehuurd, gekocht en geleend. 'Geen mens skiet in een spijkerbroek en leren jas,' had Juliet gezegd en had daarmee bij haar vriendin een instemmend knikken geoogst. Fiona was een onopgesmukte schoonheid, ongeveer even oud als Juliet, met halflang, donker haar. Eschenbach rekende haar tot het soort vrouw dat op haar vijftigste kort, grijs haar had en er, zonder dat ze al te veel aandacht aan haar uiterlijk behoefde te besteden, dan nog altijd verdomd goed uitzag.

De twee hadden hem van top tot teen in het nieuw gestoken:

carveski's, stokken, schoenen en helm, benevens een broek met tefloncoating en een gewatteerde jas. Daarbij handschoenen (voor temperaturen tot -39 ºC) en een zwarte halsdoek met kleine rode hartjes. Dat laatste was een cadeautje van Juliet. Ze had hem met een dikke kus om zijn hals gebonden.

'Sir Hillary had nog niet de helft van al dat spul toen hij de Mount Everest beklom,' mokte Eschenbach. Hij wurmde zich door de tourniquet bij de kassa en volgde met robotachtige bewegingen de beide vrouwen naar het instapplatform.

De enorme gondel bood plaats aan tachtig mensen. Hij was slechts voor de helft bezet toen hij met een ruk de hoogte in ging.

'Op zaterdagochtend is het altijd rustig,' zei Juliet. 'Zwitsers hollen eerst naar de Migros om voor het weekeinde in te slaan. Daarna krijgt de auto nog een wasbeurt. Tot een uur of drie heb je genoeg ruimte op de piste.'

Bij een van de masten begon de gondel vervaarlijk te schommelen. Eschenbach voelde zijn lege maag en was blij dat hij nog niet ontbeten had. Toen de gondel boven aankwam, dreef de commissaris onder zijn gewatteerde jas. En toen hij buiten in de wind stond, rilde hij.

'Je ziet er goed uit,' zei Juliet en smeerde zonnebrandcrème op zijn neus.

'Jullie kunnen gerust al een keertje gaan.' De commissaris knipoogde in de richting van het zonneterras. 'De eerste bochten zijn zoals je weet de beste, daar ben ik alleen maar tot last...'

'Komt niks van in,' zei ze.

Eschenbach stak de ski's in een hoop sneeuw, liep naar Juliet en kuste haar op de mond. 'Jawel,' mompelde hij. 'De klim naar boven heeft me gevloerd.'

'We hebben niet geklommen, we hebben ons laten brengen...'

'Maakt niet uit.'

'En jij doet alsof je ik-weet-niet hoe oud bent.'

'De uitrusting bedriegt.'

'Dat zie ik anders...' Met een veelzeggend lachje zette ze haar skibril op.

'Je bent een gerontofiel, schattebout.'

Fiona, die naast Juliet hurkte en aan de binding van haar snowboard frunnikte, giechelde.

'Ga nu maar,' zei hij. 'Ik wacht boven op het terras en drink mezelf moed in.' Zonder zijn ogen van haar af te wenden, zette de commissaris een paar stappen in de richting van het restaurant.

Met een kushandje en een zwaai roetsjten de vrouwen de helling af. Steeds meer vaart makend gleden ze, de hele breedte van de piste benuttend, in lange, zwierige bochten naar het dal.

Jeugd is verspild aan jonge mensen, dacht Eschenbach, terwijl hij hen nakeek. Even later beklom hij de laatste meters naar het terras.

Het panorama was overdonderend. Besneeuwde heuvels en bergketens rezen op uit een zee van mist en boorden zich gulzig in het wolkenloze blauw. Alsof ze gevoed werden door de hemel. Eschenbach voelde de eerste zonnestralen op zijn gezicht en bestelde een rösti met kaas en spek en een flesje Veltliner.

Sinds de brief van Schwinn had hij telkens op zijn mobieltje gekeken. Kathrin had het in het ziekenhuis meteen gemerkt en hem gevraagd hoe zijn nieuwe vlam heette. 'Zakelijk,' had hij gezegd. 'Ha, ha,' had ze gereageerd. Dat zijn dochter hem niet geloofde, bleek wel uit de drie sms'jes die ze hem sindsdien had gestuurd. Nu, tussen hemel en aarde, op het terras van een restaurant met de naam 'Sternen', zou hij ze beantwoorden.

Na een uurtje verschenen Juliet en Fiona; dorstig en hongerig en met wilde verhalen over *spins*, *tricks* en *jumps*. Er kwam patat op tafel en braadworst met donkere uiensaus, samen met drie mandjes met brood en er werden twee flessen Dôle ontkurkt.

'Je hebt straks geen excuus meer,' zei Juliet en lachte. 'Je zult zien, met die nieuwe latten gaat alles vanzelf...'

'Dat zal wel,' mompelde de commissaris tussen twee happen door. 'Oude wijn in nieuwe zakken.' In gedachten voerde hij al een gevecht met de buckelpiste en dacht hij aan zijn tussenwervelschijven en de onwillige kniegewrichten.

Tot besluit nam iedereen het 'kleine winterwonder': een grote portie zoete kastanjepuree met vanille-ijs, twee schaaltjes meringue en slagroom.

'En jij werkt dus op Sociale Zaken... bij Kurt Gloor?' Eschenbach had met de vraag bewust tot het toetje gewacht. Hij deed zijn best hem zo terloops mogelijk te stellen.

'Pas op, Fiona, nu word je verhoord,' onderbrak Juliet hem en lachte.

'Jij hebt ook alles door,' zei de commissaris en kneep Juliet in haar zij. Toen wendde hij zich weer tot Fiona en keek haar aan. 'Ik heb de berichten in de krant gelezen. Ik neem aan dat het nogal wat heeft losgemaakt...'

'Er was maar één bericht,' zei Fiona. Ze drukte met de lepel een stukje meringue plat. 'Dat is het nou juist.'

'Dat stuk in de *Tagesanzeiger*?'

'Ja.' Ze zweeg even.

'Je kunt het rustig tegen hem zeggen,' kwam Juliet tussenbeide.

'Ik had er misschien niet...' Fiona aarzelde.

'Ze hebben haar ontslagen, daar gaat het om.' Juliet keek Eschenbach aan. 'Alleen omdat ze haar best voor het artikel heeft gedaan. Begrijp jij dat?'

De commissaris dacht aan interne richtlijnen en hoe precair de omgang met de pers was. 'Een netelige kwestie,' zei hij.

'Poeh!' Juliet schudde haar hoofd. 'Ze sterven bij bosjes en niemand die er oog voor heeft.'

'We hadden vorig jaar tien keer meer drugsdoden dan verkeersslachtoffers,' zei Fiona zachtjes.

'Ja, verkeersslachtoffers sterven in de provincie en drugsverslaafden in de stad. Dat is een feit,' zei Eschenbach. Hij kende de statistieken.

'Dat klopt...' Fiona schraapte haar keel. 'Dat is bekend. Maar de gevallen waar ik het over heb... die ook in de krant hebben gestaan, dat zijn geen drugsdoden.'

'Maar?' vroeg Juliet.

'Dat zijn randfiguren... mensen die hun uitkering hebben verspeeld, mensen zonder perspectieven.'

'En die gebruiken geen drugs,' wierp Eschenbach tegen.

'Ja, ook wel,' Fiona nipte aan haar glas en merkte dat het leeg was. 'Er zijn erbij die zeker iets nemen. Die willen gewoon overleven.'

'Hm.' Eschenbach begreep wel dat zoiets je niet in de koude kleren ging zitten. Maar vermoedelijk was zij een van die jonge vrouwen die het opnamen voor de hopeloze gevallen en er op een gegeven moment zaken bij haalden die er niets mee te maken hadden; omdat ze het op de zenuwen kregen of het gewoonweg somber inzagen. 'En vanwege dat gedoe met de pers hebben ze je ontslagen?'

'Ik vrees van wel.' Ze knikte. 'Officieel zijn het bezuinigings-maatregelen.'

'Kun jij niet iets doen?' Juliet keek hem vol verwachting aan. 'Ik bedoel, ontslag op staande voet... Daar kun je toch ook juridisch iets tegen ondernemen?'

Eschenbach zuchtte. 'Zou kunnen,' zei hij. 'Maar Kurt Gloor is nou niet direct iemand die mijn wensen een-twee-drie zal vervullen.'

'Je zult het wel met zijn vrouw hebben aangelegd,' zei Juliet.

Ze lachten om haar grap.

De commissaris verdeelde het restje witte wijn over de glazen. 'Een goede vriend van mij kent Gloor nogal goed. Als je wilt kan ik het er wel eens met hem over hebben. Maar ik zou me er ook niet te veel van voorstellen.'

'Weet ik, en ik weet ook niet zeker of ik wel terug wil. Er is veel veranderd sinds Gloor een jaar geleden het departement heeft overgenomen.'

'Een geslaagd man dus.' Eschenbach nam de laatste slok en knipperde tegen de zon. 'Iedereen is vol lof over hem...'

'In een wereld die alleen mislukkingen kent, is het moeilijk om succes te hebben,' zei Fiona en glimlachte. 'Ik doe dat nu al meer dan vijf jaar. Help iedereen er weer bovenop, tot hij of zij alles weer zo'n beetje op een rijtje heeft. Zorg dat mensen een tijdje op de boerderij en af en toe bij een bedrijf kunnen werken. Ik hoop altijd dat ik hen nooit meer terugzie.' Ze pauzeerde even, nam een slok en knakte met haar vingers. 'Maar de meesten komen terug. Pendelaars tussen verslaving en onthouding, alsof ze er niet bij willen horen in deze wereld van de feiten.'

Een gezin met drie kinderen baande zich al duwend en stotend een weg langs hen heen, tussen de stoelen door. Fiona leek het allemaal te ontgaan.

'En wanneer het iemand dan wel een keer lukt, dan durf ik daar nauwelijks blij om te zijn. Bang dat hij weer terugvalt. Er zijn te veel verkeerde plaatsen en te veel verkeerde tijdstippen; ik geloof niet in succes en al helemaal niet op de korte termijn. Hooguit in het uitblijven van mislukkingen – dat is al mooi genoeg. En daarvoor heb je geduld nodig, geduld en nog eens geduld... Veel anders kan ik wat dat betreft niet bedenken.' Ze pauzeerde even. 'Ik denk dat dat departement voor Gloor een nachtmerrie moet zijn.'

'Hij is een klootzak,' zei Juliet en ging staan.

'Ken je hem dan?' vroeg Fiona verbaasd.

'Nee.' Juliet wurmde zich tussen twee stoelen door naar de ingang. Voordat ze in het restaurant verdween, riep ze, zodat iedereen op het terras het kon horen: 'Ik ken geen klootzakken.'

'Zijn wij even blij,' mompelde de commissaris en vroeg om de rekening.

Toen de 'juffrouw' kwam, hadden Fiona en Eschenbach het bedrag al opgeteld en naar boven afgerond. Met het biljet van honderd frank viel een foto van Kathrin op tafel. Zwart-wit, uit een fotoautomaat.

'Mijn dochter...'

'Mag ik?' Fiona had de foto al in haar hand en bekeek hem goed. 'Je hebt een knappe dochter.'

'Eigenlijk is ze niet mijn dochter...' zei de commissaris een beetje verlegen en stopte het wisselgeld in zijn portemonnee. 'Genetisch dan. Haar schoonheid heeft ze van haar moeder.'

Fiona deed haar zonnebril af en bekeek de foto nog eens, alsof ze een fout had ontdekt. Enigszins geïrriteerd zei ze: 'Een maand geleden of zo hadden we een meisje bij ons op het dagverblijf... Die leek sprekend op haar.'

'Ze woont bij haar moeder,' zei Eschenbach.

'Ik dacht alleen, wat kunnen mensen soms toch ontzettend veel op elkaar lijken.'

Het sms'je van Schwinn kwam toen de commissaris juist zijn

ski's wilde onderbinden. Eerst dacht hij dat het weer een berichtje van Kathrin was. Maar sinds hij haar had ge-sms't dat zijn nieuwe vlam Juliette Binoche heette, heerste er radiostilte. Nee, het was Schwinn, het moest Schwinn wel zijn, want er stond. *City, Hotel Central 17.00 KS.* Als afzender verscheen op het display een smiley – dus niet een nummer dat hij had kunnen bellen.

'Nu heb ik je niet één keer zien skiën,' zei Juliet en pruilde een beetje toen hij met een kus afscheid nam.

In de gondelbaan rekende Eschenbach uit dat hij voor de rit naar Zürich nog een uur had. Dat wordt krap aan, dacht hij.

'Hebt u eigenlijk wel iets gedaan?' vroeg de verkoper bij Ybrig-Sport. Met zijn vlakke hand bevoelde hij de onderzijde en de kanten van de ski's.

'Alleen in het restaurant,' zei Eschenbach. Haastig kleedde hij zich om. Met de ene hand stopte hij zijn overhemd in de broek, met de andere ondertekende hij de formulieren voor borg en huur. Nadat de motor van zijn okergele Volvo, waarin de commissaris al meer dan zeventien jaar reed, eindelijk was aangeslagen, joeg hij langs de Sihlsee richting Einsiedeln. De weg was geveegd en glom; als een vochtige, zwarte slang slingerde hij zich door het heuvelachtige winterlandschap. Op de radio klonken hits uit de jaren zeventig. Bij Biberbrugg dook hij de mist in en als door een geheimzinnige hand geleid vond hij een kwartier later de oprit naar de snelweg.

Net buiten Zürich stond hij stil. Een verhuiswagen stond dwars op de weg en elke minuut leek een eeuwigheid te duren. Rond deze tijd was de binnenstad één grote chaos, en het blauwe licht dat in dit soort gevallen uitkomst bood, functioneerde in zijn privébak niet. Bij de Sihlporte parkeerde Eschenbach de auto voor het zwembad en ging te voet verder: door de Bahnhofstrasse, dan rechtsaf naar de Beatenplatz en over de brug naar Central. Hij was maar tien minuten te laat.

Eschenbach liep langs het trameiland, stak de weg over, liep de Central Bar in en weer uit. Voor zijn geestesoog zag hij Schwinn staan: één meter tachtig, slank en donker; met de gelijkmatige trekken van een Indiër. Dat was het beeld – op basis van de foto – dat hij van hem had. Hij stelde zich hem voor met een gele muts of een hoed. Met een sjaal om z'n nek, parka of wollen jas.

'Dat is zwaar klote,' siste hij na een tijdje. 'Met honderden mensen...' Eschenbach nam de zij-ingang naar Hotel Central, liep de paar treden omlaag naar het souterrain en keek om zich heen. Toen liep hij naar de heren-wc's. Een oudere heer kwam hem tegemoet en hield de deur voor hem open.

De commissaris stond al bij het urinoir toen de deur hoorbaar in het slot viel. Hij frunnikte aan de rits van zijn broek.

'Nu ben ik weer alleen,' zei een stem achter hem. Er waren twee wc's; een ervan was bezet. De commissaris luisterde met verbazing.

'Eschenbach is niet komen opdagen... Heb ik het je niet gezegd? Hij neemt de zaak niet serieus.'

De commissaris hield zijn adem in.

'Is ook prima zo. Ik zou maar gewoon afwachten, ik zie wel wanneer er weer wat gebeurt,' zei de man. Er volgde een pauze.

Hoewel hij steeds meer aandrang kreeg, durfde de commissaris er niet aan toe te geven. Dat zou alleen maar de spoeling activeren en zijn aanwezigheid verraden.

'Nee, dat denk ik niet...' De stem klonk onzeker. 'Hij zal het nog een keer proberen... Ja, dat ligt het meest voor de hand. Dat hij het land verlaat, geloof ik niet.'

Opnieuw volgde een korte pauze. Toen ging de deur naar de gang open en kwamen twee mannen binnen. Ze waren in een gesprek verwikkeld. Een van hen draaide de kraan open. Er klonk geklater.

'Oké, we stoppen ermee...' klonk het uit de cabine.

Eschenbach maakte van de gelegenheid gebruik, liep naar de deur en naar buiten. Een moment stond hij in de gang en dacht na. Rechtdoor kwam je uit bij de King's Cave, dat pas 's avonds opening. Na een korte aarzeling verdween hij naar de dames-wc. Hier kon hij zich even verstoppen. Hij had de man graag gezien, gewoon om zeker te zijn. Want de stem kende hij: het was de ruisende bariton van Tobias Pestalozzi.

21

'Je praat in je slaap,' zei Juliet en vlijde zich tegen hem aan.

'Mmm.' Eschenbach keek naar de klok op het nachtkastje; het was bijna negen uur, zondagochtend. Hij sloot zijn ogen en probeerde zich zijn droom voor de geest te halen; achter zijn oogleden was het filmdoek zwart. Er was iets fout gegaan.

'Wie is Hagen?' Juliet streek teder met haar vingers over zijn lippen. 'Je had het steeds over Hagen.'

'Echt waar?'

'Je hebt zelfs een keer geroepen: "Hij moet Hagen spelen!" Je hebt echt liggen schreeuwen. En je hebt ook om je heen geslagen.'

Er klonk een slaperig gemompel.

'Herinner je je dat?'

'Ik geloof dat ik Wagner heb gedirigeerd,' zei hij. 'De *Götterdämmerung*, bij de Bayreuther Festspiele. En Siegfried was Hagen... Ik bedoel Pestalozzi. Maar die is geen tenor, snap je? Die stomme rollen waren verwisseld... Volgens mij was dat het.'

'Ik snap er helemaal niets van.'

Bij het ontbijt gaf de commissaris een samenvatting van de *Nibelungen*, Wagners versie tenminste: 'En uiteindelijk...' – hij nam een hap van een royaal besmeerd stuk vlechtbrood – '...houden ze de herwonnen ring in de lucht en aan de hemel zie je Walhalla in vlammen opgaan... een enorme vuurgloed: het einde van de goden is gekomen en Wotans noodlot is vervuld.'

Juliet lepelde aardbeienkwark naar binnen. 'Jij hebt een voorliefde voor het dramatische,' zei ze en grijnsde. 'Ik vind het een mooi verhaal.'

Nadat ze zich warm hadden aangekleed, maakten ze een wandeling door Zürich. Er lag nog overal sneeuw, maar het leek erop alsof de mensen zich daarmee hadden verzoend. Er waren auto's die al dagen langs de weg stonden, met hopen sneeuw ertegenaan geschoven, en bij de Hirschenplatz stond een sneeuwpop, geïnspireerd op de Böögg, de enorme Zürichse sneeuwpop van watten, die met de dikke lippen van een vuilniszak op de lente wachtte.

Eschenbach zat op hete kolen. Waar ze ook stonden en in welke etalage ze ook keken, steeds weer doken dezelfde vragen op, ze spookten voortdurend door zijn hoofd: welke rol speelde Tobias Pestalozzi? Met wie had hij gebeld en waar was Konrad Schwinn? In Café Schober dronken ze een kop cacao en namen afscheid van elkaar.

'Je bent zo anders,' had Juliet opgemerkt, voordat ze hem tot twee keer toe kuste. 'Zo afwezig... De hele tijd al.'

'Ik moet nadenken,' mompelde hij.

'Over ons?'

'Nee,' lachte Eschenbach. 'Over alles behalve ons.'

De rest van de middag bracht de commissaris door bij Ewald Lenz. Hij was niet eens eerst naar huis gegaan. Vanuit Niederdorf marcheerde hij rechtstreeks naar Bellevue, stapte in de tram, die de hoogte in reed, tot aan Restaurant Burgwies. Lenz woonde daar in een oude molen aan de Forchstrasse, bij een vioolbouwer die aan hem een kleine twee-en-een-halve-kamerwoning onderverhuurde. Bij de woning hoorde een piepklein voortuintje en een verweerde houten bank, van waaraf je het klateren van de beek kon horen en – heel in de verte – ook het verkeer in de stad.

Voor Ewald Lenz waren zondagen niet anders dan maandagen of dinsdagen. 'De meeste mensen hebben het weekend nodig om bij te komen,' had de kleine man met de oranjebruine snor en de pientere oogjes ooit gezegd. 'Met voetbal, spelshows en lottogetallen. Dat helpt hen om de dingen op een rijtje te zetten en om ze weer te vergeten.'

Lenz was anders, hij vergat niets. Door een speling van de

natuur faalden bij hem alle mechanismen om iets te vergeten: alles wat hij las, zag of hoorde – het bleef op de vaste schijf van zijn brein bewaard, hardnekkig als tenenkaas. In het weekend, wanneer er op het archief van de kantonale politie niets te doen was, keek hij naar voetbal en onthield alle uitslagen. De volgorde van de doelpunten en de namen van de doelpunten-makers. Voor- en achternamen. Ook de namen van degenen die het doel net hadden gemist of een gele kaart hadden gekre-gen. Hij onthield de namen van de winnaars van spelshows, de prijzen en geldbedragen, en de winst- en verlieskansen. Bij de lottogetallen reikte zijn statistische kennis tot 1997; in dat jaar had de dokter hem verboden om er zich nog langer mee bezig te houden.

'Doe met hem wat je goeddunkt,' had de oude Stadler hem als advies meegegeven toen hij met pensioen ging en de leiding aan Eschenbach had overgedragen. 'Lenz is geniaal maar maf. En als het hem te veel wordt, zuipt hij zich half dood.'

Lenz bleef, omdat Eschenbach op hem gesteld was, omdat de commissaris met de dagenlange absenties kon leven die door alcoholmisbruik en regelmatige opnames in klinieken niet waren te voorkomen en omdat Lenz de meest briljante inlich-tingenman was die de commissaris ooit tegen het lijf was gelopen.

'Je bent afgevallen,' zei Lenz en lurkte aan zijn pijp. 'Ik schat negen en een halve kilo.'

'Tien,' zei Eschenbach.

Ze zaten buiten, op de houten bank onder een straalkachel, gewikkeld in oude legerdekens.

'Feestdagen zijn vreetdagen... De meeste mensen komen aan.' Lenz kon de besneeuwde tuin helemaal overzien. 'Had je het te pakken?'

'Bedoel je dat ik ziek was?' Eschenbach dacht even na. 'Niet echt.'

'Dan heb je geluk. De kans dat je iets krijgt waaraan je over-lijdt, neemt na je vijftigste razendsnel toe. Hart- en vaatziekten en kanker, dat zijn de grote boosdoeners. Tweeëntachtig pro-cent van de mensen gaat eraan dood.'

'Je moet toch ergens aan doodgaan... vroeg of laat,' zei de commissaris. Hij stak een Brissago op, blies de rook uit en gooide de lucifer in de sneeuw. 'Het leven is levensgevaarlijk.'

'Is van Erich Kästner, die spreuk.'

'Weet ik.'

'En toch is er nauwelijks plaats in de bejaardentehuizen. De mensen willen niet dood.'

'Volgens mij willen ze wel, maar kunnen ze niet.'

'Denk je?'

'Moet ik dat weten?' Eschenbach legde zijn hoofd in zijn nek. Hij voelde de warmte die van de straalkachel onder de dakgoot op hem afstraalde.

'Het is eigenlijk net als met een trommel hard geworden guetzli: je wilt ze proberen, maar je bijt je tanden erop stuk.'

'Ik neem het zoals het komt.'

Lenz haalde een stukje hout uit zijn jaszak en frummelde ermee aan zijn pijp. 'Ja, dat denk ik ook.'

De schemering daalde langzaam neer op de tuin en het licht van de verwarmingsspiraal kleurde de sneeuw een beetje rood.

'Ik heb verse tomaten en basilicum,' zei Lenz, nadat ze een tijdje buiten hadden gezeten en gezwegen. 'Ik maak wat lekkers voor ons klaar.'

Onder het eten aan het tafeltje in Lenz' knusse woonkamer vertelde de commissaris het hele verhaal. Over Winter, zijn verdwenen assistent en de dode man uit de Limmat. Dat ze in het lijk gif uit een vis hadden aangetroffen en dat ze hem Pestalozzi op z'n dak hadden gestuurd, hoewel hij daar vanaf het begin tegen was geweest. Hij memoreerde de kwestie met de zwervers, dat de sterfgevallen op straat aanzienlijk boven het statistisch gemiddelde lagen, en hij liet Lenz het sms'je van Schwinn lezen. 'Natuurlijk heb ik eerst gedacht dat ik Schwinn aan de hand van het berichtje kon laten opsporen. Elk mobieltje laat sporen na. Maar het sms'je werd via een publieke provider verstuurd... Dus, om eerlijk te zijn, ik weet niet hoe hij dat voor elkaar heeft gekregen.'

'Aardig bij, hè, die jongen?' Lenz plukte aan zijn snor.

'We hebben alles geprobeerd, Ewald. Creditcards, privé-gsm,

zijn gewoontes, vrienden, ouders... Gewoon alles. We hebben niet één bruikbaar spoor gevonden. Het lijkt alsof Schwinn tussen kerst en oud en nieuw opgehouden heeft te bestaan.'

'En de levenstekenen van hem... de brief, het sms'je... Ik bedoel, die zouden evengoed van iemand anders afkomstig kunnen zijn. Of heb ik het mis?'

'Nee, dat zou best kunnen. En als ik zijn cv niet had gezien, niet wist dat Konrad Schwinn over de intelligentie beschikt waarmee hij de hele wereld gemakkelijk om de tuin leidt... dan zou ik wedden dat hij dood is.'

'Een mogelijkheid waarmee je rekening moet houden,' merkte Lenz peinzend op.

'Zeker. En ik ben er ook helemaal niet zeker van of de rest wel in het verhaal past.' De commissaris wreef over zijn kin. 'Ik schiet geen steek op, snap je? Tot het telefoontje van Pestalozzi speelde zich dat allemaal op de een of andere manier af aan de periferie van mijn bezigheden. Het waren dingen die je serieus kon nemen of niet. In het kanton Zürich werden vorig jaar negenduizend arrestaties verricht...'

'9.763,' verbeterde Lenz hem. 'In totaal 49 misdrijven met dodelijke afloop, 1.830 keer werd lichamelijk letsel toegebracht, 4.717 bedreigingen en bedreigingen met geweld, 93 afpersings-zaken en 204 verkrachtingen. Er werden 145 keer schietwapens en 133 keer steekwapens gebruikt... en we hadden 353 zelfmoor-den.'

'Ik weet het... Jij kent de statistieken beter dan ik. Het loopt allemaal via het apparaat, er worden rapporten geschreven en als het ons opportuun lijkt, wordt er onderzoek gedaan. Meer dan een half miljoen verrichtingen per jaar.' Eschenbach schonk zijn waterglas vol. 'Papier, vergaderingen en nogmaals papier; en aan het eind is de zaak dan hopelijk opgelost. Zo gaat het tenminste meestal.'

'Weet tegen wie je dat zegt.' Lenz stond op en liep een paar passen naar een stoel van bruin ribfluweel. De stof was versle-ten en de houten leuningen glansden vettig. Op het bijbeho-rende voetenbankje lag een grijze wollen deken. 'Die heeft mijn vader op zijn negentigste gekregen – van Radio Beromünster.

Zo heette de Zwitserse radio vroeger, toen ze de oudjes nog stoelen cadeau gaven.' Hij ging met een zachte zucht zitten. 'En nu wil je dat ik deze Pestalozzi voor je doorlicht... zonder dat iemand erachter komt.'

'Correct,' zei Eschenbach zonder aarzelen. 'Inofficieel... buiten de gebruikelijke procedure om. Alleen jij en ik.' Eschenbach keek Lenz aan. Zijn mondhoeken trilden lichtjes, zoals altijd wanneer hij nadacht of op iets broedde.

'Dat kan ons ons pensioen kosten,' zei hij kalm.

'Weet ik,' zei Eschenbach. Hij pakte een stuk brood en doopte het in de rest van de saus. 'Zal ik je vertellen wat me meer deprimeert dan de angst voor mijn pensioen?'

Lenz dacht een moment na en zei toen: 'Dat je door je eigen mensen wordt bespioneerd, neem ik aan.'

'Dat niet alleen.' De commissaris brak nogmaals een stuk brood af.

'Maar?'

'Dat ik niet meer weet wie die eigen mensen zijn.'

'Ik denk dat je nu overdrijft.'

'Achtervolgingswaan? Denk jij dat het zo begint?'

'Het verbaast me dat je daar niet allang aan lijdt. Echt waar. Jij en ik, we besteden nu al ons halve leven aan het bespioneren, afluisteren en ondervragen van anderen. Dacht je nu echt dat jij altijd buiten schot zou blijven?'

'Misschien.'

'Ik heb goede contacten met de grote detectivebureaus in Europa... M5, Proximal Cause, et cetera. Zo nu en dan wisselen we informatie uit, zijn elkaar wel eens een dienst verschuldigd. Zal ik je verklappen wie hun grootste klanten zijn en wat ze willen?'

'De multinationals... de grote bedrijven, neem ik aan.'

'Precies. En dan gaat het niet alleen om industriële spionage, dat garandeer ik je. Lenz pauzeerde even. 'Het meeste geld – en dat zijn miljoenen – geven ze uit om hun eigen mensen te bespioneren. Zo zit de wereld in elkaar.'

De commissaris zweeg. Het brood was op en de saus ook.

'Jij maakt je dus druk om een assistentje. Roep hem gewoon

ter verantwoording. Vraag hem uit, zeg waar het op staat.'

'Heb ik allemaal over nagedacht, absoluut. Maar er klopt iets niet.' Eschenbach haalde zijn vingers door zijn haar. 'Dat ze me Pestalozzi in de maag hebben gesplitst... zo losjes, zo vlotjes als de niet-gewenste assistent; en dan Winters assistent, wiens verdwijning verdorie toch ook niet het einde van de wereld betekent...'

'Vorig jaar zijn er 1.753 vermisten opgegeven,' interrumpeerde Lenz hem.

'Juist. En het komt allemaal samen bij Sacher. Bij de genade van minister Sacher, als het ware.'

'Bedoel je dat de vis te groot is?'

'Ik weet het niet, om eerlijk te zijn. Maar ik wil niet met een hengel klaarstaan als een harpoen nodig is.'

'Bij de kloten pakken om...'

'Zoiets, ja.' Eschenbach grijnsde.

'Oké dan,' zei Lenz na een tijdje. 'Laten we eerst een vooronderzoek doen. Geef me een beschrijving van die Pestalozzi: naam, woonplaats, alles wat je al hebt. De rest is dan voor mij.'

De commissaris pakte drie opgevouwen A4'tjes uit zijn rechterjaszak en gaf ze aan Lenz. Voordat hij er een blik op kon werpen, zei hij: 'Ik heb nog twee namen op mijn lijstje...'

'Dacht ik het niet,' kreunde Lenz. 'Je hebt erop gespeculeerd dat ik aan deze poppenkast meedoe...'

'Gehoopt,' wierp Eschenbach tegen. 'Alleen maar gehoopt.'

Lenz zocht in zijn borstzak naar zijn leesbril. 'Pestalozzi, Schwinn en Winter, neem ik aan.'

'Bijna,' zei Eschenbach en glimlachte. 'Winter en Schwinn kunnen we officieel verantwoorden. Daarvoor hebben we een aanvraag van Sacher.' De commissaris zweeg even. 'Het liefst had ik Sacher voor je op het lijstje gezet.'

'Natuurlijk, en het hele kabinet erbij.' Lenz grinnikte, deed zijn bril op en las: 'Kurt Gloor... Aha, te veel poeha, vind jij.'

'Zo ongeveer.'

'En lest best nog een vrouw.' Lenz grijnsde.

'Klopt.'

'Juliet Ehrat,' las Lenz en deed z'n best de naam iets Frans

mee te geven. 'Assistente van Winter staat hier... Zo zo.'
'Precies.' De commissaris schraapte zijn keel.
'Juliet... Een mooie naam, nietwaar?'
'Zeker, dat vind ik ook. Een prachtige naam.'

Toen Eschenbach de woning van Lenz verliet en voorzichtig de smalle weg naar de Forchstrasse naar boven liep, was het bijna tien uur.

Op een van de bevroren treden bleef hij staan. Hij draaide zich om, haalde diep adem en genoot van het uitzicht over de stad. De mistdeken was opgelost. Er dreven nog een paar flarden naar de Uetliberg. De besuikerde daken en witte tuinen, de met een dikke laag sneeuw bedekte bomen aan de lanen – alles leek vredig, vrediger dan ooit. En rustig. Opvallend rustig was het. Op straat was weinig verkeer. Er klonk slechts een zacht gezoem. Zoals een bijenkorf in de winter, wanneer een deel van het volk zich om zijn koningin schaart en van plaats verwisselt met de dieren die aan de periferie hun vleugels blijven bewegen om niet dood te vriezen.

22

Cruciaal voor een politieapparaat waren de financiële middelen.

De eerste vergadering na de kerstvakantie was zoals gewoonlijk op maandagochtend, om acht uur precies. Eschenbach kwam bijeen met de belangrijkste leidinggevenden op zijn vakgebied. De hoofden van de vier speciale afdelingen waren aanwezig, Franz Haldimann van de opsporingsdienst en Röbi Ketterer van de technische recherche. Dan had je nog de chefs van de binnen- en buitendiensten en een stafofficier. Tien mensen, hemzelf incluis. Op de agenda stonden de top A-prioriteiten, zoals zij het noemden: de grote zorgen van de recherche waarop men zich concentreerde en waarvoor men een aanzienlijk deel van de krappe middelen bereid was te investeren. Normaliter waren het projecten die zich uitstrekten tot over de grens van het kanton en niet zelden ook een link met het buitenland hadden. De georganiseerde criminaliteit, die al geruime tijd door de voormalige Oostbloklanden werd gedomineerd, terrorisme en steeds vaker ook internetcriminaliteit. Dat waren de standaardthema's. Er waren korte verslagen uit de verschillende gebieden, croissantjes, koffie en beknopte notulen; de bijeenkomst duurde nooit langer dan vijftig minuten.

Dat op deze maandag ook een lijk dat men bij Letten uit het water had gevist op de agenda stond, irriteerde de meeste aanwezigen. De dode man hield geen enkel verband met een van de 'top'-thema's: hij was geen internationaal gezocht terrorist en had geen relatie met de maffia of andere in dat verband bekende organisaties. Men had de databases grondig doorgespit. Integendeel: het politieteam dat zich met de zaak-Letten had beziggehouden, was unaniem van mening dat het bij de dode om een nobody ging, een arme drommel die onwel was geworden, uitgegleden en in de Limmat was gevallen. Verdronken en bevroren. Wellicht onder invloed van drugs, had men gedacht – misschien een voedselvergiftiging. Zo had men in elk geval de resten visgif geïnterpreteerd die volgens het rapport van Salvisberg was gevonden. 'Veel van dat soort mensen voedt zich met afval. De binnenplaatsen van restaurants en hotels liggen ermee bezaaid...' was in het eindrapport te lezen. Een treurigstemmende logica – en toch wist iedereen dat die klopte.

Eschenbachs mensen waren zichtbaar verrast toen hij de zaak aankaartte: 'We storten ons nog een keer op de zaak, heren!' zei hij gedecideerd. 'En daarbij zullen we elke steen omkeren.'

Er viel een pijnlijke stilte.

'Mij best,' zuchtte Röbi Ketterer, en Haldimann, die demonstratief had zitten meeschrijven, bromde: 'We hebben verder toch niets te doen.'

'Weet ik,' zei de commissaris minzaam. Hij pakte een croissantje, nam een hap en begon te kauwen: 'We doen het toch, mensen. Sorry.'

Opnieuw viel er een stilte.

Eschenbach wachtte af. Hij keek in het rond. Maar niemand wees naar zijn voorhoofd of vroeg of hij helemaal 'van lotje getikt' was. Je zag zelfs niemand zijn hoofd schudden. Ze dachten het alleen maar. Stuk voor stuk. De commissaris zag het aan hun mondhoeken en aan de manier waarop ze hun das losser trokken of discreet op hun horloge keken. Ooit zullen we nog eens aan politieke correctheid ten onder gaan, dacht hij. Dat niemand meer zegt wat hij denkt. Of denkt wat hij zegt. Fatsoen had iets vreselijk verlammends. Iets waaraan de menselijke evolutie op een dag met een vriendelijke glimlach een einde zou maken.

'Maar ze hebben zich echt het schompes gewerkt...' Het was

Haldimann, die de hoop deed herleven. De chef van de opsporingsdienst zocht in zijn stukken naar het Letten-rapport.

'Vertel ons in elk geval wat je ertoe heeft gebracht,' merkte Röbi Ketterer op en streek met zijn hand over zijn kortgeschoren schedel.

'Hier...' onderbrak Haldimann, die het rapport inmiddels had gevonden. 'Allemaal ervaren lui. Een zeer overtuigende prestatie al met al. En vooral ook van die...'

'Pestalozzi,' zei Eschenbach.

'Ja, Pestalozzi.' De chef van de opsporingsdienst greep naar zijn voorhoofd. 'Een prima rapport heeft-ie afgeleverd. En ook nog in minder dan geen tijd.'

'Zeg dat wel, inderdaad.' Eschenbach spoelde de laatste happen van zijn croissantje weg met koffie en ging rechtop zitten. Hij legde zijn beide onderarmen op tafel. 'Ik heb het rapport ook gelezen...' Hij glimlachte. 'Met veel plezier, trouwens. Tenslotte is het meeste wat ik van jullie op mijn bureau krijg niet zo goed geformuleerd en zo dichtgetimmerd... zo stringent en logisch.'

Franz Haldimanns ogen spuwden vuur.

'Beschouw het als een compliment, Franz. Politierapporten behoren in hun logica nooit dichtgetimmerd te zijn. Zolang er vragen zijn, moeten ze ook worden gesteld. En vat wat ik daarnet heb gezegd daarom alsjeblieft niet op als een verwijt.'

Er werd met ogen geknipperd als uiting van een zekere verzoening.

In de daaropvolgende vijf minuten analyseerde de commissaris het rapport, als een artisjok die wordt geplukt. Blad voor blad, punt voor punt.

'Er zit net zo veel vlees aan als aan een uitgemergelde berggeit,' fulmineerde hij. 'We hebben plausibele aanwijzingen die naar Sihlcity leiden. Oké. Dat is een mooi begin. Daarna volgen dertig pagina's met interviews. Turken, Albanezen, Libanezen... en ik weet niet wie allemaal. Ze vertellen allemaal een hoop flauwekul. Vijfduizend frank interne vertaalkosten. Netto, dat spreekt. En nu?' Eschenbach keek om zich heen. 'Weten we nu meer? Bijvoorbeeld hoe onze man heet? Waar hij woonde, of dan tenminste waar hij sliep? Vrienden, kennissen en familieleden? Weten we niks van!' Weer pauzeerde de commissaris even.

'Miroslav Koczowic... of zoiets.' Haldimann bladerde in het rapport. 'Pagina zeventien, onderaan. Daar staat het. De naam hebben we in elk geval.'

Enkele commissarissen knikten of kuchten.

'Koczojewic – weet ik. Staat in de verklaring van een zekere Arkan Gömöri.'

Nu knikten ook de aanwezigen die het rapport niet hadden gelezen.

'Ik kon het niet nalaten en heb zelf ook nog wat speurwerk verricht,' vervolgde de commissaris. 'Ik had aan tien minuten genoeg om te achterhalen dat de naam Koczojewic helemaal niet bestaat. Geen Miroslav, Vladislav of Stanislav. Koczojewic bestaat niet. Niet in Zwitserland en daarbuiten vermoedelijk al evenmin. Op het hele wereldwijde web heb ik niemand met die naam gevonden.' Eschenbach nam nog een kop koffie en wachtte een poosje. Toen niemand het woord nam, vervolgde hij zijn betoog. 'Dan haalt het ook niets uit als je Koczojewic via Interpol, Europol of welke dienst dan ook laat zoeken en de negatieve meldingen groot in de bijlage opvoert. Koczojewic is zoiets als Müller met twee X'en.'

De stafofficier, die notuleerde en zelf een Italiaanse naam had, lachte stilletjes voor zich uit.

'Natuurlijk is het mogelijk dat iemand zich de naam verkeerd herinnert. Dat onze man in werkelijkheid Kecojevic heet. Dat zou dan Müller met twee L'en zijn. Maar waar ik vooral achterdochtig van word, is het feit dat een Turk zijn collega van de Balkan – die volgens getuigen daar hooguit twee, drie dagen als dagloner had gewerkt – bij zijn voor- en achternaam kende. Eschenbach keek naar de stafofficier. 'Giancarlo Boscardin...' De commissaris benadrukte elke lettergreep. 'Het kost me drie weken voordat ik een naam goed kan onthouden.'

Boscardin grijnsde. Het leek alsof hij niet goed wist of hij trots of beschaamd moest zijn.

'Om het kort te houden,' ging Eschenbach verder. 'Ik was er

vandaag. 's Ochtends om zeven uur, op de bouwplaats bij Sihlcity, barak elf. De hele ploeg was sneeuw aan het ruimen. Gömöri ook. Hij is assistent-metselaar en kon zich de interviews onmiddellijk herinneren. Omdat hij alleen gebroken Duits praat, hielp een collega bij de vertaling.' De commissaris wreef met zijn beide handballen in de ogen. 'Hij knikte meteen toen ik hem de foto van de dode man liet zien. Ja, ja, zei hij. Ja, ja... En toen ik hem een persfoto van Samuel Schmid onder z'n neus duwde, knikte hij ook en zei ja, ja... Bij Moritz Leuenberger was het al net zo. Pas toen ik de foto van Fatih Terim, de Turkse bondscoach, liet zien, keek hij me met grote ogen aan. Het was de enige die hij echt kende.'

'Een zwartwerker dus,' zuchtte Haldimann, die direct besefte wat dat betekende.

'Die zat zo in de piepzak... Ik denk dat hij tegenover mij zonder aarzelen zou hebben bekend dat zijn grootvader Kennedy heeft vermoord.'

Er waren geen vragen meer. Franz Haldimann toonde zich bereid de zaak weer op te pakken. En wel 'vanaf de bodem', zoals hij zelf benadrukte.

Eschenbach had wat hij wilde. Ten slotte zei hij: 'Er komt hier niets van in de notulen, duidelijk? En geen woord hierover tegen Pestalozzi.' Hij keek iedereen persoonlijk aan. 'Ik denk dat het in het belang is van ons allemaal wanneer deze pijnlijke kwestie onder ons blijft en niet bij minister Sacher op tafel belandt.'

Iedereen knikte en Eschenbach raapte bedachtzaam zijn stukken bij elkaar. Het was voor het eerst sinds hij de leiding bij de recherche had dat hij zijn mensen een deel van de waarheid onthield. En het was ook voor het eerst dat de vergadering van maandag veel langer dan een uur had geduurd.

Halverwege vergaderzaal en kantoor liep Rosa hem tegemoet. Puffend en hijgend: 'Dit is weer door iemand gebracht,' zei ze. 'Het is hetzelfde handschrift als bij de laatste envelop... Ik heb het gecheckt.'

'Fraaie boel,' bromde de commissaris. 'En wie was het ditmaal?'

'Een vrouw, kennelijk...' Nog altijd buiten adem zweeg Rosa een moment. 'Ze heeft het afgegeven... en toen de portier belde, ben ik als een gek naar beneden gerend...'

'En?' Eschenbach pakte de envelop en bekeek hem.

'Ze was natuurlijk al gevlogen.'

'Natuurlijk?'

'Jezusmina,' snoof Rosa. 'Wij zitten op de derde... en 's morgens is de lift altijd overbelast. Toen ben ik dus maar de trappen af... In elk geval was ze er niet meer.'

'Hebben we een signalement?' wilde de commissaris weten.

'Niets waar je wat aan hebt,' zuchtte Rosa. 'Bij min twaalf ziet iedereen er zo'n beetje hetzelfde uit. Ze had een jas aan, wollen muts en handschoenen.'

'Kleur haar? Ogen? Teint?' Eschenbach kon zijn irritatie niet verbergen. 'Er zijn toch ook nuances, denk ik dan.'

'Affolter is portier... In elk geval heeft hij gezien dat het een vrouw was.' Rosa nam geagiteerd haar bril af.

'Is al goed.' De commissaris scheurde de envelop open.

'Weer iets geheimzinnigs?' wilde ze weten en rekte haar hals.

'Lijstjes...' Eschenbach haalde zijn schouders op. 'Namen, plaatsen, data... Daar moet ik maar 's goed naar kijken,' zei hij.

'Heeft het weer iets te maken met de vermiste assistent?' Rosa liet niet los.

'Weet ik niet.' De commissaris wapperde met de envelop en drie losse A4'tjes en liep toen langzaam naar zijn kamer. 'Er zit niks bij dat met de hand geschreven is.'

In totaal telde hij achttien namen. Ze deden hem aan het verenigde Europa denken: er zaten Italiaanse, Franse en Spaanse namen bij; namen met *ic* aan het eind, die vermoedelijk uit de Balkan afkomstig waren, en Zwitserse of Duitse, in elk geval namen die net zo vertrouwd klonken als Huber of Meier. Tien mensen waren kennelijk niet meer in leven, want achter hun namen stonden kruisjes. Bij ongeveer de helft van de personen stond een adres. Geen volledig adres, alleen een postcode en een plaats. Een stad of gemeente. Bij andere namen werd alleen het land vermeld, soms gemarkeerd met een vraagteken, of was er helemaal niets aangegeven. In één kolom stonden data. Dag, maand en jaar. De oudste datum was 11 november van het afgelopen jaar. De meest recente die van vier dagen geleden. Ernaast stonden gegevens die naar bepaalde locaties verwezen: Zürich Hauptbahnhof, Belvoirpark, Bahnhof Enge, Bahnhofstrasse, Limmat, Lindenplatz, Basel Heuwaage, et cetera. In een andere kolom werd vier keer een ziekenhuis genoemd.

Een van de A4'tjes was een kopie uit de *Tagesanzeiger*: 'De drop-outs van de stad – Laten we ze gewoon doodvriezen?'

Het was de zaak waar Rosa hem een paar dagen geleden op had geattendeerd en die, had hij later gehoord, door Juliets vriendin Fiona was geïnitieerd. Had Fiona de envelop bij hem afgeleverd? Of was het misschien Juliet geweest?

Eschenbach liep nogmaals de lijsten door. Het incident bij Grieder schoot hem te binnen; het was op de dag voor kerstavond, toen hij het feestje van Burri had bezocht. Aangezien de items op datum waren gerangschikt, vond hij het meteen. Jacques Rindlisbacher, overleden in de Bahnhofstrasse, op 23 december. En toen hij verder speurde, vond hij tot zijn grote verbazing ook de dode man die ze een week geleden bij Badi Letten uit de Limmat hadden gevist. Hij stond op positie 14. Eschenbach sloeg er voor de zekerheid zijn agenda op na. Vrijdag de dertiende januari, dat was het. Hij had zich niet vergist. Vladislav Koczojewic was zijn naam en de datum klopte ook. Als locatie was *Limmat* ingevuld. Koczojewic – Eschenbach las de naam nog eens. Hij pakte het rapport erbij waarmee hij zijn mensen nog maar kort daarvoor om de oren had geslagen en bladerde erin. Pagina zeventien – de pagina met het ezelsoor was het. En naast exact dezelfde naam stond zijn notitie: *Müller met twee X'en*; de commissaris had het er eigenhandig bij gekrabbeld toen hij de valse naam op het spoor was gekomen.

Overgeschreven, dacht hij. Hier had iemand de boel kennelijk gewoon overgeschreven! Net als vroeger op school, wanneer een kleine, domme fout alles verried. De commissaris was er wel een beetje trots op dat hij deze verbanden zag. Maar wat schoot hij ermee op? Hij had geen flauw idee wie bij wie had afgekeken. Monsieur Läuchli, zijn oude leraar Frans, wist altijd precies wie had zitten blunderen en wie had zitten spieken. Goede leraren weten dat, ze kennen hun pappenheimers.

Anders dan Läuchli tastte de commissaris volkomen in het duister. Hij had een officieel rapport en een anonieme lijst. Hij wist dat Pestalozzi het rapport flink had gemanipuleerd. Maar was hij ook de opsteller van de lijst? Of had iemand bij hem afgekeken, of was het precies andersom? En het adres op de envelop; het leek hetzelfde adres als de laatste keer. Maar was het werkelijk het handschrift van Konrad Schwinn? Eschenbach had het gevoel alsof hij zat te kijken naar een stelsel van vergelijkingen met net een paar onbekende grootheden te veel.

De rest van de ochtend bracht de commissaris door in vreemde tuinen. Om preciezer te zijn, in die van de dienst Sociale Zaken van de stad. Natuurlijk wist hij wel het een en ander over de moloch die met een over een grote breedte uitgeworpen net probeerde de vallenden op te vangen. Hier werd 'een palet aan diensten en programma's voor het waarborgen van de beroepsmatige en sociale integratie' aangeboden. *Socioculturele vrede* heette het in het vakjargon. Men gebruikte woorden als *bestaanszekerheid*, *hulp bij het levensonderhoud* en *werkgelegenheid*. Voor een deel werden de diensten door particuliere instanties geleverd, die daarvoor betaald werden. Ruimhartige vergoedingen, vond Eschenbach. Een taart waar je je ongans aan kon eten. Zolang je tenminste aan de goede kant van de tafel zat.

De commissaris vond geen rapport over de merkwaardige sterfgevallen. Hij vond wel fragmenten, bouwstenen in een chaos tussen verwaarlozing en dood. 'In de zomer,' had Joel Crisovan van de maatschappelijke instelling Treffpunkt Züri gezegd, 'zitten veel van deze mensen helemaal niet hier, maar in Frankrijk, Italië of Spanje.' Sommigen komen alleen 's winters naar Zürich omdat men met dagverblijven en nachtopvang een relatief luxe standaard biedt. 'In de zomer slapen ze buiten.' Het had geklonken alsof Crisovan het zelf ook wel had gewild: ergens aan de Côte d'Azur onder pijnbomen op het strand.

Eschenbach moest ervaren hoe moeilijk het is aan informatie te komen wanneer je niet gewoon 'Recherche Zürich' kon of wilde zeggen en je legitimatie tonen. Wanneer hij zich aan de telefoon voor journalist uitgaf, werd het opvallend stil aan de andere kant van de lijn, en als hij zich als Ludwig Hirsch- brunner van de drugsadviesdienst Solothurn voorstelde, werd hij onmiddellijk bij een vakdiscussie betrokken. Alleen een gesimuleerde hoestaanval hielp hem uit de brand. 'Ik bel wel terug,' reutelde hij en hing op. Dan voelde hij een kriebeling in zijn keel en moest echt hoesten. Maar bellen deed hij niet meer.

23

'Deze plaats kun je niet reserveren,' zei Theo Winter en gaf de commissaris een hand ter begroeting. Hij zat in het voorste deel van de Kronenhalle en maakte geen aanstalten op te staan. 'Die krijg je toegewezen, je tafel. Door de bazin zelf. Hoe dichter bij het buffet, hoe vipper,' zei hij met een lachje.

Eschenbach ging zitten.

'Dürrenmatt en Chagall gingen ons voor...'

'Ik zal me gedragen.' Eschenbach zuchtte onhoorbaar. Hij vertelde Winter in het kort dat ze nog altijd niet wisten waar Schwinn uithing.

'Dus geen nieuwe ontwikkelingen,' merkte de professor op.

'Geen nieuwe ontwikkelingen.'

Daar bleef het bij. Geen klachten over incapabele onderzoekers en niets over belastinggeld dat voor nutteloze zaken zoals radarflitsers over de balk werd gegooid. Had Winter er vrede mee dat zijn bijdehante assistent verdwenen was? Zo onverschillig kende hij Winter niet. Misschien had hij alles al met Pestalozzi besproken en ging hij ervan uit dat hij, Eschenbach, op de hoogte was. De commissaris besloot er geen woord aan vuil te maken. Misschien kwam Winter er later op terug.

De kelner, een bedrijvige Italiaan met een grote neus, bracht de kaart. Het was een wit onding, met een tekening van Chagall op de voorkant. Er waren mensen die zoiets graag thuis aan de muur zouden hebben hangen, dacht de commissaris, en sloeg de pagina met de hoofdgerechten open. De prijzen waren gepeperd. Maar als je er per gerecht twintig frank aftrok die je voor een museumbezoek (met soortgelijke schilderijen aan de muur) zou moeten betalen, waren ze nog best te doen.

'Heb ik het goed dat jij trakteert?'

'De belastingbetaler,' zei Eschenbach, zonder zijn ogen van de kaart af te wenden. De gedachte kwam bij hem op dat je voor een drugsverslaafde vierhonderd frank per dag kwijt was. Dat was hij in de loop van de ochtend te weten gekomen. Waarschijnlijk zou het voldoende zijn, dacht hij. Voor een eenmalig bezoekje aan de Kronenhalle, voor Winter en voor hem.

De brasserie zat stampvol, het was een en al lawaaiigheid en gerinkel. Aan de muren hingen Chagalls. Altijd weer die Chagall. En Picasso en Matisse en Kandinsky; op stoelen en banken zat het geld. Mensen die het hadden en mensen die het breed wilden laten hangen.

'Vertel me eens wat over fugugif,' zei de commissaris, nadat hij uitgebreid de kaart had bestudeerd. 'Dat interesseert me.'

'Fugu... Zo zo.' Winter fronste zijn voorhoofd.

De kelner kwam en informeerde naar hun wensen. Zoals hij daar stond, met de gevouwen witte theedoek over zijn onderarm, leek hij op iemand uit een andere tijd. Hij vulde de kaart aan met een korte opsomming van de dagschotels: er waren noedels met truffels uit Piemonte en inktvis van de grill met verse broccoli en pijnboompitten.

Vers uit de kas, dacht Eschenbach. Hij trok zijn jas uit en legde die naast zich op de bank.

'En natuurlijk de gerechten in het kader van onze Japanse week,' zei de kelner. Hij wees naar de kleine kaart, die als een boekenlegger in de grote zat.

'Ik heb het gezien,' zei Winter.

'Ik hou niet van rauwe vis,' zei Eschenbach en wees naar de wienerschnitzel voor vijfenvijftig frank.

De kelner knikte minzaam. 'De meeste gasten nemen de traditionele gerechten. Maar toch, de heer Nobuyuki Matsuhisa...' Hij las de naam van een briefje. 'Hij is een sterkok uit Tokio.'

'Als dat zo is, neem ik chiri,' zei Winter en gaf de kelner de kaart terug. 'Dat krijg je in dit land niet vaak.'

'Volgende week kookt de heer Matsuhisa in Baur au Lac.' De

man met de grote neus noteerde de bestellingen en zei tegen de commissaris: 'Dan is hier weer alles bij het oude, monsieur.'

'Ik neem chiri,' zei Winter. 'En vooraf de soep van de dag, als dat kan.'

'Kijkt u naar mij, ik ben het schnitzeltype.' Eschenbach koos als voorgerecht eveneens de soep en wierp een blik op de wijnkaart. 'Je drinkt toch wel wat?'

'Als het in het pakket zit...'

Ze werden het eens over een rode Piemontese wijn en een karaf plat water.

De kelner verwijderde zich discreet.

'Je bent dus geïnteresseerd in fugu?'

'Heel erg.'

'Mag ik weten waarom?'

'We hebben resten van dat gif gevonden, onlangs bij een lijk.'

'Tetrodotoxine?'

'Precies.'

'O.' Winter greep naar zijn nek en maakte een paar draaiende bewegingen met zijn hoofd. 'Ik zit te veel,' zei hij peinzend. 'Kogelvissen dus...' Hij ratelde een hele reeks wetenschappelijke begrippen op waarmee Eschenbach niets kon beginnen.

'Ik ben een leek, Theo.'

'Natuurlijk, ik weet het. Maar jullie hebben toch drugsexperts... en het Forensisch Instituut...' Opnieuw bewoog Winter z'n hoofd heen en weer. Een groot hoofd op smalle schouders. 'Ik vraag me soms af of je het niet moet samenvoegen. Dat wat jullie doen... en ons bescheiden instituut.'

'Bescheiden instituut...' Eschenbach lachte. 'Jij bent een god, Theo!'

Terwijl ze de pompoencrèmesoep naar binnen lepelden en de wijn proefden, leerde de commissaris dat fugu een van de giftigste stoffen is die in de natuur voorkomen. Winter had twee soorten vissen genoemd: de *gewone egelvis*, die in het Latijn *Diodon hystrix* heet, en de *crapaud de mer*, een kogelvis met grote vlekken, met als wetenschappelijke naam *Sphoeroides testudineus*.

'Heb je dat ergens... in beknopte vorm, bedoel ik,' onderbrak

Eschenbach hem. Hij veegde met een servet zijn mond af. 'Anders moet ik dat allemaal opschrijven.'

'Er zijn honderden verhandelingen over,' zei Winter enigszins verveeld. 'Het zijn allebei kogelvissen, omdat ze, wanneer ze zich bedreigd voelen, grote hoeveelheden water opzuigen en zich zo opblazen. Voor de aanvallers wordt het bijna onmogelijk hen op te vreten.'

De kelner haalde de lege soepkommen weg en schonk water en wijn bij.

'De natuur overdrijft weer eens...' Winter pakte een tandenstoker en brak hem in stukjes. 'Het beest heeft dat passieve verdedigingsmechanisme helemaal niet nodig, goedbeschouwd...'

De commissaris hoorde dat beide soorten tot een grote pantropische familie behoorden, die als bijzondere eigenschap had dat ze tetrodotoxine in huid, lever, eierstokken en ingewanden bevatte.

'Een dodelijk zenuwgif...' Winter pakte een tweede tandenstoker uit het kleine, zilveren vaatje en speelde ermee. 'Een van de giftigste, niet-proteïnehoudende stoffen die we kennen.'

Eschenbach herinnerde zich dat Salvisberg dezelfde woorden had gebruikt.

'Laboratoriumonderzoeken hebben aangetoond dat het honderdduizend keer sterker is dan cocaïne. Als gif is het ongeveer vijfhonderd keer effectiever dan cyanide, en dan druk ik me nog voorzichtig uit. Een dodelijke dosis zuivere tetrodotoxine...' Winter wees met zijn kin naar de tandenstoker die hij tussen duim en wijsvinger hield. 'Dat zou ongeveer de hoeveelheid zijn die je op de punt van een tandenstoker kunt houden.'

'Hopla.' Eschenbach pakte het glas wijn. 'Zijn we helemaal vergeten. Op jou, Theo.' Ze klonken en dronken.

Tijdens het hoofdgerecht verloor Winter zich in de geschiedenis van het gif, die tot het begin van de beschaving terugging. De oude Egyptenaren waren er al mee bekend. 'Op het graf van Ti, een farao van de vijfde dynastie, vind je de afbeelding van een kogelvis. En vermoedelijk was het dodelijke beest uit de Rode Zee de reden voor het verbod ongeschubde vissen te eten. In het vijfde boek van Mozes kun je het nalezen.'

Eschenbach liet Winter praten. Theo was een ontwikkeld mens en hij luisterde met plezier naar hem. Steeds weer dacht hij aan Judith. Misschien was het beter haar naam niet te noemen.

Er volgde een schets over de Chinese dynastieën die de giftigheid van de vis in de *Pentsao Chin* documenteerden; een van de eerste grote artsenijboeken, ontstaan tijdens de heerschappij van de legendarische keizer Shun Nung. 'Tijdens de Handynastie wisten ze al dat het gif geconcentreerd in de lever van de vis voorkomt. Vierhonderd jaar later, tijdens de Suidynastie, verschijnt een nauwkeurige beschrijving van de giftigheid van de lever, kuit en eierstokken in een bekende medische verhandeling. Het laatste der grote plantenboeken, de *Pentsao Kang Mu*, betoogt al aan het einde van de zestiende eeuw dat de giftigheid van soort tot soort verschilt en dat ook binnen een soort seizoensgebonden schommelingen kunnen optreden. Je kunt er ook in nalezen wat er gebeurt wanneer je de lever en kuit eet.'

'Echt waar?' De commissaris keek naar Winter, hoe hij de halfgare filets uit de schaal die voor hem stond viste, er een donkere saus overheen goot en samen met een vork rijst consumeerde. Hij was blij dat hij voor de schnitzel had gekozen.

'In je mond tast het gif je tong aan, en wanneer je de lever en het kuit eet, gaan je ingewanden eraan. Daar is geen kruid tegen gewassen.' Winter zat verzaligd te kauwen.

'En toch zijn ze kennelijk dol op de vis, tenminste in Japan.' De commissaris trok een grimas.

'Ik zie het al, je hebt je op ons gesprek voorbereid,' zei Winter met een paar goedkeurende knikjes.

Het klonk bijna spottend. Eschenbach troostte zich met een vork vol frieten.

'Ook die ontwikkeling wordt in het plantenboek van de mandarijn, de *Pentsao Kang Mu*, aangestipt. Pas aan het einde van de zestiende eeuw worden, in weerwil van de enorme risico's, recepten gegeven hoe je de vis moet klaarmaken. Er worden details over de methoden beschreven die ertoe dienen het gif te neutraliseren en het vlees eetbaar te maken. Maar hoeveel risico men durfde te nemen, is niet duidelijk.' Winter legde zijn stokjes weg en pakte zijn vork. Hij mengde de saus met de overgebleven rijst en nam een hap.

'Elk jaar massa's dooien, enkel en alleen omdat je niet buiten een vis kunt. Dat is absurd, vind ik.' Eschenbach pakte zijn ser vet en veegde een vlekje op zijn overhemd schoon.

'De handigheid om een kogelvis zo klaar te maken dat hij ongevaarlijk is, was bij Europese zeevaarders volstrekt onbekend. Het resultaat waren enkele uiterst kleurrijke beschrijvingen over het mogelijke effect van het gif.'

De commissaris luisterde ook nog geduldig naar het relaas over James Cook, die bij zijn tweede zeiltocht rond de wereld samen met natuurgeneeskundigen kleine hoeveelheden van de vis had geprobeerd.

'Ze voelden zich zo slap als een vaatdoek nadat ze een heel klein beetje hadden geproefd,' vatte Winter de geschiedenis monter samen. 'Een doofheid die je voelt als je volkomen verkleumd bent en je je handen en voeten aan het vuur warmt. Zo beschrijft Cook het in zijn dagboeken.'

'Nou, dan hoef je niet zo nodig meer,' zei Eschenbach en keek op zijn horloge.

'Niet per se,' corrigeerde Winter. 'Tegenwoordig maakt de passie van de Japanners voor de kogelvis min of meer deel uit van hun identiteit. Alleen al in Tokio verkopen ruim tweeduizend vishandelaars fugu. Hij staat in vrijwel alle topklasserestaurants op het menu. Om de schijn op te houden dat er toezicht wordt uitgeoefend, verstrekt de Japanse regering licenties aan speciaal opgeleide koks. Alleen zij hebben toestemming om de vis te bereiden.

'En nu hebben ze er hier vermoedelijk ook eentje,' zei de commissaris.

'En niemand die het eet,' reageerde Winter.

'Wat de boer niet kent, dat vreet hij niet.'

'Zo is het. Dat is typisch Zwitsers.' Winter vouwde zijn servet op.

'En dat geldt dus ook voor mij,' zei Eschenbach. 'In Zürich schieten de sushibars als paddenstoelen uit de grond. Ik heb ze zelfs bij Sprüngli gezien. In plastic doosjes, net als bij McDonald's.'

'Doorgaans wordt kogelvis als sashimi gegeten, dus rauw en in reepjes gesneden. In deze vorm is het vlees relatief ongevaarlijk. Dat geldt ook voor de testikels, alleen bestaat het risico dat ze soms zelfs door ervaren keukenchefs met de dodelijke eierstokken worden verwisseld.'

'Vrouwen...' bromde Eschenbach en keek naar de kelner.

'Maar veel fijnproevers geven de voorkeur aan een gerecht dat chiri heet.' Winter liet zich zijn finale niet ontnemen. 'Dat zijn halfgare stukjes filet. Men serveert ze op een schaal, samen met de giftige delen als lever, vel en ingewanden.'

Eschenbach bekeek wantrouwend de schaal die voor Winter stond. Op hetzelfde moment verscheen de kelner aan hun tafel met een kleine, Aziatisch uitziende man in zijn kielzog. 'Nobuyuki Matsuhisa,' zei de Italiaan op een toon die een staatsman waardig was. Hij wees naar de man met de witte schort en het pikzwarte haar.

'*Sayonara*,' flapte Eschenbach eruit. Hij had net de laatste druppel rode wijn gedronken en zette het glas op tafel.

De kleine Aziaat vouwde zijn handen voor de borst en maakte een diepe buiging voor Winter.

De professor deed hetzelfde vanuit zijn stoel.

'*Have you been well with my chiri?*' informeerde de man vriendelijk.

'*Very well indeed*,' zei Winter. Hij stond op en maakte nogmaals een buiging.

Toen kelner en kok waren verdwenen, vroeg Eschenbach: 'Bedoel je dat al die giftige rotzooi in de schaal zat?' Hij keek de Aziaat na, die naar de keuken liep.

Winter knikte. 'Dat mag je wel aannemen.'

'En waar komt dat nu terecht?'

'Bij het afval natuurlijk.' Winter lachte. 'De Japanners hebben een voorkeur voor vier verschillende soorten kogelvis, waar ze veel geld voor overhebben. Ze behoren allemaal tot het geslacht *ugu* en zijn, zoals je inmiddels weet, uiterst giftig.'

De kelner bracht een espresso en een jasmijnthee.

'Jij lijkt daar geen begrip voor te hebben.' Winter slurpte bedachtzaam thee uit de kop, die hij als een kostbare kelk met beide handen omklemde. 'De vis behoort tot de zeldzame genotsmiddelen die op de scheidslijn tussen voedingsmiddel en drug liggen. Voor de Japanner betekent de consumptie van fugu een esthetische ervaring van de eerste orde. De hoge kunst van de fugukoks is niet het verwijderen van het gif. Het gaat er vooral om de concentratie ervan te verlagen en er tegelijk voor te zorgen dat de gast desondanks van de inspirerende fysiologische effecten kan genieten.'

'Dat klinkt volkomen geschift, Theo.'

'Nee, absoluut niet.' Winter glimlachte. 'Wanneer je er iets van had geproefd, dan had je het nu geweten: een zekere verdoving van tong en lippen, een gevoel van warmte, je huid die rood kleurt...' Winter zat een moment met gesloten ogen te peinzen. 'Een algeheel gevoel van euforie... Ja, zo zou je het kunnen beschrijven.'

'En dat gevoel heb je nu?' De commissaris wist nu waar de professor met zijn toespeling naartoe wilde. Zijn opmerkingen over het effect van de drug... Dat was pure berekening. Winter had van Judith gehouden, op een bijna dweperige wijze, en nu dwong hij Eschenbach om aan hun gemeenschappelijke verleden terug te denken. Hij had de rollen omgedraaid. Elke terloopse opmerking was even nauwkeurig geplaatst als een acupunctuurnaald, precies op de juiste plaats.

De professor grijnsde. 'Natuurlijk zijn er ook mensen die te ver gaan. Hoewel het verboden is, bereiden sommige chef-koks voor gasten die dol zijn op risico's een speciaal gerecht met, zoals je inmiddels weet, zeer giftige lever. Het orgaan wordt gekookt, fijngemaakt en daarna steeds opnieuw gekookt, totdat er van het gif niet veel meer over is.'

'En dat heb jij natuurlijk ook al geprobeerd,' zei de commissaris.

'Midden jaren zeventig leidde dit gerecht tot het omstreden overlijden van Mitsugora Bando, een van de beste kabukispelers van Japan. Bando was een icoon in het land van de rijzende zon. En net als iedereen die gekookte lever eet, hoorde hij bij de mensen die volgens de woorden van een fugukenner "gevaarlijk leven".'

'Een gecultiveerde Russische roulette dus.'

'Zo zou ik het niet noemen,' zei Winter zachtjes. Hij masseerde zijn nek met beide handen en zweeg even. Zijn blik werd serieuzer.

De commissaris wachtte tot de professor verderging. Het was de bijzondere uitdrukking op zijn gezicht die Eschenbach fascineerde, een afwegen van het risico zoals je dat bij kinderen ziet die zitten te dubben of ze hun mooiste knikker in het spel zullen brengen. Het intrigeerde hem dat Winter een vreemde voor hem was geworden. Er was zo'n grote afstand tussen hen gekomen.

'*Bios*... het Griekse woord voor leven,' vervolgde Winter. 'En wanneer ik mij als biochemicus met zulke giftige substanties als tetrodotoxine bezighoud, dan gaat het om leven, niet om sterven.'

'Waar wil je heen?' De commissaris wist niet zeker of hij het antwoord wel wilde horen.

Winter nam een slok thee voordat hij verder praatte. 'Als het goed gestructureerd is, is tetrodotoxine een geneesmiddel. En met een beetje geluk misschien het wondermiddel van onze eeuw... Vergelijkbaar met de uitvinding van penicilline.'

'Meen je dat?' Eschenbach was oprecht verrast. 'Daarom weet je dat allemaal. Wel, ik heb me er al over verbaasd.'

'Het interesseert me, het is een deel van mijn werk.'

'En waar moet het gif dan goed voor zijn... Ik bedoel, na alles wat je me daarnet hebt verteld?'

'Als pijnstiller bijvoorbeeld. Het zorgt voor een blokkade van de natriumkanalen naar de zenuwcellen, op die manier worden pijnsignalen niet doorgegeven... In zijn medische vorm is tetrodotoxine bijvoorbeeld tweehonderd keer werkzamer dan morfine, bovendien heeft het geen verslavend effect.'

'En dat onderzoeken jullie aan de ETH?'

'Onder andere, ja.' Winter knikte. 'We staan op het punt te bewijzen dat je voor zenuwaandoeningen als alzheimer en parkinson en voor zogenaamde *major depressions* efficiënte therapieën met tetrodotoxine zou kunnen ontwikkelen.'

'Depressies, dat is jouw thema, is het niet?'

'Ja.' Winter keek Eschenbach langdurig in de ogen. 'Sinds die affaire destijds met Judith. Je zou zelfs kunnen zeggen dat jij de reden bent dat ik onderzoeker ben geworden.'

De commissaris wist niet wat hij daarop moest antwoorden.

'Denk jij af en toe ook nog aan haar?' vroeg Winter even later.

'Ja. De laatste tijd zelfs vaak.' Even voelde hij een band met Winter.

De kelner bracht de rekening. Eschenbach trok even zijn wenkbrauwen op toen hij het bedrag zag. Daarna legde hij een stapeltje biljetten op het zilveren presenteerblaadje en stond op. De rekening stak hij in zijn zak. De jassen werden gebracht en ze verlieten zwijgend het etablissement.

'Ik loop nog een eindje,' zei Winter.

'Ik laat van me horen, Theo.' Ze gaven elkaar ten afscheid een hand.

Eschenbach keek de kleine man een tijdje na, hoe hij de oplopende Rämistrasse insloeg en door de sneeuw stapte. De lange, donkere jas viel tot op zijn hielen, vormeloos en breed verborg hij het lichaam, dat het grote, bijna kaalgeschoren hoofd met de aarde verbond.

24

Konrad Schwinn zat op een van de ouderwetse fauteuils in de kleine lobby van Hotel Florhof en wachtte.

Toen hij 's morgens met de professor had gebeld, was alles anders geweest dan anders. 'Tjonge, Koni,' had hij gezegd. 'Eindelijk bel je. Ik heb me echt zorgen gemaakt.' De professor had inderdaad opgelucht geklonken. Zijn anders zo dwingende manier van doen, zijn afgemeten intonatie, alles was als bij toverslag verdwenen. 'We moeten met elkaar praten,' had hij eraan toegevoegd.

De leren map met de stukken lag op de lege stoel naast Schwinn. Daarin zaten het proëtecine-rapport en de lijst met namen die hij bij Meiendörfer had gevonden. Telkens wierp de assistent-hoogleraar een blik op de kleine, Franse pendule op de schoorsteenmantel. Het irriteerde hem dat de wijzers stilstonden en zich niet druk maakten om de loop van de tijd.

Toen Winter eindelijk de lobby betrad, stak Schwinn zijn hand uit.

De professor liep op hem af, haastig, met kleine pasjes, en na een korte begroeting zei hij meteen: 'Ik heb niet veel tijd, Koni.' Zonder zijn jas uit te doen ging hij zitten.

'Dan moet je tijd maken, Theo,' zei Schwinn. 'Ten minste een half uur.' Hij haalde de lijst met de namen uit de map en spreidde die uit over de lage salontafel. In korte zinnen legde Schwinn uit hoe hij met behulp van het periodiek systeem van de elementen op de namen, postcodes en plaatsen was gekomen.

'En nu?' wilde Winter weten. 'Wat betekent dat allemaal?'

'Het schijnen bestaande personen te zijn, drop-outs, bedelaars, drugsverslaafden... wie niet allemaal. Echt veel ben ik nog niet over hen te weten gekomen. In elk geval heb ik de lijst aan Denise Gloor laten zien. In eerste instantie kon ze er nog niet veel mee beginnen, maar toen...'

'Bedoel je de vrouw van Kurt Gloor!' onderbrak Winter hem.

'Ja. Ik ben met iets bezig... maar dat doet niet ter zake. Zij vond in zijn privébestanden dezelfde namen. Er loopt een project, "Pro Sommer" heet het. Weet jij daar iets van?'

'Geen idee.' Winter schudde zijn hoofd, dacht er even over na en zei laconiek: 'Nou ja, als het "Pro Sommer" heet, kan het met mij niet zoveel te maken hebben.'

'Ach, Theo. PRO-ETE-cine – ETE, het Franse woord voor zomer...'

'Je meent het!' Ditmaal schudde hij nog heftiger met zijn hoofd.

Schwinn zag dat de professor begon te zweten. 'Wil je toch niet je jas...'

'Ga nou maar door,' zei Winter. 'Ik heb echt geen tijd.'

'Nou goed, ik heb wat telefoontjes gepleegd. Alle contactpunten die er voor dat soort mensen zijn heb ik gebeld; Treffpunt Züri, Streetwork, allerlei opvangtehuizen, ook voor daklozen. Met de meeste heb ik contact kunnen krijgen en kunnen vragen of de namen hun iets zeiden. Maar helpen konden ze me niet. Vervolgens heb ik de ziekenhuizen afgebeld. Eerst alleen in Zürich, daarna ook in Basel en Bern. Dat was verdraaide lastig. Beroepsgeheim, privacy, je weet niet half hoe moeilijk ze doen. Maar toch heb ik iets gevonden. Van tien mensen weet ik inmiddels dat ze zijn binnengebracht. Die hebben ze van straat opgeraapt; bij het station, de Limmat-Quai of in het Belvoirpark, in Basel, bij Heuwaage, overal zo'n beetje. Collaps. Ze hebben het geen van allen gered.'

Winter knikte bezorgd.

'Weet jij daar iets van, Theo?'

De professor veegde met de rug van zijn hand zweetpareltjes van zijn voorhoofd. 'Nee,' zei hij. 'Geloof me! Ik heb er niets mee te maken. Maar het grijpt me wel aan!'

Er viel een korte stilte.

Schwinn keek naar de lijsten. 'Als het is wat ik denk dat het is... dan wordt hier een heel smerig spelletje gespeeld. Dat heb jij toch ook wel door, hè?'

'Natuurlijk. En wat ben je nu van plan?'

'Ik ben bij Marc Chapuis langs geweest, op het lab. Ik heb de proeven nogmaals bekeken. Marc zegt dat een deel van de dieren het loodje heeft gelegd.'

'Weet ik.' Winter knikte.

'Heb je een idee waarom?'

De professor schudde zijn hoofd. 'Nee, op het moment nog niet.'

'Wat de lijst betreft,' vervolgde Schwinn. 'Ik heb hem aangevuld met de informatie die ik zelf heb kunnen achterhalen: vindplaatsen, ziekenhuizen en de data waarop de mensen in het ziekenhuis werden opgenomen. En die heb ik vanmorgen bij commissaris Eschenbach laten bezorgen. Anoniem, dat spreekt vanzelf.' Schwinn keek met gespannen verwachting naar Winter. En toen er niet direct een reactie kwam, voegde hij eraan toe: 'Eigenlijk wilde ik het hem persoonlijk geven... op een afgesproken plek. Maar toen was ik er opeens niet meer zo zeker van. Geen idee wat die commissaris voor iemand is... In elk geval was me het risico dan toch te groot dat hij me uiteindelijk toch zou arresteren.'

Winter zuchtte. 'Ik heb net met hem geluncht.'

'Heeft hij het over de lijst gehad?'

'Hij wilde iets over tetrodotoxine weten.'

'Denk je dat het daarom gaat?'

De professor aarzelde. 'Daar kan ik niets over zeggen... Geen idee.' Hij haalde zijn schouders op, keek op zijn horloge en ging staan.

Schwinn verbaasde zich erover dat Winter, ondanks het gedoe met de politie, zo kalm had gereageerd. Waarom ging Winter plotseling met Eschenbach eten en hoe was de commissaris op tetrodotoxine gekomen? De professor verzweeg iets voor hem. 'Zien we elkaar straks nog?' vroeg hij.

'Misschien.' Winter maakte een afwezige indruk. 'Ik moet nu dringend iets doen.'

Ze gaven elkaar een hand.

'Waar vind ik je?'

'Dat wil ik op dit moment liever niet zeggen. Ik meld me wel.'

Nadat de professor was vertrokken, zat Schwinn nog een tijdje te peinzen.

De wijzers van de pendule stonden nog altijd op half vijf. Over een uur zouden ook zij, al was het maar gedurende een minuut, de juiste tijd aanwijzen.

25

Ze hadden er indertijd niet zo bij stilgestaan, Christoph, Judith en hij. En eigenlijk was ook altijd alles goed gegaan.

Als aankomend arts had Burri dicht bij de bron gezeten en ze hadden de middelen een voor een uitgeprobeerd. Judith had er net zo veel lol mee gehad als zij. Het waren uitstapjes naar de andere kant van de regenboog en terug. Lichtzinnig en een en al nieuwsgierigheid. Niemand van hen had vermoed dat het ooit zo zou eindigen. Het was een ongeluk geweest en Eschenbach had vaak gewenst dat hij het rad van de tijd kon terugdraaien.

De commissaris gaf zich over aan deze gedachten, terwijl hij van de Kronenhalle terugliep naar het hoofdbureau. Had Winter hem vergeven? Toen de professor hem had gevraagd of hij nog wel eens aan Judith dacht, klonk er tot zijn verbazing geen enkel verwijt door in zijn stem. Althans, zo had Eschenbach het ervaren. Genas de tijd dan toch alle wonden?

Met een Brissago tussen zijn tanden geklemd liep de commissaris richting Sihlporte. De kou kriebelde in zijn neus en hij was blij met zijn wollen muts, die hij tot aan zijn wimpers over zijn voorhoofd had getrokken. Bij Jecklin op de benedenverdieping bekeek hij de zwart-witte hoezen van de jazzplaten. Bij Oscar Petersons 'Fly me to the moon' bezweek hij voor de verleiding; voor Juliet liet hij Astrud Gilberto's 'Finest hour' en voor Rosa iets van Lucio Dalla inpakken: in blauw papier met een zilverkleurige strik. Hopelijk zou hij de pakjes niet verwisselen.

Terwijl Eschenbach de zijarm van de Sihl overstak en de Gessnerallee insloeg, zag hij bij het kantoorgebouw Haus Ober een man liggen. Of was het een vrouw? De commissaris versnelde zijn pas. Na de grote etalage van Sotheby's, daar waar een kleine trap naar de ingang van een bank liep, lag ze. Schouders en hoofd leunden tegen de grijze muur van het gebouw, de dunne benen hoog opgetrokken. De commissaris keek in haar bleke gelaat.

'Hè'j vijf frank voor me?' Ze haalde een blonde pluk haar door haar mond. Haar lippen waren gesprongen en haar glazige blik liet Eschenbach niet meer los.

'Jij hebt hulp nodig, meisje.' Hij stak haar zijn hand toe. 'Kom, ik haal je hier weg.'

Ze gaf geen sjoege.

Toen de commissaris haar bij de schouder vastpakte om haar overeind te helpen, verzette ze zich.

'Flikker op, ouwe zak!'

Hij liet haar los. Wat moest hij doen?

Het meisje keek hem mistroostig aan. 'Als je wilt, mag je me neuken. Vijftig frank.'

Eschenbach schraapte zijn keel. 'Laat je dan tenminste helpen. Godallemachtig! Hier kun je niet blijven. Ik breng je naar een dokter...'

Ze schudde heftig nee, stond op en verdween in de richting waaruit Eschenbach net was komen lopen.

'Verdomme nog aan toe!' De commissaris zocht naar zijn mobieltje, maar kon het niet vinden. Vermoedelijk had hij het in de Kronenhalle laten liggen. Maar hij vond zo wel het pakje dat Kathrin hem met kerst had gegeven. Het zat in de binnenzak van zijn jas, samen met een handvol rode en blauwe aanstekers.

Twee collega's groetten Eschenbach vanaf de overzijde van de straat. Een voorzichtig zwaaien. Het was half drie en ze kwamen net uit Restaurant Reitstall. Eschenbach zwaaide terug, maar bleef aan zijn kant. Hij moest nadenken.

'Bel een surveillanceauto, mevrouw Mazzoleni.' Eschenbach zei het, nog voordat hij zijn jas had uitgetrokken en de sneeuw van zijn schoenen gestampt. 'En dan heb ik mijn mobieltje ook nog in de Kronenhalle laten liggen... Het zou mooi zijn als iemand het voor me zou kunnen halen.'

Ze keek hem met grote ogen aan.

'Ze moeten in de omgeving van de Sihlporte naar een meisje zoeken. Blond en een jaar of twintig. Waarschijnlijk onder invloed van drugs.'

Rosa pakte een notitieblok. 'En daarna?'

'Direct naar het Triemli met haar, spoedeisende hulp. En wanneer ze haar hebben gevonden, moeten ze me bellen. Het is belangrijk.'

Rosa schreef en knikte.

'Avanti, alstublieft.'

'Ma si,' blies zijn secretaresse. Ze pakte de telefoon en toetste een nummer in.

Er was een half uur verstreken en de surveillanten hadden zich nog altijd niet gemeld. De commissaris zat op zijn kamer en trommelde met zijn vingers op het bureau. Hij was indertijd niet op zoek gegaan naar Judith, toen ze ertussenuit was geknepen. Later was ze door de politie opgepikt. Christoph en hij, zelf nog helemaal knock-out door Burri's speciale cocktail, hadden in zijn studentenkamer liggen wachten. Alleen maar gewacht. Nu moest hij iets doen.

'Mevrouw Mazzoleni, u meldt wanneer er nieuws is, hè?'

'Miei nervi!' klonk het uit de intercom. 'Maar er is geen nieuws!'

Opnieuw verstreken er seconden. Misschien moest hij doorpakken, dacht hij. De paar telefoontjes die hij onlangs met zijn contacten bij Sociale Zaken had gepleegd, hadden niets opgeleverd. 'Mevrouw Mazzoleni!' riep hij; en toen Rosa met notitieblok en zuur gezicht zijn kamer binnenkwam, vroeg hij: 'Waar is signore Pestalozzi eigenlijk?'

'Waarom vraagt u dat?' klonk het wantrouwend.

'We moeten alles wat er bij Sociale Zaken misgaat eens op een rijtje zetten. Er sterven bij ons mensen op straat...' Eschenbach haalde de lijst uit de la die hem 's ochtends anoniem was bezorgd.

'Dat zei ik ook al, weet u nog?' Rosa zette haar bril af, liet hem aan het kettinkje bungelen en zei met een serieuze gelaatsuitdrukking: 'Maar dat kunt u hem toch niet...?'

'Jawel. Juist hem.'

Ze keek hem ongelovig aan: 'Een stagiair van ons, die bij Sociale Zaken rondsnuffelt... Nou, daar krijg je problemen mee. En dat weet u donders goed!' Het klonk tegelijk verwijtend en berustend.

'Ja, dat zal wel gebeuren,' zei Eschenbach. 'Eigenlijk had ik een heleboel andere projecten voor signore Pestalozzi in petto, variërend van de statistiek van het benzineverbruik van ons wagenpark tot en met het meten van de warmte- en vochthuishouding in directiekamers. Er is me van alles te binnen geschoten. Maar met Sociale Zaken is het me menens.'

'Capito,' zei Rosa en zette haar bril weer op.

'Misschien blijkt straks dat ik er volkomen naast zit. Maar tot dan moeten we er meer over te weten zien te komen.'

Rosa knikte.

'En natuurlijk zal ik niets over de werkelijke achtergronden van dit onderzoek loslaten...' Eschenbach veegde met zijn hand over het bureau. 'Anders krijg je alleen maar praatjes... En ten slotte moeten we het dan nog in de krant lezen.'

'Pestalozzi zal er zelf wel op komen,' zei Rosa stuurs. 'Waarschijnlijk heeft hij het artikel over de dode zwervers ook gelezen. Dan is een en een al snel twee.'

'Dat kan me niet schelen. Hij moet vragen stellen en mensen nerveus maken. Dan ben ik al tevreden.' De commissaris liet een stilte vallen.

'En dat vindt u eerlijk?'

'Passend bij de situatie, zou ik zeggen. Pestalozzi is een bijtertje...'

Rosa trok haar neus op en zweeg.

Eschenbach stond op. Hij liep naar de vergadertafel, pakte zijn jas en beklopte alle zakken, waarna hij het blauwe pakje tevoorschijn haalde. 'Hier,' zei hij. 'Daar liep ik tegenaan. U zet het wel een keer op dat dingetje van u...' Hij tikte met zijn beide wijsvingers tegen zijn oren. 'Nou ja, u weet wel, uw iPod: *la bella musica*.'

'E vero!' Ze trok verrukt haar schouders op. 'U bent het dus niet vergeten?'

'Ik zou niet durven.' Glimlachend liep de commissaris terug naar zijn bureau. Hij had zich nauwelijks geïnstalleerd, of hij hoorde Elisabeth Koblers stem. 'Is hij er?' klonk het schril vanaf de gang.

'We zitten hier,' zei Rosa, nog helemaal euforisch. 'Op zijn kamer.' Ze verborg het blauwe pakje achter haar rug.

'Zou u ons alstublieft alleen kunnen laten?' zei de hoofdcommissaris snibbig, nadat ze binnen was komen zeilen, een stoel had gepakt en Rosa niet één blik waardig had gekeurd.

Eschenbach rolde met zijn ogen en Rosa verliet de kamer.

'Wilt u mij voor schut zetten?'

'Natuurlijk niet,' zei Eschenbach. 'Maar misschien kunt u me eerst uitleggen waar het om gaat?'

'Minister Sacher heeft me een half uur geleden gebeld.' Kobler onderstreepte de betekenis van het telefoontje met een blik naar het plafond. 'Kurt Gloor heeft haar gevraagd of we nu elkaar gaan bespioneren. Iemand heeft vragen gesteld aan de mensen op zijn departement. Domme vragen.'

'Wij stellen geen domme vragen,' protesteerde Eschenbach.

'Is dat alles wat u als verweer weet aan te voeren?'

'Ik weet niet wat u met verweer bedoelt, maar wij moeten een zaak oplossen... en daar horen nu eenmaal vragen bij. Ook aan lieden die bij Sociale Zaken werken.'

'Dan houdt u zich in het vervolg aan de regels of u stelt mij eerst op de hoogte. Dat is wel het minste.'

Eschenbach knikte. 'Wat mij betreft, graag.'

'Mevrouw Sacher heeft zeer verbaasd gereageerd... Ik zou haast zeggen: verstoord. Kennelijk heeft ze het niet zo op wethouder Gloor.'

'Best mogelijk,' mompelde Eschenbach.

'Oké dan,' zei Kobler. 'Wanneer u dat dus al weet, hoeft u hem toch niet meteen de gordijnen in te jagen? Maak dan tenminste geen formele fouten meer.'

'Ik zal mijn best doen.'

'Dan kan ik ook achter u gaan staan...' Kobler kwam in de

benen. 'U weet toch dat ik altijd achter mijn mensen sta? Maar als het zo moet.'

'Ik weet het.'

'Dan is het goed.' Bij het verlaten van de kamer zei ze quasi tegen niemand: 'Tenslotte willen we ons door Sociale Zaken ook niet de wet laten voorschrijven.'

Eschenbach zat een moment te peinzen over wat hij zojuist had gehoord. Sinds zijn telefoontjes die ochtend was er zes uur verstreken. Het leek onmogelijk dat Gloor zo snel lucht van de zaak had gekregen. Was er misschien nog iemand die naspeuringen deed? Stond hij op het punt om zich in een wespennest te steken?

'U zit helemaal in het donker.' Rosa verscheen met espresso en knipte het licht aan.

'Als het om vier uur donker wordt, zou je het liefst doodgaan,' zei de commissaris en gaapte.

'Stel u niet zo aan. Op de Noordpool wordt het zelfs helemaal niet licht. Ik kan zeurende mannen niet uitstaan.'

Eschenbach nam een slok en zei: 'Ik ook niet, vreselijk gewoon...' Rosa schudde haar hoofd, en toen ze zich omdraaide en wilde weglopen, zei hij: 'Vergeet dat gedoe met Pestalozzi...'

Rosa schrok even: 'Dus toch. Kwam mevrouw Kobler daarom langs?'

'Ja.'

'En wat wil dat zeggen?'

'Houd u niet van de domme, mevrouw Mazzoleni! Alsof u het zelf niet wist. Er zit een luchtje aan dat verhaal. En ik weet ook al hoe we dat gaan aanpakken.'

'O ja? En hoe dan wel?'

'Dat vertel ik u wel als het zover is.'

Rosa trok een pruilmondje en liep de kamer uit.

Een half uur later belde Juliet. 'Zeg, weet jij waar Winter is?' vroeg ze bezorgd. 'Jullie zijn toch wezen eten? En om kwart over vijf geeft hij college...'

'Dan heeft-ie nog een half uur.'

'Dat is het 'm. Zo laat komt hij anders nooit. Hij loopt eerst altijd nog even zijn dictaat door.'

'Hij is meteen na het eten de heuvel op gelopen.' Eschenbach keek nogmaals op zijn horloge. 'Maar dat is alweer twee uur geleden.'

'Was het goed?' wilde Juliet weten.

'Het eten of Winter?'

'Allebei.' Ze lachte.

'Hij heeft aan één stuk door zitten praten. Je kent hem. Was kennelijk in een goed humeur. Nee, er was niets wat me speciaal is opgevallen.'

'Hm.'

'Hij komt wel opdagen,' zei de commissaris en krabbelde een bos bloemen in zijn agenda. 'Ik moet hem beslist nog wat vragen.'

'Hij heeft maar een uur, je kunt hem na zessen bereiken.'

'Oké.'

In het uur dat volgde pleegde Eschenbach een aantal telefoontjes. Tussendoor informeerde hij naar het meisje. Ze was niet gevonden. Zijn mannen hadden de hele wijk rond de Sihlporte uitgekamd en meer dan twintig mensen ondervraagd. Het meisje leek van de aardbodem verdwenen.

Even voor zessen leverde Rosa zijn mobieltje bij hem af en zei dat ze naar huis zou gaan. Daarna belde Juliet weer op. Winter was niet komen opdagen. Nu maakte ze zich echt zorgen. Aan de ETH kon je je niet drukken. Zelfs studenten niet. Wanneer een coryfee als Winter niet verscheen, was het alsof de zon 's morgens niet opging. Eschenbach probeerde Juliet gerust te stellen. Dat lukte hem maar half. Verstrooide professors kwamen in dit wereldje waarschijnlijk net zo weinig voor als analfabeten. Uiteindelijk spraken ze af om tot de volgende dag te wachten. Hij beloofde haar 's avonds te bellen. Dat in elk geval.

Bedachtzaam noteerde Eschenbach op een vel papier hoe hij de kwestie met Sociale Zaken wilde aanpakken. Tegen zevenen verliet hij het gebouw.

Vanuit de auto belde hij met Kathrin. Eindelijk. De hele tijd had hij er een slecht gevoel over gehad. En telkens wanneer hij haar wilde bellen, was er iets tussengekomen. Hij was blij haar stem te horen.

'Stel je voor, pap. Morgen ga ik naar huis.' Ze klonk vrolijk.

'Dat is geweldig.' Eschenbach was niet echt enthousiast. Hij kon zich er gewoon niet toe zetten om naar Wolfgang te rijden en had Kathrin daarom liever in het ziekenhuis opgezocht.

'Kom toch een keertje langs. Mama zou het zeker leuk vinden.'

'Misschien. Maar als ik tijd heb, kom ik je morgen nog even in het ziekenhuis opzoeken.' Hij kon het niet over zijn hart verkrijgen om te vertellen dat hij op dat moment in de richting van het ziekenhuis reed en een bezoek diezelfde avond niet zou lukken. Toen het bordje 'Uitrit Horgen' in de mist langs hem gleed, zuchtte Eschenbach. Hij had een slecht geweten. Hij luisterde nog even naar haar, hoe ze over de dagelijkse ziekenhuispraktijk praatte. Daarna hingen ze op.

Twintig minuten later verliet hij de brede, van smurrie en ijs ontdane rijbaan. De secundaire weg was maar spaarzaam verlicht. Links en rechts van de weg stonden holle witte muren van opgeworpen sneeuw: ze namen een groot deel van de weg in beslag, zodat Eschenbach moest passen en meten toen een bestelauto van een schoonmaakbedrijf hem tegemoetkwam. De verwarming stond op de hoogste stand en de Volvo tufte langzaam door de smalle bochten de berg op, richting Schindellegi. De lange oprit naar Hotel Panorama Resort & Spa was sneeuwvrij gemaakt en de in de grond verzonken schijnwerpers brandden loodrecht de miezerige duisternis in.

Het hotel lag op een eenzame heuvel midden in de agrarische zone. De commissaris zette zijn auto op de parkeerplaats, doofde de lichten en stapte uit. Zelfs een gloeiwormpje had hem niet ongemerkt kunnen volgen. Terwijl hij nog even bleef wachten en om zich heen keek, ontdekte hij de zilverkleurige Audi A3 met kenteken uit Graubünden. Het sportieve autootje past wel bij hem, dacht hij, en vroeg zich af wanneer hij Claudio Jagmetti voor het laatst had gezien.

26

'Claudio, je moet me helpen.'

Eschenbach en zijn voormalige stagiair zaten in het restaurant van Hotel Panorama Resort & Spa aan het raam. Op de plek waar zich overdag met mooi weer een imposant panorama ontvouwde, van de Zürichsee tot de Glarner Alpen, keek je nu tegen een zwarte muur aan. Je kon zelfs de lichtjes op de oever niet zien. Eschenbach zuchtte.

Op de tafel, die net als de andere met een abrikooskleurig tafellaken was gedekt, stonden twee borden spaghetti vongole. Er flakkerde een kaars van bijenwas. Het was een plaats voor verliefde stelletjes, voor wellnessfreaks en vreemdgangers. En een paar keer per jaar nam het Zwitserse elftal er zijn intrek. Maar ook dan was het er zo rustig als in een kerk op maandag.

Eschenbach had zijn ellebogen op tafel geplant en keek in Jagmetti's lichtbruine ogen. Hij kende deze hondenblik van vroeger; de goedmoedigheid die van hem uitging en die niets, maar dan ook niets verried van wat de brigadier al in zijn jongere jaren in zijn mars had.

'Dat klinkt inderdaad merkwaardig,' zei Jagmetti zachtjes. Hij keek discreet om zich heen, alsof hij zich wilde vergewissen dat aan het tafeltje naast hen niemand iets opving. Kennelijk had iets van het wantrouwen dat Eschenbach sinds twee dagen als een donkere schaduw met zich meedroeg vat op hem gekregen.

'En weet je zeker dat het allemaal geen grap is?'

'Ik weet helemaal niets meer zeker, Claudio,' zei Eschenbach. 'Dat is het juist. Elkaar stiekem bekoekeloeren is net zoiets als kanker. Wanneer je erover hoort, geloof je het wel, maar als het jezelf treft, is het een ander verhaal.'

Jagmetti keek naar de twee borden spaghetti vongole, waarvan ze allebei nog geen hap hadden genomen. 'Ja, ik denk wel dat er wat in zit.'

'Van Lenz weet ik zeker dat hij open kaart speelt... Hij zet zelfs zijn pensioen op het spel. Weliswaar geen fortuin, maar het is alles wat hij heeft.'

'Is Lenz met pensioen?'

'Ja, sinds vorig jaar. Kort nadat jij naar Chur bent overgelopen.'

'Overgelopen...' Jagmetti moest hard lachen. 'Ik ben een Graubündenaar... een geitenhoeder met een margriet achter z'n oor en een vlaggetje van ijshockeyclub Davos in z'n paraplubak.'

'Weet ik. Maar door jou zit ik nu met die Pestalozzi opgescheept.'

'Zo zo...' Jagmetti draaide spaghetti om zijn vork en lachte minzaam.

'Natuurlijk niet... maar toch ook weer wel.' Eschenbach wenkte de kelner. 'En trouwens... ik neem nu een fles van die rode.' Hij wees op een rode wijn op de kaart.

'Het is lood om oud ijzer.' De commissaris vertelde Jagmetti de geschiedenis met Juliet. Aanvankelijk enigszins weifelend. Maar na een paar flauwe opmerkingen van Claudio keerde de oude vertrouwdheid weer terug; en met de vertrouwdheid ook de details. Eschenbach wreef in zijn nek. 'Ik verbeeld me plotseling dat ze haar op mij hebben afgestuurd. Kun je je dat voorstellen?'

Jagmetti's mondhoeken trilden verdacht.

'Lach niet! Waarom zou een jonge vrouw op een ouwe knar als mij vallen?'

'Weet ik ook niet,' reageerde Claudio. Hij hield zich van de domme.

Eschenbach maakte een afwerend gebaar, legde mes en vork gekruist op het lege bord en zocht naar de dessertkaart.

'Ik ken plenty vrouwen die op oudere mannen vallen,' zei Jagmetti pesterig.

'Hou op!'

Onder het dessert bespraken ze de situatie en lieten mogelijke scenario's de revue passeren. De bandbreedte varieerde van een kleine, zelf in elkaar gestoken intrige tot en met een internationaal gemotiveerd, terroristisch complot; tegen Zürich en tegen Zwitserland, tegen een van de belangrijkste financiële centra ter wereld.

'We beginnen klein,' zei Eschenbach. 'Lenz zal ons vermoedelijk morgen het basismateriaal leveren. Dan kijken we verder.'

Claudio knikte nadenkend. Even later vroeg hij: 'Waarom roep je die jongen niet gewoon ter verantwoording? Kijk hem in de ogen en zeg waar het op staat.' Hij veegde zijn mond af met zijn servet. 'Wat wij hier bespreken, een soort guerrilla-actie... dat kan de blamage van de eeuw worden.'

'Dat weet ik ook wel. Ik heb er duizend keer over nagedacht,' antwoordde Eschenbach kalm.

'En je hebt die Pestalozzi niet gezien, als ik het goed heb begrepen?'

'Nee, dat is het enige probleem.' De commissaris haalde zijn hand door het haar. 'Maar elke keer dat ik mijn jas vergeet en een koud gat heb, zeg ik tegen mijzelf: kou kun je ook niet zien.'

Nadat Eschenbach had afgerekend, liepen ze naar de lobby van het hotel. Achter de glazen schacht, waarin een lift de gasten geruisloos naar hun etages bracht, vonden ze twee tafeltjes waar je mocht roken. Ze namen plaats achter de enorme ruit, die behalve hun eigen spiegelbeeld niets wilde prijsgeven.

De volgende ochtend was het uitzicht er niet beter op geworden. Buiten hing een grijze deken. 'Hotel Panorama,' bromde de commissaris. Soms had je ook aan de naam niets. Hij stond met een groot bord bij het ontbijtbuffet, nam zalm met mierikswortel, ham en toast en ging aan dezelfde tafel zitten waar hij de vorige avond met Jagmetti had gezeten. Hij probeerde na te denken. Claudio was 's morgens vroeg om een uur of twee naar Chur gereden, waar hij nog een paar dingen moest regelen voordat hij hem kon helpen.

Eschenbach maakte ruimte op tafel zodat hij tegelijk kon

eten en de krant lezen. Het was een gewoonte die hij zich na Corina's vertrek had eigen gemaakt en was gaan cultiveren. Het Panorama Resort & Spa toonde zich wat het krantenaanbod betreft al net zo weinig krenterig als wat het aanbod van spijzen betreft: de *Tagesanzeiger* vormde samen met het fruit een licht verteerbare entree, de *Neue Zürcher Zeitung* samen met vis en vlees het pièce de résistance. En ten slotte keek hij nog even in het sportkatern van de *Blick* en nam daarbij zijn tweede espresso en een paar friandises.

Dat hij de volgorde aanpaste, lag aan Juliet. Zijn mobieltje trilde in zijn broekzak. Toen hij het opdiepte, zag hij haar nummer.

'Heb je de *Blick* bij de hand?' vroeg ze hem op de man af. Ze klonk opgewonden. Terwijl Eschenbach de onderste krant uit de stapel trok, zei ze: 'Winter staat erin... Dat wil zeggen voorop, hij is verdwenen.'

'Voorop en foetsie...' mompelde Eschenbach. Hij zag de gemillimeterde schedel op de voorpagina. 'Prominente bioloog werkt voor de CIA,' las hij. Het hele verhaal stond op pagina vijf.

'Je moet komen... Echt, iedereen draait door.'

Het was voor het eerst dat Juliet zo klonk. Vertwijfeld en tamelijk hulpeloos.

Eschenbach keek op zijn horloge. 'Ik zit nog steeds in Feusisberg, het kost me drie kwartier... op z'n minst. Luister je? Je moet even volhouden.'

'Ik hou wel vol,' zei ze gespannen. 'Ik begrijp alleen niet hoe de *Blick* gisteren al wist dat Winter vandaag verdwenen zou zijn.'

'We weten toch niet sinds wanneer Winter verdwenen is...' Eschenbach dacht na. 'Het is eerder omgekeerd,' zei hij. Winter is er waarschijnlijk tussenuit geknepen omdat hij wist dat het vandaag allemaal in de *Blick* zou staan.

'Kutkrant,' schold ze.

'Niks zeggen,' adviseerde de commissaris.

'Je weet niet half hoe opdringerig ze...' Het klonk alsof ze haar hand op de hoorn hield.

'Hebben jullie dan geen pr-afdeling?'

'Wegwezen!' hoorde hij haar met gedempte stem schreeuwen. Vervolgens waren voetstappen te horen en een deur die op slot werd gedraaid.

'Onze pr-afdeling is gespecialiseerd in het leven van Albert Einstein, in het op relatief eenvoudige wijze op panelen uitleggen van de relativiteitstheorie.'

'En het universiteitsbestuur? Heb je het daar al geprobeerd?'

'Lieve hemel, natuurlijk. Professor Jakobeit is natuurkundige... of wiskundige... Weet ik veel. In elk geval lijkt niemand hier in staat om die horde journalisten en fotografen in het gareel te houden.'

De commissaris probeerde haar te kalmeren en toen hij zeker was dat ze naar hem luisterde, zei hij: 'Beleg een personferentie, hoor je me? Drijf de hele meute in de eerste de beste collegezaal. Zeg tegen hen: om half negen...'

'Dat is over vijf minuten.'

'Doet er niet toe. Dan heb je ze allemaal bij elkaar en voorkom je dat ze gaan rondlopen. Je moet de situatie nu in de hand krijgen.'

'Oké, doe ik. En daarna?'

'Geef me het nummer van het bestuur... Daar zorg ik wel voor.'

Nadat ze had opgehangen, belde Eschenbach met Olaf Thornsten, de vervangend rector magnificus van de ETH, een natuurkundige met Berlijnse tongval. Eschenbach legde hem in een paar woorden uit wat er moest gebeuren. Dat hij nu moest reageren en dat hij zich net zo verrast, ja overrompeld mocht tonen als alle anderen. Ja, dat mocht hij best zijn: verrast en radeloos. Ook als plaatsvervanger van de rector magnificus, want per slot van rekening wisten zij ook niet meer dan alle anderen.

Terwijl Eschenbach met Thornsten belde, betaalde hij zijn kamer, liep naar buiten en stapte in zijn auto. Kennelijk kostte het de professor moeite een collegezaal te betreden, terwijl hij niet meer wist dan de mensen in de bankjes. 'Daar moet u even doorheen, mijnheer de professor. Gewoon doorheen. En zeg maar dat de ETH de zaak zal onderzoeken en de media over de verdere ontwikkelingen op de hoogte zal houden.' Eschenbach moest de zin herhalen, de professor maakte aantekeningen.

Toen hij bij Wollerau de snelweg op reed, had hij Thornsten over dat hij het aandurfde. Het was even voor negenen. De commissaris dacht aan Juliet en aan het feit dat de Pruisen ook niet deden wat ze ooit beloofd hadden. Hij wilde het hoofdbureau bellen, maar Rosa was hem voor.

'Bent u dat, chef?'

'Ja, wie anders?' Eschenbach ergerde zich over de vraag. Al van verre zag hij de auto's die aan het eind van de snelweg even voor Zürich op de brug de file in reden. Elke ochtend hetzelfde verhaal. 'Ik ga meteen naar de ETH, daar is de hel losgebroken. Winter is verdwenen... U hebt het misschien gelezen.'

'Ik weet het, daar gaat het om... dat gedoe met de CIA.' Rosa hield even in. 'Kobler en Sacher zitten op uw kamer. Vergeet de ETH en kom hier zo snel mogelijk naartoe.'

De commissaris vloekte. Hij twijfelde of hij er bij Brunau af zou gaan en via station Enge zou rijden of op de snelweg zou blijven. Het verkeer zat zowel hier als ginds vast; het was kiezen tussen de pest en de cholera.

27

Het was net als vroeger, wanneer hij te laat op school kwam en als laatste naar binnen moest.

'Zitten ze er nog?' vroeg Eschenbach, toen hij langs Mazzoleni's bureau naar zijn kamer liep.

'Al een uur.' Rosa keek demonstratief op haar horloge. 'Waar zat u de hele tijd, chef?'

'Kuren... in een wellnesshotel... onder palmbomen.'

Toen hij zag dat Rosa's hoofd niet naar grapjes stond, vroeg hij: 'Is het serieus?'

Ze knikte.

Het moest wel serieus zijn, dacht de commissaris, want hij kon zich niet herinneren wanneer minister Sacher hem voor het laatst had bezocht. En of ze hem eigenlijk wel eens had opgezocht, in zijn toevluchtsoord in de Kasernenstrasse. Als kantonaal minister ging je niet zelf bij iemand op bezoek, maar liet je de mensen naar jou toe komen. En wat je zeker niet deed, was een dik uur wachten.

Klara Sacher stond op toen Eschenbach zijn kamer binnenkwam en hij, nog in zijn winterjas, rechtstreeks op haar af liep. 'Het spijt me dat u hier moest wachten. Op de ETH is zojuist de hel losgebroken.'

'Weet ik.' Ze gaf hem een hand.

Haar slanke vingers voelden aan als was. Een glycerineachtige huidcrème, dacht Eschenbach. Uitdroging, kou en de angst om ouder te worden. In zijn herinnering was het hoofd van het kantonale departement van politie kleiner. Zoals ze daar stond, in een lichte deux-pièces en witte blouse, was ze misschien wel langer dan één meter tachtig. Zo mager als brandhout en zonder hoge hakken; die droeg ze niet.

Nadat de commissaris ook Kobler de hand had gedrukt, begroette hij Tobias Pestalozzi. Tot zijn verrassing zat de blonde jongeman ook aan de tafel. Hij was gaan staan, net als de twee vrouwen.

Eschenbach hing zijn jas in de kast en nam daarvoor de tijd. Toen liep hij naar de vergadertafel. 'En wat verschaft mij de eer?' vroeg hij, terwijl hij ging zitten. 'Zulk hoog bezoek heb ik zelden.'

'Wel, de zaak is nogal delicaat,' begon Sacher.

'Winter is weg,' zei Eschenbach en knikte.

'Dat niet alleen...' Sacher schoof haar stoel iets naar achteren en sloeg haar benen over elkaar. 'We verdenken professor Winter al enige tijd... Dat wil zeggen, niet wij, natuurlijk.' Ze keek naar Tobias Pestalozzi. 'Ik denk dat het het beste is wanneer u de situatie kort toelicht.'

Eschenbach ontwaarde een voor hem vreemde uitdrukking op het gezicht van zijn schijnbaar onervaren assistent. Zijn blauwe ogen waren donkerder, kouder, dan hij zich herinnerde, en door de hoge jukbeenderen leek hij oud en hard. Alleen de halflange, blonde lokken waren nog steeds dezelfde; en die pasten niet bij de rest.

En toen viel Eschenbach van verbazing bijna van zijn stoel. Pestalozzi heette in werkelijkheid Tobias Meiendörfer en was officier bij de SND, de Zwitserse Strategische Inlichtingendienst. 'Ik weet niet wat u van professor Winter weet?' Zonder een antwoord af te wachten, ging hij verder. 'Winter is een van de belangrijkste onderzoekers op het gebied van psychotrope stoffen ter wereld. Dat zijn bewustzijnsverruimende middelen: doorgaans alcohol, drugs en medicijnen. In deze zaak kunnen we de alcohol wel weglaten.'

Er viel een korte stilte. Eschenbach voelde zich afschuwelijk, lag met zichzelf en de wereld overhoop. Hij was vanaf het begin sceptisch geweest over Pestalozzi. En wat had het uiteindelijk voor zin gehad? Ze hadden hem erin geluisd, zoveel was nu wel duidelijk. Hij voelde zich een enorme sukkel.

'Belangrijke resultaten van zijn onderzoek realiseerde Winter in de VS,' vervolgde Meiendörfer. 'En wel met de ontwikkeling van zogeheten anti-cravingstoffen. Dat zijn stoffen die in het lichaamseigen systeem ingrijpen en via biochemische processen het menselijk verlangen sturen.' Pestalozzi zweeg een moment en dacht kennelijk na over wat hij zojuist had gezegd. 'Ja, zo zou je dat met één woord kunnen omschrijven: als anti-verlangenstoffen.' Hij knikte en wekte de indruk dat hij zichzelf gelijk gaf. 'Dat woord bestaat natuurlijk niet – maar is daarom beter te begrijpen.'

Eschenbach kruiste de armen voor zijn borst.

'Mijnheer Meiendörfer is eveneens biochemicus,' zei Sacher. En toen niemand een vraag stelde, voegde ze daar nog aan toe: 'Ik begrijp er allemaal natuurlijk net zo weinig van als u.'

'Ik ken alleen de hond van Pavlov,' reageerde Eschenbach droogjes. 'Dan houdt het bij mij wel op.'

'Heel goed!' Pestalozzi alias Meiendörfer keek de commissaris glimlachend aan. 'Ivan Petrovitsj Pavlov legde met zijn wereldberoemde experiment de grondslag van de klassieke theorie van de conditionering. Hij is feitelijk een voorloper van het moderne gedragsonderzoek en tevens grondlegger van diverse leertheorieën.' Meiendörfer liet zich de kans niet ontnemen om het hondenexperiment toe te lichten. Eschenbach vond het enthousiasme waarmee hij sprak roerend. Anderzijds ervoer hij Meiendörfers college ook als een overbodige reflex. Waarbij hij weer uitkwam bij de hond, bij wie niet alleen door de aanblik van voedsel de speekselproductie op gang kwam, maar ook door een willekeurig andere prikkel. En aangezien Sacher geen aanstalten maakte het betoog af te kappen, vermoedde Eschenbach dat het hoofd van het departement de beroemde hond nog niet kende.

'Een beltoon bijvoorbeeld kan de afscheiding van speeksel en andere verteringssappen net zo goed op gang brengen. Natuurlijk alleen wanneer die regelmatig aan het voeren voorafgaat.'

Eschenbach dacht aan de beltoon van zijn mobieltje, en wat dat bij hem op gang bracht, en dat hij vergeten was het geluid af te zetten.

'Sinds Pavlov – die overigens in 1904 met de Nobelprijs voor medicijnen werd onderscheiden – weet men dat dergelijke gedragsprocessen kunnen worden geconditioneerd. Bij het voer en de beltoon waren het nog optische en akoestische prikkels die gedurende een langere periode met elkaar verbonden zijn, tot door middel van herhaling een onwrikbaar causaal verband in het brein ontstond. Begrijp me goed, dat was langer dan een eeuw geleden.' De ambtenaar onderstreepte de tijdssprong met een korte pauze. 'De moderne biochemie biedt de mens vandaag de dag heel andere mogelijkheden. Zulke processen, die zoals bekend via chemische processen verlopen, kunnen worden veranderd... en als je daarop consequent voortborduurt, natuurlijk ook gestuurd. Bij de anti-cravingstoffen bijvoorbeeld probeert men indirect of direct het vrijkomen van dopamine in het beloningssysteem te blokkeren. Daarom noemt men ze ook wel dopamineantagonisten.'

Eschenbach dacht aan *Star Wars*, aan cellen die elkaar met laserzwaarden te lijf gingen.

Kobler kuchte. 'Ik weet niet of ik het goed begrijp,' zei ze, ondertussen haar linkerslaap masserend. 'Maar leg ons in elk geval nog eens uit waarvoor dat allemaal goed moet zijn.'

'Het klinische aspect... Daar wilde ik het net over hebben.' Meiendörfer veegde enigszins behaagziek een lok van zijn voorhoofd. Zijn nieuwe rol leek hem wel te bevallen. 'Er zijn schier eindeloze mogelijkheden voor toepassing in de biochemie van de gevoelens... om het maar eens populistisch te formuleren. Wanneer u geïnteresseerd bent, kan ik u met plezier een paar artikelen bezorgen.'

Kunst. Hij had toch niks beters te doen dan artikelen lezen, dacht Eschenbach en knikte.

'Het interessantste en gezien de farma-industrie vermoedelijk lucratiefste gebied voor psychotrope stoffen is het geluksonderzoek...' Hij glimlachte even. 'Eigenlijk zou je ongeluksonderzoek moeten zeggen, maar dat voert nu misschien wat ver.' Meiendörfer keek vragend naar Sacher.

'Laten we ons op het voornaamste concentreren,' stemde het hoofd van het departement van politie in.

Meiendörfer vertelde in korte zinnen dat de Strategische Inlichtingendienst de hoogleraar al ruim vijf jaar in het vizier had. 'Aanleiding daarvoor was indertijd zijn samenwerking met verschillende instituten van de Amerikaanse regering – stuk voor stuk op het gebied van de biochemie. We doen dat met een hele reeks onderzoekers... Het staat in het rode boekje van onze dienst dat we de ontwikkelingen op het gebied van biochemische oorlogvoering in de gaten houden. En wanneer daar een Zwitser bij betrokken is, dan heb je feitelijk de hoofdprijs in de loterij. We kennen Winters onderzoeksgebied inmiddels relatief goed, onderhouden een plezierig contact met hem en wisselen regelmatig ideeën en onderzoeksresultaten uit. De wetenschappelijke fora zijn daar zeer open in, je hoeft je dat niet voor te stellen als iets waar iedereen geheimzinnig over doet.'

'En wat is nu precies het probleem?' wilde Eschenbach weten.

'Het zijn verdiensten die uiteindelijk ook gunstig uitpakken voor Zürich zelf,' bracht Sacher in het midden. 'De farmaindustrie hier, de ETH en in zekere zin wij ook zijn erin geslaagd professor Winter naar Zwitserland terug te halen. Uiteraard op basis van totaal verschillende belangen.'

Meiendörfer knikte. 'We nemen wat we krijgen... Eigenlijk zijn we van alle mensen altijd het minst goed op de hoogte van wat we willen weten.'

'Dat gelooft u toch zelf niet?' zei Eschenbach.

'Maar zo is het wel,' zei de biochemicus en wreef in zijn oog. 'Hoewel Winters onderzoeksgebied niet echt heel gevoelig is – tenminste niet met betrekking tot ABC-wapens en de middelen ertegen – toch hopen we op informatie. Winters stokpaardje zijn transmitters, de menselijke software, zo je wilt. En daarover weten we nauwelijks iets.'

'En daarom hebt u op goed geluk maar een Winter-file aangelegd?' Eschenbach trok zijn wenkbrauwen op.

'Bij inlichtingendiensten draait het nu eenmaal om informatie,' schoot Sacher Meiendörfer te hulp.

'Ik zal u eens wat zeggen, mijnheer Meiendörfer...' Eschenbach zette beide ellebogen op het tafelblad, vouwde zijn handen onder zijn kin en keek de biochemicus strak aan. 'Toen ik nog in dienst zat, bestond de boze vijand ook echt; hij dook rechts of links uit het bos op, voor en achter je. Aan hem waren alle min of meer geslaagde legeroefeningen te wijten. De kilometerslange marsen en het alarm voor aanvallen met chemische stoffen, meestal 's nachts. En later, toen ik officier in de regimentsstaf was, schoot hij zich een weg door het Rijndal van de Aargau, een andere keer landde hij met parachutisten op de Linth-vlakte. De "boze vijand" was er altijd. Altijd communistisch, altijd Russisch en altijd goed bewapend. En nu is hij weg; is er met perestrojka en glasnost tussenuit gepiept, heeft zichzelf uit de roulatie genomen. Om eerlijk te zijn, ik vraag me soms af hoe de commandanten hun jongens tegenwoordig hun bed uit krijgen. 's Ochtends om zes uur, en in de winter.'

'*Point taken*,' zei Meiendörfer droogjes. 'Natuurlijk weet ik waar u naartoe wilt. Maar vooral het weer oplaaiende terrorisme heeft ons uit de droom geholpen. Geloof me, het simpele feit dat de zon ons niet meer verblindt, wil niet zeggen dat hij er niet meer is.'

'Sinds jullie het zonder vijand moeten doen...' vervolgde Eschenbach onverstoorbaar en met een bittere gelaatsuitdrukking, '...sindsdien bespioneren jullie Jan en alleman. En het feit dat degene die bespioneerd wordt dat met zijn eigen belastingcenten financiert, is ronduit cynisch.'

'Ik zou graag willen afronden,' zei Sacher ongeduldig. Daarbij trok ze het manchet van haar blouse uit de mouw van haar colbert. 'Wat ik wil zeggen: de affaire-Winter is met onmiddellijke ingang een zaak voor de federale politie. Wij trekken ons volledig uit de zaak terug.'

Meiendörfer keek tevreden voor zich op de tafel.

'Natuurlijk zijn we stand-by, mochten ze op lokaal niveau behoefte hebben aan ondersteuning. Maar de bal ligt duidelijk bij de federale politie.' Sacher keek naar Meiendörfer, tot deze instemmend knikte.

Elisabeth Kobler knikte ook. Ze keek Eschenbach afwachtend aan, totdat de commissaris toegeeflijk glimlachte en eveneens een hoofdbeweging maakte.

'Dat was het dan.' Sacher keek de anderen aan.

'En de assistent?' vroeg Eschenbach zich af. 'Er wordt nog altijd naar hem gezocht. Moeten we daar nu mee ophouden?'

'Dat hoeft u niet.' Meiendörfer ontweek Eschenbachs blik. 'Natuurlijk zijn wij ook op zoek naar Konrad Schwinn... In overleg met alle kantonale politiekorpsen. Hier zijn de gebruikelijke procedures voor interkantonale samenwerking van toepassing.'

'Oké.' De commissaris zat erop te wachten dat Sacher opnieuw zou benadrukken dat de verantwoordelijkheid bij de landelijke politie lag.

'En datzelfde geldt overigens nu ook voor Winter,' voegde Meiendörfer toe. 'Hoewel we in dat verband aanwijzingen hebben dat de professor zich niet meer in Zwitserland bevindt.'

'Is duidelijk.'

'Mooi dat de heren en dames het met elkaar eens zijn.' Sacher streek haar rok glad en stond op.

'Zo is het,' zei Kobler. De hele tijd had ze zich koest gehouden en telkens blikken met Eschenbach gewisseld. Maar hij stond nu ook op.

Nadat Sacher en Meiendörfer afscheid van hen hadden genomen, namen de politiechef en Eschenbach weer plaats aan de vergadertafel. Een moment keek hij zijn baas zwijgend aan. Vergeleken met Sacher leek ze nog bijna jeugdig in haar donkergrijze broekpak en haar lange, bruine haar, dat ze tot een paardenstaart had samengebonden. Kennelijk viel het haar zwaar om als eerste wat te zeggen.

'Die hele zaak overtuigt me al net zo weinig als u,' begon ze voorzichtig. 'Sacher heeft míj dat verhaal van die neef van haar, die Pestalozzi, als eerste op de mouw gespeld. Waarschijnlijk speelt ook gekrenkte trots mee. Hoe dan ook, ik houd er niet van als ze tegen me liegen.' Ze sloeg haar armen over elkaar en de commissaris zag dat het haar aangreep. 'Mijn grootmoeder heeft altijd gezegd, wie liegt, die steelt ook... Dat heb ik altijd onthouden.'

Eschenbach dacht even na of hij zijn baas de geschiedenis met Pestalozzi en het gesprek in het toilet van het Central moest vertellen.

'Ik weet niet wat u van plan bent,' zei Kobler nadenkend. 'Maar ik ken u goed genoeg om te weten dat u het er niet bij laat zitten. Het heeft nooit iets uitgehaald wanneer ze u van een zaak haalden. Integendeel.'

'Ik zou maar al te graag weten waar het precies om gaat,' zei Eschenbach. Hij streek met zijn vlakke hand over zijn haar. 'Tot op heden zijn het puzzelstukjes... ongerijmdheden en een stuk of wat leugens. Meer is het niet. En vragen natuurlijk... vragen waarmee ik graag aan de slag wil. Geen idee wat de uitkomst zal zijn.'

'Ga maar op onderzoek uit, Eschenbach. Mijn zegen hebt u... Passief natuurlijk.' Kobler glimlachte. 'U kunt me op de hoogte houden of niet... Misschien beter van niet. Doe wat u niet laten kunt. En niets op papier, oké? Geen rapporten... Dat mag wel duidelijk zijn.'

De commissaris knikte.

Nadat Kobler was vertrokken, zat Eschenbach een tijdje op zijn stoel en dacht na. Als een bokser hing hij in het zwarte leer van de leuning, zijn benen over elkaar geslagen op het bureaublad, starend naar het plafond of door het raam. Hij probeerde te begrijpen wat er zich zojuist had afgespeeld. Een moment lang vervloekte hij zichzelf omdat hij had nagelaten meer uit Winter te peuren. De professor, die als enige licht in de duisternis had kunnen brengen, was foetsie. Winter wist precies welk spel er werd gespeeld. Anders zou hij niet juist op dat tijdstip zijn ondergedoken. Theo was een genie en de timing van zijn verdwijning was welhaast perfect.

De commissaris haalde zijn voeten van zijn bureau en drukte op de knop van de intercom. 'Mevrouw Mazzoleni?'

Het duurde even voordat Rosa met een dienblad binnenkwam. 'Was het moeilijk, chef?' Ze keek hem medelijdend aan en zette het grote, zilveren presenteerblad voor hem op het houten bureaublad.

'Taart?' Eschenbach zette grote ogen op.

'Eigenlijk wilde ik sachertorte halen,' zei Rosa met een grijns. 'Maar misschien zou mevrouw de minister dat niet hebben gewaardeerd... en verder was er buiten van alles aan de hand. Ik ben het dus helemaal vergeten...'

'Saint Honoré!' De commissaris pakte enthousiast een vork. 'Behalve wij, mevrouw Mazzoleni, heeft niemand anders dit verdiend.'

Rosa pakte een stoel, ging tegenover Eschenbach aan zijn bureau zitten en beiden aten een stuk van de luchtige taart.

'U kent toch iemand bij de *Blick*, is het niet?' informeerde de commissaris na een tijdje.

'Mmhh...' Rosa pakte een wit servetje en depte haar lippen schoon. 'Een goede kennis, ja. We kennen elkaar al lang... Hebben 's avonds soms samen kookles. Hoezo?'

'Ik wil graag weten waar ze het allemaal vandaan hebben...' Eschenbach legde zijn vork neer, stond op en liep naar de kast. Hij haalde een meerdere keren opgevouwen exemplaar van de boulevardkrant uit zijn jaszak. 'Hier, ze hebben het er meteen maar in gegooid. Stukken van de geheime dienst, die ze kennelijk toevallig in Zimmerwald uit de ether hebben geplukt.'

'Uit de wat?'

'De ether.' Eschenbach maakte een gebaar dat normaliter aan zijn Italiaanse secretaresse was voorbehouden. Zij gebruikte het wanneer ze niet meer wist hoe ze verder moest of naar een woord zocht. 'Gewoon uit de lucht.' Hij ging weer zitten. 'Onze vlotte inlichtingenmannetjes exploiteren daar een afluistercentrale met satellietschotels en zo. Staat hier allemaal in, met foto's... Je waant je er in een sprookjesbos.'

Terwijl Eschenbach een tweede stuk taart nam, liet Rosa haar ogen over het artikel glijden. 'Ik kan misschien eens informeren. Hoewel, hier staat: *uit vertrouwelijke bronnen*... Ik weet niet of mijn vriendin me iets kan vertellen.'

'Probeer het gewoon.' Eschenbach praatte met halfvolle mond. 'Komt het van het leger of van de regering? Anoniem? Gefaxt? Zijn er bepaalde contacten? Relaties? Een kleine aanwijzing zou al mooi zijn. En ik zou ook nog willen weten wanneer ze het hebben gekregen. Het tijdstip... Het is al mooi wanneer ik dat weet. Bovendien is dat informatie waarbij ze hun bron niet hoeven prijsgeven.'

Rosa leek nog na te denken hoe ze het beste te werk kon gaan, toen Eschenbach er nog aan toevoegde: 'Ik zou graag... Maar als het via de officiële kanalen moet, doen ze het van angst in hun broek. Dan lukt er niks meer.'

'Ik weet het.' Rosa glimlachte tegen hem. Inwendig genoot ze van deze missies, dat wist hij.

'Zo is het... en er zal nog de nodige reuring volgen, vermoed ik. CIA en ETH, discreter kan het bijna niet. Wanneer die de kolommen in de Zwitserse boulevardpers vullen... maak dan je borst maar nat!'

Nadat hij de dringendste e-mails had beantwoord en een derde en vierde stuk Saint Honoré naar binnen gewerkt, verliet de commissaris zijn kantoor.

28

'Eigenlijk zijn wij alle drie geen types voor grote organisaties,' zei Ewald Lenz.

Eschenbach grijnsde toen hij zag dat de gepensioneerde beambte zo blij was als een kwajongen dat ze zijn bescheiden woning in de oude molen aan de Forchstrasse tot het hoofdkwartier van de politie hadden gebombardeerd.

Lenz had zijn kleine ruwhouten eettafel midden in de woonkamer gezet en met het nodige aplomb tot conferentietafel uitgeroepen. En omdat hij slechts twee stoelen bezat, moest Claudio genoegen nemen met een uitklapbaar krukje. 'Jij hebt nog jonge botten,' had de ouwe gezegd, nadat hij het oncomfortabele geval achter de koelkast in de keuken vandaan had gevist en voor hem had neergezet.

'Klein en zwijn.' Claudio betwijfelde of het wankele krukje zijn gewicht zou kunnen dragen. Toch ging hij zitten. Er gebeurde niets.

'Mooi zo, aan de slag,' zei Eschenbach en gaf Lenz het woord.

'Dat de brave Pestalozzi niet Sachers neef is, weten we inmiddels,' begon de ouwe. Hij had wat papieren voor zich neergelegd, netjes gesorteerd en in kleurige plastic mapjes gestoken. 'Soms word je slimmer zonder dat je er iets voor hoeft te doen. Ik heb mijn tanden er in elk geval op stukgebeten...' Lenz pakte een paar notities uit een groen mapje. 'Die neef bestaat overigens echt. Hij volgt toneellessen aan het Lee Strasberg Institute in New York. Hij lijkt zelfs een beetje op die Meiendörfer van ons.' En met een zucht voegde hij er nog aan toe: 'Maar dat is nu allemaal ouwe meuk... Volstrekt irrelevant, jammer genoeg.'

'Maar toch, duizend keer dank, Ewald.' De commissaris zag hoe ongemakkelijk Lenz zich voelde omdat voor één keer de loop van de geschiedenis hem had ingehaald. 'En die Meiendörfer... Heb je daar al iets over ontdekt? Ik weet natuurlijk dat de tijd krap was.

'Tobias Meiendörfer is inderdaad degene die hij zegt te zijn.' De ouwe haalde er een ander mapje bij. 'Regeringsbeambte bij de Strategische Inlichtingendienst, de SND. Hij coördineert daar de projecten met de federale politie... deels ook met de andere inlichtingendiensten. Grosso modo komt het overeen met wat je mij al hebt verteld. En wat zijn opleiding betreft, hij is afgestudeerd biochemicus en informaticus. Allebei overigens aan de ETH.'

'Bij professor Winter?' wilde Jagmetti weten.

'Nee. Meiendörfer was al weg toen Winter uit de VS terugkeerde. Hij is twee jaar eerder afgestudeerd.'

'Is het mogelijk dat ze elkaar toch op de een of andere manier kennen?' De vraag kwam van Eschenbach. 'Ik bedoel, biochemie is nou niet meteen zo populair als rechten of bedrijfseconomie.'

'Om eerlijk te zijn, zover ben ik nog niet.'

'Is oké, Ewald.' De commissaris maakte een afwerend gebaar. 'Neem de tijd. Daar komen we nog wel achter.'

'En Konrad Schwinn?' vroeg Jagmetti. 'Het zou toch kunnen dat ze elkaar kennen. Allebei biochemicus... Bovendien zullen ze elkaar qua leeftijd niet zoveel ontlopen.'

'Ze zijn zelfs in hetzelfde jaar geboren.' Lenz plukte aan zijn snor. 'En desondanks was Schwinn drie jaar eerder klaar dan Meiendörfer. Hij was toen echter assistent... Ze moeten elkaar dus wel kennen. Hoewel, duidelijke bewijzen hebben we niet.'

'Nog niet,' zei Jagmetti met een fijn lachje.

Eschenbach herinnerde zich de zomer toen Jagmetti zijn assistent was en hij hem voor een hele week naar Lenz en zijn archief had gestuurd. Lenz was een werkpaard en als het moest dag en nacht in touw.

'Die lui van de inlichtingendienst zijn ook een geval apart,' verzuchtte de ouwe. 'Die weten zelf het beste hoe je informatie verstopt. Vooral wanneer het over henzelf gaat en je net als Meiendörfer zelf een van de spionnen bent.'

'Bedoel je dat Meiendörfer de hand heeft in de geschiedenis met Winter? Tenslotte weten ze bij de federale politie kennelijk precies wat de professor doet.'

'Dat is niet helemaal uit de lucht gegrepen.' Lenz keek zijn vroegere chef aan en knikte. 'Maar er is iets wat me irriteert. Als we nou eens aannemen dat Winter boter op zijn hoofd heeft en die lui uit Bern weten dat, dan zou de *Blick* wel de laatste zijn waaraan ze het zouden geven.'

'Hoezo?' reageerde Jagmetti.

'Triomfen zijn triomfen, m'n beste, en... ergens ben ik wel blij dat onze man uit Graubünden nog niet zo verpest is.'

'Bah...' Claudio rolde met zijn ogen.

'Bern zou Winter daarmee volledig in zijn hand hebben. Als je bedenkt hoe ambitieus onze professor is... Ik geloof dat hij alles zou doen om te voorkomen dat zijn reputatie naar de bliksem gaat. En voor geheime diensten wordt informatie waardeloos wanneer die openbaar wordt.'

'Een canard dus?'

'Niet per se...' Lenz streek bedachtzaam over zijn snor. 'Ik geloof dat het meer is dan een canard, het is een manoeuvre om de boel te misleiden!'

'Denk je?' Jagmetti ging staan en masseerde zijn achterste. 'En wie moet er dan wel misleid worden?'

'Nou wij... de politie, de publieke opinie, weet ik veel. Zo goed kan ik het allemaal ook nog niet doorzien.'

'En dat brengt ons natuurlijk bij de vraag wie ons wil misleiden. Wie en waarom?' Eschenbach stond eveneens op. Hij deed een paar stappen en omdat de woning klein was, leek het net alsof een wasbeer in een te kleine kooi liep te ijsberen. Even stond hij oog in oog met Jagmetti, toen gaf de jongste zich gewonnen en ging weer zitten. 'Waarom dat hele theater rond CIA en zenuwgif wanneer Theo maar één ding wilde: namelijk pijn verzachten en een effectief middel tegen depressies ontdekken, meer niet. Daar had hij het over gehad... Dat interesseert hem. Hij wil de wereld veroveren, niet vernietigen.'

'Daar zit inderdaad iets in,' vond Lenz. 'En als ik het allemaal goed begrijp, staat hij vlak voor de grote doorbraak. In elk geval sluipen de grote farmacieconcerns als wolven rond de ETH.'

'Er zit iets in, zowel in economisch als in menselijk opzicht,' zei Eschenbach, alsof hij er zichzelf nog van moest overtuigen. 'En doe me een lol zeg, dat staat allemaal even veraf van de CIA en onze eigen inlichtingendiensten als... als de zomer van de winter.' Met een brede armzwaai raakte de commissaris de kleine kroonluchter boven de tafel. Even flakkerden de peertjes.

'Laat dat ding alsjeblieft heel,' bromde Lenz.

'Sorry, Ewald.'

'Muranoglas... een erfstuk van mijn moeder.'

Er viel een korte stilte. De vraag of en hoe dit vermoeden viel te bewijzen bleef in de lucht hangen.

'Laat je naar Winter zoeken?' vroeg Lenz.

'Dat is niet meer mijn pakkie-an, Ewald. Nu heeft Bern het voor het zeggen. Wij zijn nog slechts een klein eendje in het grote zwanenballet. Natuurlijk zullen wij ons gedwee schikken in het eedgenootschappelijk opsporingsspektakel.'

Lenz giechelde en nam het volgende plastic mapje van tafel. 'Gloor in de gloria. Willen jullie daar ook nog iets van weten?'

De anderen knikten.

'Zolang we er maar iets bij kunnen drinken.' Eschenbach trok een onnozel gezicht.

'Pas als we klaar zijn... Er valt eigenlijk niet veel te vertellen. Tenminste niet iets spannends.'

'Dat verbaast me dan,' zei Eschenbach en ging weer zitten.

'Bio's van politici...' Lenz deed alsof hij moest gapen. 'Dan is een seksschandaal al gauw het summum van sensatie.'

'Vooruit met de geit.'

'Maar ook daarin moet ik je teleurstellen,' glimlachte Lenz. 'Het rondneuken laat hij aan zijn vrouw over. Dat is voor een grootbek als Gloor misschien pijnlijk, maar wat dondert het... Zij doet het zo openlijk, dat hij met een beetje geluk bij de volgende verkiezingen op een solidariteitsbonus kan rekenen.'

'Bij ons zou dat een malus zijn,' zei Jagmetti droogjes en deed een volgende poging zijn benen te strekken.

'Zoals gezegd, Gloor wast witter dan wit... Tot op heden tenminste. Hij heeft goed begrepen hoe hij het sociale beleid van zijn linkse voorgangster in diskrediet moet brengen. Bovendien spant hij de boulevardpers voor zijn karretje, zodat tegenwoordig elke uitkeringstrekker als een oplichter of klaploper te boek staat. Het is in elk geval kouder geworden in Zürich sinds hij wethouder is.'

'We zullen wel zien... Claudio, ga alsjeblieft zitten, je werkt me op de zenuwen met dat onrustige gedoe van je.' Eschenbach verdeelde de lijst met namen. 'Die met die kruisjes zijn vermoedelijk al in hogere sferen. Ik kreeg er flink van langs toen ik vragen begon te stellen. Het lijkt er dus op dat het om iets belangrijks gaat. Meer weet ik ook niet.'

'Nondeju,' zei Lenz, nadat hij de lijst regel voor regel had doorgenomen. 'Waar heb je die vandaan?'

Eschenbach haalde zijn schouders op en toen de ouwe daar geen genoegen mee nam, zei hij laconiek: 'Ik vraag jou toch ook niet hoe jij aan je informatie komt?'

De snor van de ouwe trilde even en hij gaf toen toe: 'Oké dan, mij best. Vertel ons wat je van plan bent.'

29

Het was een eenvoudig plan.

Terwijl Lenz de instellingen voor drugsverslaafden en daklozen, inloopcentra en de dag- en nachtopvang in Bern voor zijn rekening nam, zou Eschenbach hetzelfde in Basel doen. En bij de vraag wie zich om de scene in Zürich moest bekommeren, keken beiden naar Claudio.

'Na twintig jaar recherche...' zuchtte de commissaris. 'Mij kennen ze allemaal in het kanton. Als Graubündenaar heb jij een sympathiebonus.'

Jagmetti ging ten slotte akkoord.

Eschenbach nam de trein. De lijn liep door de Aargau, via Baden, Brugg en vervolgens door het Fricktal langs de Rijn. Het was een grote, vruchtbare vlakte, waar het in het voorjaar naar mest rook, voordat de kersenbomen in bloei kwamen en later het koolzaad en de appelbomen prachtige kleuren in het verzadigde groen van het landschap toverden.

Alleen 's winters was er niets te zien. Dan hing er een nevel, zo dik en zo grijs als nergens anders. Hij sloop door de halfhoge struiken die men langs de rails had aangeplant en nam bezit van de velden. Ook op de stations maakte hij zijn rondedans; als een ongenode, slecht geklede gast die zich niet de deur liet wijzen en aan wie men langzaam gewend raakte.

Bij Rheinfelden loste de grijze soep langzaam op en twintig minuten later, in Basel, scheen de zon. Eschenbach knipperde met zijn ogen toen hij het stationsplein overstak. Ook hier lag overal sneeuw, aan alle kanten manshoge hopen; men had geprobeerd het ergste aan de kant te schuiven. De wegen waren omzoomd door bruine wallen. Alleen de trottoirs had men niet geveegd. Ze waren glibberig en de commissaris was blij met het dikke profiel van zijn oude legerkistjes.

De route voerde langs Confiserie Frey. Eschenbach wierp een blik op de uitgestalde waar: op de Boule de Bâle en de Truffes de Champagne, die achter het grote raam het beste licht voor zich opeisten. Daarna liep hij verder. Aan het einde van de huizenblokken stak hij de straat over en volgde het smalle voetpad dat via een viaduct over de snelweg naar de Elisabethenkirche liep. Staand op het kleine viaduct zag hij de lichtgekleurde gevel van een bank. 'U vindt ons direct achter de Bank Sarasin,' had Max Hollenweger hem door de telefoon gezegd.

Het dagverblijf voor daklozen aan de Wallstrasse was een drie etages hoog huurhuis: vierkant en sober. Nauwelijks had Eschenbach het huis betreden en zich aan de directeur voorgesteld, of hij werd door de bedrijvigheid die er heerste meegesleurd.

'U kunt direct meehelpen aanpakken,' had Hollenweger gezegd en hem een schort in de handen gedrukt. 'De vrijwilliger die vandaag dienst heeft is uitgevallen. Hij heeft griep.'

De commissaris had zelfs geen tijd om te protesteren.

'Maar geef me eerst uw waardevolle spullen.'

Eschenbach aarzelde even. 'Ik heb niks,' zei hij.

'Portemonnee en horloge... Dat is toch een oude iwc, of niet?'

'Een oude, ja.' De commissaris frunnikte aan het leren polsbandje.

'Hardy is er weliswaar niet... Die hebben ze weer in de bak gestopt voor een of ander vergrijp. Maar ik verzeker u, die zou als gauwdief zo het circus in kunnen.'

'Kent u ze allemaal? Ik bedoel, de mensen van de straat...'

'O ja, de meesten wel,' zei Hollenweger. Hij pakte horloge en beurs, liep ermee naar zijn kantoortje en borg ze op in een dossierkast.

'Misschien kent u iemand op deze lijst...' Eschenbach haalde de opgevouwen a4'tjes uit zijn jaszak.

'Straks,' reageerde Hollenweger ongeduldig. 'Het is bijna twaalf uur en het eten is nog niet opgediend.'

De commissaris werd linea recta naar de keuken gestuurd. Halve haantjes met noedels stond er op het menu; en kropsla vooraf.

'Vroeger had je alleen maar noedels,' zei Christine Bloch. Ze was groot, blond en een van de drie medewerksters die samen met Hollenweger en diens plaatsvervanger René Zobel de taken verdeelden. 'Maar sinds we de meeste levensmiddelen voor niets krijgen, hebben we een echt tweegangenmenu, met vlees en zo.'

Eschenbach kreeg de taak de sla te verdelen op kleine, witte porseleinen bordjes.

'Alle porties even groot, als het kan...' Christine wees naar het doorgeefluik. 'En omdat u er toch staat, kunt u het de mensen ook meteen aangeven... en met hen afrekenen natuurlijk. Drie frank per menu. Drankjes komen erbovenop.'

De commissaris reikte de borden aan en rekende af. Hij sorteerde de muntjes in de kassalade: die van tien rappen bij die van tien, die van vijftig bij die van vijftig. Toen een oudere vrouw met gebreid vest wilde poffen, knikte Christine. 'Doen we.' En tegen de slungelachtige blonde man, die zes frank had neergelegd, zei ze: 'Akkoord, Kudi.' Het briefje op de kastdeur waarop zijn schuld stond genoteerd, werd weggehaald, versnipperd en in de afvalemmer gegooid. 'Zo doen we dat hier,' zei ze met een lachje, dat al even geroutineerd leek als de handbeweging waarmee ze de halve haantjes en noedels op de borden bleef scheppen.

Eschenbach keek in de gezichten van de mensen die hun muntjes aan hem gaven en hun eten in ontvangst namen. 'Eet ze,' zei hij elke keer. Een onbehaaglijk gevoel bekroop hem. Gelukkig had hij iets zinvols te doen, dacht hij.

Het waren niet de kleren van de mensen die hen verraadden; die waren allemaal oké. Geen pakken natuurlijk, maar donkere broeken of spijkerbroeken, sweatshirts en keurige overhemden. Niet kapot in elk geval. Voor een deel leken ze nieuw, hip of uitdagend, met flair gecombineerd, en soms zelfs chic. Eschenbach moest onwillekeurig denken aan zijn eigen gebreide vest dat hij had weggedaan omdat hij erop was uitgekeken

en aan de kleren die Corina twee keer per jaar in een paar tex-
tielzakken voor het goede doel stopte om in de kast ruimte te
maken voor nieuwe spullen. Hij dacht na over die gulheid waar
hij zich nooit bewust van was: over de ironie dat zij de ellende
voor het oog draaglijker maakte.

Van dichtbij, ingeklemd tussen fornuis en doorgeefluik, zag
de commissaris het zwart onder de vingernagels van de mensen en hoe hun gekloven handen soms trilden wanneer ze hem
het geld aanreikten.

Waarom pakken ze eigenlijk ook nog iets van hen af, dacht
hij. Af en toe keek hij hen in de ogen, volgde hun rusteloze
blik, totdat die zich weer van hem afwendde, vol schaamte of
onverschilligheid.

Zonder dat Eschenbach er erg in had, begon deze wereld aan
hem te knagen: de wereld van de havenots, die tussen eten en
slapen als gekooide dieren heen en weer liepen en voor wie als
laatste reisdoel niets anders overbleef dan de bedwelmende
roes van drugs.

De commissaris merkte hoe zich een diep onbehagen van
hem meester maakte; iets wat hem zei dat hij het allemaal niet
wilde zien. En dat het hem ook absoluut niets aanging. Plotseling had hij begrip voor iedereen die zich al die ellende bespaart.
Treurigheid was besmettelijk, hopeloosheid ook. Eschenbach
voelde de aantrekkingskracht ervan en was blij toen de laatste
maaltijd was uitgedeeld en het deurtje van het doorgeefluik
werd gesloten.

Zijn honger was verdwenen. Terwijl Christine en Hollenweger in de keuken nog iets aten, dronk hij koffie. Bocht dat
onmiddellijk op zijn maag sloeg. Nadat de commissaris in
korte zinnen de reden van zijn bezoek had toegelicht, liepen ze
naar het kantoortje op de begane grond.

'Hier is de lijst,' zei Eschenbach. 'Misschien kent u er iemand
van... In elk geval wordt het Heuwaage-gebied genoemd en
twee keer ook het kantonale ziekenhuis in Basel.'

Hollenweger fronste zijn voorhoofd, terwijl hij de namen las.
'Zijn ze allemaal dood?' vroeg hij.

'Het lijkt er wel op, ja.'

'Dat is sterk.'

'We hadden inderdaad iemand...' begon Christine aarzelend. 'Tussen kerst en oud en nieuw, dat kan ik u precies vertellen.' Ze stond op en liep naar de dossierkast.

'Over elk incident schrijven we een rapport.' Hollenweger knikte. 'Dat is precies geregeld.'

'Houdt u ook een administratie bij van de mensen die hier komen en die u onderdak verschaft?' wilde Eschenbach weten.

'We houden een logboek bij. Wanneer iemand binnenkomt, worden naam, adres en tijdstip genoteerd. Zo weten we precies wie er binnen is. En 's avonds voor we dichtgaan, jagen we de lijst door de papierversnipperaar. Vanwege de bescherming van persoonlijke gegevens, u weet wel.'

'Ja, dat weet ik.' Eschenbach haalde zijn hand door zijn haar.

'Ik heb het dossier,' zei Christine en liep met een mapje van kringlooppapier terug naar de tafel. 'Net wat ik dacht. Carla Schwob heet ze. Is domweg ingestort, op 27 december vorig jaar. Hier staat het... Collaps.'

'En toen? Ik bedoel, waar is ze naartoe gebracht?'

'Wanneer zoiets gebeurt, bellen we altijd direct met het kantonale ziekenhuis in Basel... Zij sturen dan een ambulance, zoals dat nu eenmaal gaat. We hebben per jaar wel twaalf van dat soort gevallen.'

Eschenbach keek in zijn papieren. Carla Schwob was nummer elf op de lijst. Als plaats stond het kantonale ziekenhuis in Basel vermeld en de datum klopte ook.

'En hebt u de zaak onderzocht?'

'Nee, dat doen we in principe niet,' reageerde hij prompt. Na een korte pauze zei Hollenweger: 'Dat verbaast u misschien. Maar wij zijn in de eerste plaats een instelling waar je kunt eten en verblijven. Wie komt, die komt, wie gaat, die gaat. Soms hebben we wel tachtig mensen op een dag.'

'Ik verbaas me nergens over,' zei Eschenbach. 'Ik vraag het alleen.'

'Natuurlijk hebben we een band opgebouwd met de mensen die hier al jaren komen. Misschien hadden we in een dergelijk geval... In elk geval hoorde mevrouw Schwob daar niet toe.'

'Kan ik een kopie krijgen van die stukken?'

'De privacywetgeving, weet u,' zei Hollenweger en schudde zijn hoofd. 'Maar ik kan het dossier hier laten liggen en met Christine koffie gaan drinken... U weet wel.'

De commissaris glimlachte. 'Dan doen we het zo.'

Nadat ze over de andere namen op de lijst waren uitgepraat, haalde Hollenweger Eschenbachs spullen uit de kast en verliet met Christine het kantoor.

Waarom had Eschenbach altijd het gevoel dat taxichauffeurs in andere steden vriendelijker waren? De man bracht hem rechtstreeks naar de spoedeisende hulp van het kantonale ziekenhuis.

'Hier niet gaan sneeuw.'

Eschenbach gaf een royale fooi. Misschien kwam het wel omdat je toleranter was als het ging om plaatsen waar je zelf niet woonde.

'Mist u iets?' vroeg een reusachtige vent in een wit jasje. 'Zo niet, dan zit u hier namelijk verkeerd.'

'Ik zoek dr. Gürtler,' zei Eschenbach. Het was de arts die op 27 december het ziekentransport van Carla Schwob had begeleid.

'Dat ben ik toevallig,' zei de man. Hij wees op het naamkaartje op zijn doktersjas.

'Eschenbach.' De commissaris kon niets beters verzinnen dan zijn legitimatie te tonen. Een pasje van de politie van Zürich. 'Ik ben rechercheur en zou u graag een paar vragen willen stellen... Het gaat om een spoedopname in december, een pure routinekwestie.'

De man krabde peinzend aan zijn hals en Eschenbach was op het ergste voorbereid. Sinds zijn collega's een volle trein met voetbalfans uit Basel op een rangeerspoor bij Zürich – ver weg van het Hardturmstadion – hadden vastgehouden, was de ijstijd ingetreden tussen beide steden.

'Oké dan,' bromde Gürtler. 'Brand maar los.'

Eschenbach kreeg te horen dat Carla Schwob nog tijdens de rit was overleden. Omdat ze uit de Wallstrasse kwam, had men naderhand een drugstest gedaan. Een paar amfetaminepillen en coke. Zo precies wist Gürtler het niet meer.

'Daar kwam nog bij dat ze ernstig onderkoeld was... Al met al geen leuke zaak. Ik herinner het me omdat we twee dagen later nog iemand hadden. Uit Heuwaage. Toen ze die brachten, was hij zo stijf als een plank... Dat zouden jullie eigenlijk moeten weten. U bent toch wel van de politie?'

'Natuurlijk, absoluut.' Eschenbach knikte.

'Er is namelijk ook al iemand geweest... Een paar dagen geleden. Die vroeg precies hetzelfde als u.' De man krabde opnieuw aan zijn hals. 'Mag ik uw legitimatie nog een keer zien?'

De commissaris zuchtte toen hij zijn pasje weer tevoorschijn haalde. 'Maar ik kom uit Zürich – recherche Zürich.'

'Die andere ook... Hetzelfde ding. Laat nog 's zien!' Gürtler hield het plastic geval voor zijn ogen. 'Eschenbach, Eschenbach... Ja, precies. Die heette ook Eschenbach! Nou ja, bij jullie uit Zürich verbaast me echt helemaal niets meer, eerlijk waar.'

'Steekt u me nu de gek aan?'

'Ik?' Gürtler schaterde het uit.

'Ik bedoel, weet u het zeker?'

'Natuurlijk! Eschenbach. Dat is toch die negorij in Sankt Gallen? Daar zat ik drie weken opgesloten... op de rekrutenopleiding. Dat ik er niet meteen ben opgekomen.'

De commissaris begreep de wereld niet meer. Nadat hij een moment had gezwegen, haalde hij zijn schouders op. 'Nou ja, ik kan het in elk geval niet zijn geweest.'

Gürtler lachte opnieuw.

'Ik zou blij zijn als u me de man kon beschrijven die met mijn legitimatie in de buurt rondstruint.'

Gürtler kneep zijn ogen dicht: 'Iets kleiner dan u, misschien. En jonger... In elk geval jonger.'

'Kunt u iets concreter zijn? Ik bedoel, blond, donker, lang haar, kort haar, dik, dun, breed gezicht, smal gezicht...' Eschenbach haalde amechtig adem. 'De halve wereld is jonger dan ik.'

'Hij had een wollen muts op... Weet ik veel wat voor haar hij had. Kwam net als u zomaar binnenlopen... op de afdeling Spoedeisende Hulp.'

Het leek alsof Gürtler even nadacht. 'Het had vreselijk gesneeuwd. En dan al die mensen die komen en gaan. Vierentwintig uur per dag. Kom hier maar eens werken... zeventig uur per week.'

'Zou u hem herkennen, op een foto bijvoorbeeld?'

'Ik denk het wel.'

'Hebt u e-mail?'

'Wie niet...' De arts zocht in zijn broekzak naar een visitekaartje. 'Hier, alles staat erop.'

'Mooi, u hoort van me.' Voordat Eschenbach buiten stond, draaide hij zich nog een keer om en riep: 'Bedankt trouwens. U hebt me heel erg geholpen.'

30

Het was even voor half acht toen Jagmetti de oude molen aan de Forchstrasse betrad.

'Je bent te laat!' mopperde Lenz.

'Maar niet de laatste,' zei Jagmetti.

'Eschenbach heeft gebeld.' Het gezicht van Ewald Lenz kreeg een sombere uitdrukking. 'Zijn dochter ligt weer in het ziekenhuis. Kennelijk zijn er drugs in het spel. Hij heeft niet veel gezegd... Misschien komt hij later nog.'

Jagmetti beet op zijn onderlip. 'Klote,' zei hij.

Ze liepen naar de kamer en gingen aan tafel zitten. Jagmetti vertelde wat hij in Zürich had ontdekt. 'Vier contactpunten en inloopcentra voor drugsverslaafden, bij de kazerne, in Brunau, in Selnau en in Oerlikon; dan de instelling voor jeugdhulpverlening Streetwork aan de Wasserwerkstrasse, een bus voor verslaafde tippelaarsters...' Jagmetti werkte een hele lijst met namen af. 'En ik dacht nog wel dat je in Zürich alleen banken had. Ik heb me de benen onder mijn gat vandaan gelopen, niet normaal!'

'In Bern waren het er wat minder,' reageerde Lenz droogjes.

'De meesten konden niks met de namen of ze verscholen zich achter de privacywetgeving. En bij Treffpunkt Züri heb ik voor een dichte deur gestaan. Stel je voor, die hebben de boel dichtgegooid, een week geleden of zo. Dat heeft me die vent verteld...' Jagmetti keek in zijn notities: 'Joel Crisovan heette-ie, een geestelijke met een dikke kop... Die kruiste toevallig mijn pad. Van de St. Martin-missie, zei hij. Die hebben het er nu voor het zeggen.'

'En de oude garde?' wilde Lenz weten. 'De lui die er vroeger aan het roer stonden. Waar zitten die?'

'Dat heb ik ook gevraagd. Maar hij wist het niet. Zei alleen dat alles nu gerenoveerd werd en aan de missie overgedragen... Hij had het over nieuwe uitdagingen. Ik ben er meteen met hem naartoe gegaan.' Opnieuw keek hij in zijn notitieboekje. 'Dat was aan de Selnaustrasse, direct naast Lauschuli's Karaoke Bistro. Zó uitgewoond zag het er helemaal niet uit. Maar toch stond er bijna niets meer. Alleen een paar stoelen en tafels. Net als bij mijn grootmoeder, nadat ze overleden was en de mensen van de kringloopwinkel bijna alles meegenomen hadden.'

'Dat is interessant.' Lenz knikte bedachtzaam.

Binnen een week zou het centrum zijn deuren weer openen. In het kantoor had een stapel in leer gebonden bijbels gelegen. 'Toen ik hem vroeg of hij het oké vond dat je bij min achttien de tent dichtgooit, antwoordde hij – en ik lieg niet – dat Jezus mij ook de weg zou wijzen. Echt waar, ik stierf van de kou.'

In de twee uur die volgden probeerden ze zich een beeld te vormen van de situatie. De ouwe had met punaises een groot stuk karton aan de muur geprikt en noteerde met verschillende kleuren viltstiften wat ze tot nu toe hadden gevonden.

Voor acht van de achttien namen op de lijst hadden ze een concreet spoor. Het was voornamelijk aan dominee Sieber te danken dat ze toch nog zover waren gekomen. Sieber, die zich met een particuliere stichting al jaren inzette voor de minderbedeelden van de stad, was ook de oorzaak geweest van Jagmetti's verlate komst. Nadat de politieman de instellingen in de stad had afgewerkt, had hij het plan opgevat om de Pfuusbus op te zoeken, een voor de opvang van daklozen omgebouwde vrachtwagen. En dat was maar goed ook.

'De oude baardmans had het razend druk. Die twee afgeschreven campers en de houten keet die hij op een braakliggend terrein bij Albisreden exploiteert, barsten uit hun voegen. Die zit met de handen in 't haar, zeg ik je... Hij weet echt niet waar hij met iedereen naartoe moet.' Jagmetti zette een ernstig gezicht op. 'Dat heeft er bij mij ingehakt. Als je ziet hoe een man van tachtig zich voor iedereen opoffert. Ik vond mijn eigen bestaan opeens tamelijk nutteloos, als je begrijpt wat ik bedoel.'

'Ik begrijp heel goed wat je bedoelt,' zei Lenz. 'Wanneer je erbovenop zit en de mensen je in de ogen kijken, is alles opeens anders.'

'Precies. In elk geval heb ik lang moeten wachten tot de dominee zich de tijd gunde om de lijst en de namen met mij door te nemen. Maar het was de moeite waard. Hij kent de mensen die met niks op zak op straat leven. Wanneer hij over hen praat, is het alsof een herder over zijn kudde praat. Zijn ruige baard, zijn witte haar dat aan zijn voorhoofd plakt, en dan die lange lamswollen jas... Ik kreeg de indruk dat hij die vergelijking nadrukkelijk wil oproepen.'

Jagmetti had alles in zijn boekje genoteerd en samen met Lenz probeerde hij nu de details in een bredere context te plaatsen.

'Even resumeren,' zei de ouwe. 'De vijf namen van Sieber, de twee mensen waar Eschenbach op is gestuit, en de oude man die ik in Bern heb achterhaald... We weten nu dat achter de namen op de lijst mensen van vlees en bloed schuilgaan.'

'En dat ze dood zijn, dat weten we ook,' zei Jagmetti.

'Niet altijd. Alleen als we een lijk hebben. Maar zo'n heksentoer zal het niet zijn om meer over de andere namen te weten te komen.'

Jagmetti knikte.

'We hebben jong en oud, vrouwen, mannen... alle rangen en standen, alle categorieën.' Lenz plukte aan zijn snor. 'En toch moet er iets zijn wat ze met elkaar gemeen hebben.'

Jagmetti staarde hulpeloos naar het karton.

'Een gemeenschappelijke noemer, bedoel ik.' Lenz draaide zijn hoofd alle kanten op en masseerde zijn stijve nek. 'We moeten alles op een rijtje hebben, anders komen we niet verder.' Hij stond op, liep naar het karton aan de muur en noteerde: Woonplaats? Kennissen? Vrienden? Overleden? Doodsoorzaak? Overlijdensverklaring?

Samen stelden ze een lange lijst op. Toen het stuk karton helemaal volgeschreven was, slaakte Jagmetti een diepe zucht:

'Zonder hulp zijn we nog weken bezig! En we zijn maar met z'n drieën.'

'Met z'n tweeën,' merkte Lenz droogjes op. 'Op dit moment tenminste.'

Ze liepen de lijst nogmaals door, streepten namen door en stelden prioriteiten vast.

Eschenbach kwam niet meer opdagen. Tegen half een nam Jagmetti afscheid en reed terug naar de binnenstad. Hij parkeerde zijn auto achter de Fraumünster en legde het laatste stuk lopend af. Thuis was de commissaris ook niet. Het zag er allemaal nog net zo uit als 's ochtends, toen ze samen hadden ontbeten. De honing stond er nog, het deksel halfopen; broodkruimels sierden de keukentafel.

Jagmetti lag een tijdje wakker en dacht na. Eschenbach had Kathrins oude kamer voor hem in orde gemaakt. Er hing nog een BRAVO-poster van Bon Jovi en eentje van Eminem. Hij dacht aan het gezinnetje dat hij altijd zo hecht had gevonden en aan Kathrin, en hoe het met haar ging. Vlak voordat de gedachten in zijn hoofd begonnen rond te tollen viel hij in slaap.

31

Konrad Schwinn stond in de Migros en bestudeerde de kleine lettertjes op een pakje kant-en-klare risotto.

3-carboxy-3-hydroxy-pentaan-1,5-dizuur, beter bekend als citroenzuur, is een kleurloze, in water oplosbare stof. Het wordt in de voedingsmiddelenindustrie als zuurteregelaar en conserveermiddel toegepast, heeft het E-nummer 330 en wordt samen met de urine weer uitgescheiden. Het menselijk organisme produceert deze stof in het kader van zijn citraatcyclus ook. Het gaat daarbij om een gecompliceerd stofwisselingsproces; de Duitse biochemicus Hans Adolf Krebs kreeg in 1953 de Nobelprijs voor geneeskunde voor het onderzoek naar de stof.

Dat wist Schwinn allemaal, maar koken kon hij niet. In het wilde weg vulde hij zijn boodschappenmand met kant-en-klaarproducten. Hij was graag weer eens naar een restaurant gegaan; naar Kreis 6 of naar Barbara van de Caffetteria am Limmatplatz. Maar omdat dat niet slim zou zijn, liet hij het maar zo. Zelfs de McDonald's durfde hij niet in. Zürich was geen New York en onderduiken geen pretje.

Schwinn zeulde de boodschappentassen mee langs de krantenkiosk. Even aarzelde hij: zou hij nog een tijdschrift meenemen? Hij snelde de koppen. Bij eentje bleef hij hangen. Ongelovig las hij hem nog eens: ETH *ontwikkelt drugs voor* CIA, kopte de *Blick*. Op de voorpagina stond Winters hoofd groot afgebeeld. Schwinn voelde een ijskoude rilling over zijn rug. De professor keek hem recht in het gezicht: *Koni, jongen...* Schwinn zette de tassen op de grond. Hij pakte een exemplaar en bladerde erin. Het ging om geheime documenten van de inlichtingendienst. Er werd een aantal passages geciteerd. Schwinn kende ze. Hij had ze zelf vertaald, kerstavond in Zimmerwald. De stukken – het origineel en de Duitse vertaling – waren beide afgebeeld.

'Zijn die zakken van u?' zeurde een oudere heer. Hij had Schwinn van achteren aangestoten en keek hem nu venijnig aan.

De assistent-hoogleraar knikte.

'U moet de krant nog betalen!' riep de vrouw van de kiosk.

'Ja ja.' Met twee boodschappentassen in zijn ene hand, de krant onder zijn kin en zijn gedachten heel ergens anders betaalde Schwinn.

Terug in zijn voorlopige domicilie deed hij de voordeur op het nachtslot, plofte op de eerste de beste stoel neer en las het artikel nog eens woord voor woord. Er was geen twijfel mogelijk, iemand moest het origineel samen met de vertaling aan de krant hebben doorgespeeld. Schwinn las dat ze Winter niet bij de ETH hadden kunnen bereiken. De krant bevatte een beknopte biografie van de professor en een opsomming van zijn belangrijkste onderzoeksgebieden en wetenschappelijke prestaties. Een vakman op het gebied van verhoortechnieken – Schwinn had de naam nog nooit gehoord – was van mening dat alles wat in de krant stond mogelijk was. En een emeritus hoogleraar, kennelijk een expert op militair terrein, verkondigde: 'Natuurlijk weet ik er allemaal niets van. Maar het verrast me evenmin.' De kern van het verhaal werd met een overdosis gezwets opgeleukt. Het was tenenkrommend.

Schwinn probeerde in de uren erna Winter op zijn mobieltje te bereiken – zonder succes. En al evenmin kreeg hij een antwoord op het sms'je dat hij aan de professor had gestuurd. Wat moest hij doen?

Tot laat in de avond zat Schwinn in de laatste drie nummers van het *Journal of Biological Chemistry* te lezen. De verhoopte afleiding bracht het niet. Misschien lag het ook aan de bijdragen; echt wereldschokkend was het allemaal niet.

Het telefoontje van Winter kwam even na elven. 'Koni, ik heb erover nagedacht. We moeten praten.'

'Oké.'

'Maar niet door de telefoon.'

'Waar dan wel?' Schwinns ogen bleven op de krant gefixeerd.

'Jouw portret staat voor op de *Blick*. Je wordt gezocht, Theo!'

'Jij ook.'

Schwinn schrok even. 'Oké dan. Wat stel je voor?'

Winter noemde een adres in Celerina, in de Oberengadin. 'Een vriend heeft me zijn huis afgestaan. Het beste is als er je morgenochtend meteen naartoe rijdt, dan nemen we alles door.'

'Afgesproken,' zei Schwinn.

De volgende dag, even na tienen, stond Konrad Schwinn in Thusis. De Julierpas was alleen toegankelijk voor voertuigen met vierwielaandrijving en sneeuwkettingen. Schwinn had geen van beide. Hij moest wachten en hopen dat hij een plaatsje kon bemachtigen op een van de eerstvolgende autotreinen van de Rhätische Bahn. Terwijl hij in zijn auto zat en het steeds kouder werd, telde hij de automobilisten tussen hem en het autotreinstation, die eveneens niets liever wilden dan hun reis vervolgen.

De zon van de Engadin had zijn hoogste stand allang bereikt toen Schwinn het woonhuis vond waar Winter zich schuilhield. *Dr. Frank Hummer* stond er op het naambordje naast de bel. Blijkbaar hoorde de residentie toe aan de hoogste baas van het grootste farmacieconcern van het land. Relaties kunnen altijd nuttig zijn, dacht Schwinn.

Het was een enorm huis, licht en modern. Aan de muren hing moderne kunst op groot formaat en in de open haard brandde een vuur.

'Op ons weerzien,' begroette Winter hem en ontkurkte een fles Veuve Clicquot.

Zwijgend dronken ze.

Het zat Schwinn niet helemaal lekker. Zou de professor zijn vragen dit keer wel bevredigend beantwoorden? Even later zette hij zijn glas op de schouw, opende zijn map en haalde de krant tevoorschijn. 'Is het waar, Theo?'

'Laten we eerst maar eens gaan zitten,' zei Winter. Hij liep naar de grote zitgroep, liet zich in de lichte kussens vallen en sloeg zijn benen over elkaar.

Schwinn, die ook was gaan zitten, wachtte ongeduldig.

Er gebeurde niets.

'Ik onderneem geen reis van vier uur om jou te zien zwijgen. Zeg wat, Theo!' De assistent zat op de rand van de bank en loerde naar hem.

De professor duwde zijn korte bovenlichaam in de kussens en keek uit het raam. Een wit sneeuwveld strekte zich uit tot de oude parochiekerk San Gian. Twee oude stenen torens reikten als broer en zus in de strakblauwe winterhemel.

'De kleinste is het oudst,' begon hij zachtjes. 'Samen met delen van het schip en het koor stamt hij uit de tijd rond 1100. Later werd de grote gebouwd... Je moet er 's een keer naar binnen. Een schitterend gewelf met spitsbogen, prachtig beschilderd. Een meesterwerk van de late vijftiende eeuw.'

Schwinn rolde met zijn ogen. 'Ja, hij is mooi... Jij bent gek op kerken, ik weet het. Maar daar gaat het nu niet om.'

'Daar gaat het wel om,' zei Winter. 'Stel je voor: in dezelfde periode dat men hier zulke kunstwerken bouwde, zaten ze in Amerika nog allemaal in wigwams en sneden totempalen.'

'Dat is inmiddels veranderd, Theo.'

'Nee, dat is het dus niet. Amerika is nog altijd een land van barbaren.'

'Waar wil je heen?'

'De cultuur van een land herken je aan de manier waarop men zijn vijanden behandelt.' Winter stak zijn kin omhoog. 'Het is hemeltergend welke houthakkersmethoden ze daar nog altijd hanteren.'

'Dan klopt dus wat er in de krant staat.'

'In de krant staat helemaal niets.' Winter schudde heftig met zijn hoofd. 'Maar als het je interesseert, kan ik je wel vertellen wat er níet in de krant staat. Iets over de verscherpte verhoormethoden van de CIA bijvoorbeeld, waartoe ze in het voorjaar van 2002 hebben besloten.'

'Bespaar me de details, Theo. Ik wil alleen weten of er aan dat hele verhaal een luchtje zit. Of jij er ook bij betrokken bent, verdomme zeg.'

Winter luisterde niet. Hij vertelde over de door de Amerikaanse regering goedgekeurde foltermethoden, begonnen met slagen met de vlakke hand, in gezicht en maagstreek, over koudebehandelingen, tot en met andere pijnlijke martelingen. De professor praatte alsof hij zich van een duizenden kilo's zware last moest bevrijden. '*Waterboarding* is een van de effectiefste methoden om zwijgzame geïnterneerden aan het praten te krijgen. Iemand wordt met de voeten omhoog op een schuine plank vastgebonden, het hoofd omwikkeld met cellofaan, en vervolgens gieten ze gedoseerd water in z'n neus.' Winter sloot zijn ogen. 'Een gevoel alsof je schedel uit elkaar barst. Medewerkers van de CIA die het op zichzelf uitprobeerden, hielden het nog geen vijftien seconden uit. Je reinste middeleeuwen in de eenentwintigste eeuw.'

Schwinn zat erbij en zweeg. Hij had het opgegeven om Winter te onderbreken. Hij kon hem maar het beste gewoon laten praten, dacht hij. En omdat hij liever niet te veel stilstond bij wat de professor vertelde, tekende hij in gedachten de moleculaire structuur van water.

'Hoor je eigenlijk wel wat ik zeg?' De professor stond op. 'De clou komt nu pas: Khaled Mohammed, de man achter de schermen van 11 september, lag ook op deze plank. Hij heeft het tweeenhalve minuut uitgehouden, totdat zijn ogen bijna uit zijn kassen sprongen. Daarvoor had de vijand zelfs respect. Maar het geredekavel dat volgde, was humbug. Irrelevant, en even ver van de waarheid verwijderd als de aarde van de maan.' Er viel een korte stilte. Winter voegde eraan toe: 'In de officiële verslagen staat natuurlijk iets heel anders. Maar wat dondert het.'

'En toen kwam jij en hebt hem een aspirientje gegeven?' Schwinn sloeg geërgerd zijn ogen op. Winter stond inmiddels vlak voor hem.

'Je bent een cynicus, Koni.'

'Best mogelijk. Maar ik begrijp nog altijd niet wat dat allemaal met mij heeft te maken. Leg me dat eens uit!'

Winter ging weer zitten. Als een zak zonk hij in de kussens en zuchtte. 'Al die religieuze fanatici bij elkaar... Die verraden hun God niet. Dat ze sterven deert ze niet, snap je? Ze laten zichzelf ook zonder onze bemoeienis de lucht in vliegen. En daarom heeft men op de een of andere manier ingezien dat deze methoden uiteindelijk niets uithalen.'

'En toen verscheen jij ten tonele?'

'In zekere zin wel.' Winter trok zijn wenkbrauwen op. 'Samen met het Hudson Institute heb ik stoffen ontwikkeld waarmee je die lui naar hun eigen paradijs kunt katapulteren.' De professor maakte een beweging met zijn hand. 'Je weet zelf wel dat we tegenwoordig met chromatografie en spectroscopie over technieken beschikken waarmee je bekende psychoactieve moleculen kunt splijten.'

'Natuurlijk.' Schwinn knikte. 'Jullie hebben een blokkendoos van psychostimulantia voor ze in elkaar gezet en ook maar meteen uitgeprobeerd.' De assistent-hoogleraar wist van de mogelijkheden en kon zich ook voorstellen hoe groot de verleiding was geweest om ze op mensen uit te testen.

De professor keek zijn assistent aan: 'Het is natuurlijk illegaal, maar niemand is eraan doodgegaan. Daar gaat het om.'

'Ik ben niet jouw rechter, Theo. Dat moet je echt voor jezelf verantwoorden.'

'Ja, ik weet het.'

Schwinn keek naar de krant die de hele tijd tussen hen op de bank had gelegen. 'Ik ben al langer op de hoogte,' zei hij na een tijdje. 'Ik heb het document zelf vertaald. Het is afkomstig van de Iraanse geheime dienst en is op 24 december via *Onyx* binnengekomen.' De assistent vertelde zijn baas het hele verhaal. Hoe hij bij verrassing werd opgeroepen en op kerstavond het bevel kreeg zich in Zimmerwald te melden. 'Ik had je naam graag weggelaten, maar het ging niet.' Schwinn haalde zijn schouders op. 'Ze hebben me de hele tijd op de vingers gekeken.'

Winter, die aandachtig had geluisterd, knikte. 'Trek het je niet aan, het had er niets aan veranderd. De uitkomst stond al bij voorbaat vast.'

'Ik begrijp het niet helemaal...' Schwinn fronste zijn voorhoofd.

'Het is een koehandel, Koni. Onderdeel van een strategie van geven en nemen.'

'Met de SND?'

'Ja. De Strategische Inlichtingendienst is al tijden in mijn werk geïnteresseerd. Ze weten haarfijn wat ik voor de CIA heb gedaan. Niks nieuws onder de zon. De zaak in Zimmerwald had een andere achtergrond.'

'Kun je je nader verklaren?'

'Het was op jou gericht... Heel bewust. Heb je je nooit afgevraagd waarom uitgerekend jij het zaakje moest vertalen?'

'Jazeker. Het was ongebruikelijk, dat is me wel opgevallen.'

'Juist. En hoeveel van dat soort documenten heb je tot nog toe voor het leger vertaald? Arabische, bedoel ik.' Winters mondhoeken trilden.

'Geen enkele.'

'Zie je? Ook al klopt de inhoud, in grote lijnen tenminste, in werkelijkheid heeft dat document nooit bestaan. En al helemaal niet in het Arabisch. Allemaal bullshit!'

'Meen je dat?' Schwinn herinnerde zich hoe belangrijk hem deze opdracht had geleken en hoe trots hij inwendig was geweest omdat ze een beroep op hem hadden gedaan – Wie kende nou Arabisch? – op een kerstavond in Zimmerwald. Verlegen veegde Schwinn een pluk haar van zijn voorhoofd. 'En wat zat er volgens jou achter?'

'Dat jij het de pers zou toespelen, wat anders?' Winter lachte.

'Denk je?' Schwinn hief zijn hoofd. 'Maar ik heb het niet gedaan, Theo. Ik zweer het je, ik was het niet!'

'Is al goed,' zei Winter bedaard. 'Maar toch, dat een zeer getalenteerde assistent-hoogleraar met ambities voor een leerstoel aan de ETH deze gelegenheid te baat zou nemen... Zo bizar is die gedachte helemaal niet.'

'Ik weet het niet.'

'Het was in elk geval een deel van hun plan... Zo denken zij.' De professor lachte fijntjes, en vervolgde met een ernstig gezicht: 'Nu moeten ze het zelf doen. Vermoedelijk zullen ze het jou in je schoenen proberen te schuiven.' Winter pauzeerde even.

'Dan moeten we naar de politie, Theo. Dat is de enige mogelijkheid om licht in de duisternis te brengen.'

'Voor jou misschien.' De professor moest even lachen. 'Nee,
Koni, jongen. Dat is geen optie. Dan is het spel uit, voor mij...
voor iedereen.'

'Ik begrijp er geen snars meer van. Ik ga ervandoor,' zei
Schwinn vastbesloten. 'Ik laat me toch niet voor schut zetten
om dingen waar ik niks mee te maken heb?' Hij wilde opstaan.

'Nee!' Winter hiel hem tegen. 'Niet nu!'

Schwinn rukte zich los. 'Ik heb veel te lang gewacht... Me
altijd weer door jou aan het lijntje laten houden, Theo!'

'Wacht!' Ook Winter ging staan. 'Drie dagen... Meer heb ik
niet nodig. Daarna kun je doen wat je wilt.'

Schwinn aarzelde.

'Het is een wedloop tegen de tijd,' zei Winter en haalde zijn
hand door zijn stekelhaar. 'Eschenbach is slim. Hij zal er ook
zonder jouw hulp achter komen.'

'Het gaat om de lijst, nietwaar? Om de proëtecine-studie,' zei
Schwinn. 'Jij weet ervan!'

'Ja.'

'Zeg het me dan, ik wil het weten!'

'Het gaat om politiek, macht... en om ons falen. Er zit een
heel apparaat achter. Meer kan ik je niet zeggen. Niet nu.'

'Schwinn zette een paar stappen en keek naar het besneeuwde veld en de kerk. Toen ging zijn mobieltje af.

'Wat is er?' vroeg Winter.

'Marc Chapuis.' Schwinn kende het nummer op het display.
Even sprak hij met de onderzoeksleider en klapte toen zijn
mobieltje dicht.

'En?' Winter keek vragend naar Schwinn. 'Wat denkt hij?
Heeft hij een idee waarom de apen het loodje hebben gelegd?'

'Ja. In een van de hokken is 's nachts de stroom uitgevallen.
De verwarming kapte ermee... Het werd ijskoud. Chapuis
denkt dat de dieren daarom zijn bezweken. Doodgevroren, als
het ware.'

'Van die paar uur...' Winter hapte even naar adem. 'Dat kan
niet, Koni.'

'Jawel. Het gaat alleen om de tetrodotoxine-apen, de andere hebben het gered. Het is het medicijn. Volgens Chapuis is er geen twijfel mogelijk. Hij heeft het in het lab getest. De uitkomsten laten zien dat bij lage temperaturen de moleculaire structuur van de stof uiteenvalt. Daardoor neemt onze gewijzigde tetrodotoxine weer zijn oorspronkelijke structuur aan...'

'Ik geloof het niet...' De professor schudde zijn hoofd, liep langzaam naar het raam en drukte zijn grote voorhoofd tegen het koude glas. 'Ik kan het gewoon niet geloven.' Hij herhaalde de zin meerdere keren en sloeg zijn machtige hoofd zachtjes tegen de ruit. Toen zag hij buiten het meisje. Ze galoppeerde op een paard over het grote besneeuwde veld in de richting van de San Gian-kerk. Ze werd allengs kleiner.

'Het is niet jouw fout,' zei Schwinn.

'Jawel.' Winter draaide zich om. 'Ik had het moeten weten. Het is de kou, die maakt alles kapot.'

32

Eerst wist Eschenbach niet waar hij was.

De ongewone geluiden, de geur die hij ergens van meende te kennen en de schemer die hem omgaf. Hij wreef in zijn ogen. Na een poosje begon het hem te dagen. Het telefoontje van Corina en zijn rit naar het ziekenhuis. Het gesprek met dr. Schwalb en de vragen die hij Kathrin niet kon, niet mocht stellen. Eschenbach herinnerde zich de avond met Corina. Nadat Kathrins toestand zich had gestabiliseerd, waren ze naar een klein restaurant gereden en hadden lang met elkaar gepraat. Eschenbach had zich erover verbaasd hoe vertrouwd ze nog altijd met elkaar waren, ook al hadden ze meer over Kathrin dan over zichzelf gesproken. En verrassend genoeg had hij de indruk alsof het tussen Wolfgang en haar niet allemaal meer rozengeur en maneschijn was.

De commissaris keek op zijn horloge. Het was bijna zeven uur. Hij moest op de leunstoel naast het bed zijn ingeslapen. Zachtjes ging hij staan, liep naar het bed waar zijn dochter lag en veegde een paar zwarte lokken uit haar gezicht. Ze transpireerde. Eventjes trilden haar oogleden en had hij het gevoel dat ze ontwaakte. Maar het was slechts de lichte ademhaling, die haar borstkas moeizaam deed zwellen. Wat restte was hoop en vrees. Terwijl hij naar het bleke gelaat van zijn dochter keek, viel hem op hoe mooi ze was. Haar gelijkmatige trekken met het sierlijke neusje en de hoge jukbeenderen die ze van haar moeder had.

Hij herinnerde zich hoe hij haar, toen ze zeven of acht jaar was, urenlang verhalen had verteld. Ze was dol op mooie feeën en prinsessen, Raponsje en Sneeuwwitje. En toen hij haar een keer Andersens *Het meisje met de zwavelstokjes* had voorgelezen – de laatste lucifer was gedoofd, het meisje naar de hemel teruggekeerd en door de overleden grootmoeder in haar armen genomen – toen had ze hem gevraagd: 'Papa, is sterven eigenlijk iets moois?'

Eschenbach wist niet meer wat hij daarop had geantwoord. Alleen de vraag was hem bijgebleven. De vraag en de herinnering aan het feit dat hij haar de laatste bladzijde van het boek niet meer had laten zien: het beeld van het kleine meisje dat dood lag in de gapende afgrond tussen de huizen, doodgevroren in de sneeuw.

Opeens schoot hem een gruwelijke gedachte te binnen. Hij aaide nog een paar keer over Kathrins klamme voorhoofd en liep de kamer uit.

Op de gang werd hij bijna door een aanstormend ontbijt overreden.

'Godallemachtig!' De verpleegster, een forse vrouw van in de vijftig, excuseerde zich.

'Maakt niet uit.' Eschenbach keek op het tableau met de broodjes, botertjes, jammetjes en de yoghurt. Plotseling besefte hij dat hij honger had. 'Ik zoek dr. Schwalb. Weet u misschien waar ik hem kan vinden?'

De zoektocht naar dr. Bernhard Schwalb leidde Eschenbach door trappenhuizen, glazen deuren en eindeloze gangen. In de gangen hingen aquarellen, ingelijst achter glas: zeilschepen en vijvers met waterlelies op de eerste verdieping, zonsopgangen en -ondergangen op de tweede. Helemaal bovenin, onder het dak, heel toepasselijk: de Matterhorn, Allalinhorn en Dufourspitze. Daar vond hij ook dr. Schwalb, in de zusterpost naast de Brienzer Rothorn.

De arts zat aan een grote tafel. Op het witte tafelblad voor hem lagen een paar patiëntendossiers en een halve sandwich met kaas, daarnaast stond een kartonnen bekertje met koffie. 'Al zo vroeg op pad?' vroeg hij, toen Eschenbach op hem afliep.

'Mag ik?'

'Natuurlijk.' Schwalb wees op de stoel naast hem.

De commissaris ging zwijgend zitten. Hij wachtte een moment, in de hoop dat de dokter uit zichzelf iets zou zeggen.

Schwalb nam een hap uit de overgebleven helft van zijn sandwich. Al kauwend merkte hij op: 'U ziet eruit alsof u hier hebt overnacht.'

'Dat heb ik ook.' Eschenbach zuchtte. 'Ik zou graag met u over de ziektegeschiedenis van mijn dochter willen praten.'

'Geen probleem.' De man in zijn witte jasje slikte de laatste hap door en spoelde hem weg met koffie. 'Als u wilt, kunnen we ook naar een andere kamer...' Hij keek naar de verpleegster die bij het raam stond en reageerbuisjes met bloedmonsters merkte.

'Niet nodig.'

'Prima.' Schwalb draaide zijn stoel zo dat hij de commissaris recht in zijn ogen kon kijken. 'Het was een collaps... De tweede al...'

'Ja, weet ik, het zou om drugs gaan, heeft mijn vrouw me verteld. Maar misschien kunt u iets meer zeggen... Ik bedoel, welke stoffen hebben ze bij haar gevonden?'

'Amfetamine vooral. Amfetamine en methamfetamine...' De dokter keek hulpeloos. 'Coke of speed vermoedelijk. Dat valt moeilijk te zeggen.'

'En wat wil dat zeggen?' Eschenbachs ervaringen met bewustzijnsveranderende drugs lagen dertig jaar achter hem. Sindsdien had hij het onderwerp vermeden. Maar hij moest weten waar hij aan toe was.

'Amfetamines verhogen de concentratie van de lichaamseigen transmitters in de hersenen: noradrenaline en dopamine. In tegenstelling tot cocaïne, dat alleen de heropname van de transmitters in de presynaptische zenuwcellen remt, dringen amfetaminemoleculen direct de zenuwcellen binnen. Ze zorgen daar dat de stoffen worden vrijgegeven. Bovendien scheidt het bijniermerg op een gegeven moment adrenaline uit...' De dokter stopte even. 'Het is allemaal een beetje technisch... maar zo werkt het wel.'

De commissaris wreef met zijn hand over zijn kin en mond, knikte en dacht na.

'In de techno-scene worden deze psychostimulantia geslikt,'

vervolgde Schwalb, 'om nachtenlang door te kunnen dansen. Alle lichaamsfuncties die nodig zijn om te vechten of te vluchten... ademhaling, bloeddruk en polsslag gaan in de overdrive. En door het vrijgeven van noradrenaline in de hersenen worden je alertheid en je zelfbewustzijn vergroot. Alsof iemand tegen je zegt: "Jij bent oké – je kunt het!" Een populaire drug bij studenten om tentamenvrees de baas te kunnen. Trouwens ook bij sommige artsen...' De dokter glimlachte. 'En omdat hij pijnbeleving en de behoefte aan eten en drinken onderdrukt, fungeert hij ook als eetlustremmer... vooral bij jonge vrouwen.' Er volgde een nauwelijks hoorbare zucht. 'Een breed terrein waarop wij strijd leveren, mijnheer de commissaris. Maar luister tegen wie ik het zeg... U bent per slot van rekening politieman.'

'Ja,' mompelde Eschenbach. 'Alsof dat iets heeft geholpen.'

'We doen allemaal ons best.'

'Misschien.'

De dokter maakte een opbeurend gebaar met de duim. 'Uw dochter krijgen we er wel weer bovenop. Ze heeft om te beginnen rust nodig. En wanneer het weer beter met haar gaat...' Schwalb brak de zin halverwege af.

'Wat dan?' De commissaris keek de arts afwachtend aan.

'Het gaat mij niet aan, ik weet het, maar misschien zou het goed zijn wanneer u meer tijd aan haar zou besteden. Volgens mij heeft uw dochter u nodig.'

Eschenbach keek naar het plafond. 'Ja, zou best kunnen.'

'Ik heb het er ook met uw vrouw over gehad. Maar het is natuurlijk iets wat alleen u tweeën aangaat.'

De commissaris knikte.

De dokter begon de dossiers op te stapelen, ten teken dat hij verder moest. 'Die screening op drugs... Ik bedoel, komt u daarbij ook andere stoffen tegen? Zenuwgif bijvoorbeeld?'

Schwalb schrok even. Toen leek hem een lichtje op te gaan: 'Tetrodotoxine bedoelt u?'

'Exact, ja. Hoe komt u daar zo opeens op?'

'Die screening, zoals u het noemt... Nou ja, daarbij vinden we natuurlijk geen tetrodotoxine. Dat is een standaardprocedure. Wanneer we het gevoel hebben... of aanwijzingen dat de patiënt drugs gebruikt, dan doen we dat wel. Bij verkeersongevallen ook, of bij jongelui die midden in de nacht in een disco in elkaar zakken. Dan ligt zoiets voor de hand.'

'Ik doelde op tetrodotoxine. Hoe kan het dat u dat weet?' Het liep Eschenbach koud over de rug. 'Is dat ook met Kathrin gebeurd?'

De dokter maakte plotseling een onzekere indruk. 'Nee, we hebben niets gevonden.'

'En waarom heeft u er dan wel naar gezocht?' Eschenbach verhief zijn stem.

'De uitslag is negatief. U kunt gerust zijn.'

'Dat maak ik verdomme zelf wel uit!' bulderde de commissaris. 'Wanneer tetrodotoxine niet op de doodgewone checklist... geen onderdeel van een standaardprocedure is, zoals u zegt, waarom onderzoekt u mijn dochter daar dan op?'

De dokter zweeg.

'Hebt u soms gevallen gehad waarbij tetrodotoxine is gevonden?'

Opnieuw zweeg Schwalb. En toen hij aanstalten maakte op te staan, duwde de commissaris hem terug in zijn stoel. 'Ik zal u eens wat zeggen, doktertje.' Eschenbach kookte. 'Ik werk aan een zaak waarbij waarschijnlijk een hele hoop mensen aan dat gif is gecrepeerd... en of het u nu bevalt of niet, ik kan het hele ziekenhuis overhoop laten halen!'

'Doe dat!' Schwalb haalde Eschenbachs arm van zijn schouder. 'En laat me nu verder werken.' Hij stond op.

De commissaris ging eveneens staan. Hij vroeg zich af of hij de witjas de weg zou versperren of bij zijn kraag zou grijpen. Uiteindelijk liet hij hem zwijgend passeren. 'U hoort nog van me,' riep hij hem na. 'Daar kunt u gif op innemen!'

Voordat de arts de zusterpost verliet, draaide hij zich nog een keer om: 'Er bestaat zoiets als een medisch beroepsgeheim, mijnheer de commissaris. Daar houd ik mij aan. Maar als u wilt, vraag het dan maar aan uw vriend, dr. Burri. Hij kan u zeker verder helpen.'

'Wat heeft Christoph daar verdomme mee te maken?'

'Hij gaf opdracht voor de test.'

33

Eschenbach was op zijn kantoor aan het bellen. Burri kon niet worden opgesnord. Navraag in zijn praktijk leerde dat hij een aantal afspraken had '...met een of andere commissie van B en W'. Bovendien moest hij nog visite rijden, naar het ziekenhuis Horgen en naar Wollishofen, de kliniek in het park. Maar wanneer precies, dat wist mevrouw Dürler ook niet. Burri's secretaresse was de vriendelijkheid zelve.

Nadat de commissaris een berichtje op Burri's mobieltje had ingesproken, staarde hij mismoedig naar zijn beeldscherm. Wat bracht Christoph er in 's hemelsnaam toe om bij Kathrin naar tetrodotoxine te zoeken?

Speed was het eerste woord dat de commissaris in de zoekmachine Google intikte. En wat hij las, kwam in grote lijnen overeen met wat Schwalb ook al had gezegd. Natuurlijk had hij hem een paar nare details bespaard, maar dat zou de commissaris in zijn plaats ook hebben gedaan. Eschenbach vond meer termen, namen van bekende en minder bekende drugs. Hij noteerde ze op een stuk papier en al snel constateerde hij tot zijn verbazing hoe rap zijn lijstje groeide:

SPEED — AMFETAMINE — ECSTACY — COCAÏNE — CRACK — LSD — MDMA — GHB — CANNABIS — HEROÏNE — KETAMINE — MESCALINE — DMT — PCP — BENZODIAZEPINE — METHADON — BUPRENORFINE.

Er doemde een breed scala aan hallucinerende stoffen voor hem op. Zichzelf min of meer verliezend googelde de commissaris zich door de ochtend. Hij las verhalen van drugsverslaafden en ingewijden uit de scene zelf, scande de verhalen van experts en verdiepte zich in bijwerkingen en de gevolgen voor later. Met elke klik namen zijn zorgen om Kathrin toe en opeens zag hij zijn dochter voor zijn geestesoog, in het huis aan de Wallstrasse, hoe ze met een uitdrukkingsloos gezicht voor het doorgeefluik stond en hem voor haar maaltijd drie frank aanreikte.

Hij belde met de kliniek. De hoofdverpleegster verzekerde hem dat het beter met Kathrin ging. Ze had het ontbijt helemaal opgegeten en was daarna weer gaan slapen. En nu had ze rust nodig, had ze eraan toegevoegd. Eschenbach raakte het gevoel niet kwijt dat hij het allemaal al eens eerder had gehoord.

Hij moest Corina absoluut zien, dacht hij. In elk geval wat Kathrin betreft was er wel het een en ander wat ze beter konden doen.

Er werd geklopt en Rosa kwam binnen.

'Niet nu,' zei hij.

'Ik dacht dat u dit misschien nodig heeft.' Ze legde het drugsrapport van de Wereldgezondheidsorganisatie op de tafel. Hij had het per ongeluk via de printer op het secretariaat afgedrukt.

'A ja.'

Rosa nam de post die nog altijd onaangeroerd in het vakje *In* lag en verliet zonder verder commentaar de kamer.

Eschenbach surfte verder over het net. Bij het woord *utopiaten* bleef hij hangen. Dat beviel hem wel, een samenvoeging van utopie en opiaten. Als hij het allemaal goed begreep, hadden een paar moleculair biologen een deur gevonden die toegang verschafte tot het verloren paradijs. Een even aanlokkelijk als afschrikwekkend idee, vond hij. Afschrikwekkend vooral omdat dat scenario steeds realistischer werd naarmate hij er meer over las.

Eschenbach klikte zich een weg door een hele serie artikelen en forums en kwam uiteindelijk uit bij het Hudson Institute in New York. Op de website vond hij een interview met Winter.

De professor vertelde dat ze aan de ETH met chromatografie

en spectroscopie over technieken beschikten waarmee je bekende psychoactieve moleculen kon splitsen. Zo konden biologisch actieve bestanddelen van planten en lage gewervelde dieren worden geïsoleerd. 'Denk aan de sterke zenuwgiffen die in de natuur voorkomen. Door een wijziging van hun moleculaire structuur gaan nieuwe werelden open.'

Eschenbach zocht in het interview naar het woord tetrodotoxine, maar vond dat niet. In plaats daarvan kwam hij stoffen tegen die al eerder onderzocht waren, zoals 2C-B of DIPT – werkzame stoffen om gevoelens te versterken, fantasieën uit je kinderjaren op te roepen en creativiteit los te maken: 'Stelt u zich ons dagelijks leven voor als een museum met interessante waarnemingen.'

Wat de professor zei klonk fascinerend. De commissaris pakte een Brissago uit de bovenste la van zijn bureau, stak hem aan en las verder.

Opnieuw werd er geklopt en opnieuw was het Rosa, die haar hoofd om de deur stak.

'Moet dat dan nu?'

'Ja, alsjeblieft zeg.' Ze liep met vlotte passen op hem af en vertelde dat ze haar kennis bij de *Blick* had kunnen bereiken. 'Die CIA-rapporten kwamen inderdaad anoniem via de post.' Rosa noemde de datum van het poststempel. 'Meer kon of wilde ze me niet zeggen.'

'Dat is mooi.' Eschenbach zocht het op in zijn agenda. Het was de dag voordat hij met Winter in de Kronenhalle was geweest. Winter moest ervan hebben geweten.

Toen de commissaris er verder het zwijgen toe deed, legde Rosa een brievenmap en twee documenten op tafel en zei minzaam: 'We moeten in elk geval de post nog doen, vindt u niet?'

Zwijgend tekende de commissaris de brieven.

'En misschien moet u ook iets eten. Het loopt tegen tweeën.'

'Echt waar?' Eschenbach schrok ervan. Hij moest de tijd helemaal zijn vergeten. Nu begon hij te beseffen waarom het stadsbestuur websurfen in werktijd had verboden. De commissaris wierp een blik op de documenten. 'En waar komen die vandaan?'

'Van Ewald Lenz. Hij heeft ze gefaxt.'

'Ach, die Lenz...' Eschenbach bladerde de pagina's door. Het waren kopieën van patiëntendossiers en overlijdensverklaringen: kantonaal ziekenhuis Basel, stadsziekenhuis Triemli in Zürich, de universiteitskliniek, de Balgrist-kliniek, Inselspital Bern. Op de laatste vier pagina's vond hij notities van Lenz en Jagmetti. 'Dat ging lekker snel,' zei hij.

'Typisch Lenz.'

'Zeg dat.'

'Hij is toch met pensioen?'

'Mevrouw Mazzoleni!' Eschenbach sloeg zijn ogen ten hemel. 'Vraag me niet naar de bekende weg.'

Ze onderdrukte een lachje.

'Natuurlijk.'

'En Claudio?' vroeg Rosa. 'Ik vind dat hij best 's even zou mogen binnenwippen. Gedag zeggen is toch niet verboden?'

'Hoe komt u zo bij Jagmetti?'

'Nu moet ú ophouden!' Eschenbachs secretaresse onderstreepte haar verontwaardiging door haar oorlel vast te pakken. 'Ik ken zijn handschrift toch. Of dacht u echt dat ik niet helemaal goed snik ben?'

'Natuurlijk niet.' De commissaris vertelde Rosa over de kleine guerrilla-actie met Lenz en Jagmetti, over de nachtelijke bijeenkomsten in de oude molen en wat ze tot nog toe hadden ontdekt.

Rosa luisterde aandachtig. 'Ik heb het altijd al vermoed,' zei ze, toen hij met zijn betoog klaar was. 'Weet u nog dat ik u dat artikel over de dode zwervers heb gegeven?'

'Ja, natuurlijk! U hebt het altijd meteen door, mevrouw Mazzoleni.'

Even leek ze zich af te vragen of Eschenbach het serieus meende. 'U moet hem overigens terugbellen... Lenz, bedoel ik. Hij heeft nog wat in petto. Meer wilde hij niet kwijt.'

'O ja.' De commissaris haalde het visitekaartje dat dr. Gürtler hem had gegeven uit zijn jaszak en gaf het aan Rosa. 'Stuur alstublieft een foto van die knappe Schwinn naar zijn e-mailadres. En vraag hem of dat die andere Eschenbach is.'

Rosa trok haar wenkbrauwen op en keek hem niet-begrijpend aan. Ze leek iets te willen vragen. Toen verdween ze met de map en een zwaai met haar heupen.

Zijn eerste telefoontje betrof niet Lenz, maar het ziekenhuis Horgen. Na vier keer te zijn doorverbonden, kreeg hij Kathrin aan de lijn. Zijn opluchting was hoorbaar: 'Hoe gaat het met je, lieveling?'

'Goed... het gaat goed met me, papa.'

Eschenbach vond haar stem ijl klinken. 'Lig je in bed?'

'Ja.'

'Mooi.'

'Mmh.'

Even viel er een stilte, zoals tussen twee mensen die zich ooit zo verwant met elkaar voelden en elkaar daarna uit het oog waren verloren.

Eschenbach kuchte. 'Is Christoph al bij je geweest?'

'Hij heeft gebeld.'

'Wat wilde hij weten?'

'Nou, hoe het met me gaat... Net als jij, pap.'

'Ik zal kijken of ik vanavond kan langskomen.'

'Dat zei hij ook al.'

'Wie, Christoph?'

'Mmh.'

'Ik mis je.'

'Ik jou ook, pap.'

Eschenbach hing op en bleef een poosje roerloos zitten. Wanneer je iemand belt, valt het pas op: je bereikt de ander niet meer. Hij had het gevoel alsof ze lichtjaren van elkaar verwijderd waren geraakt. Hij had geen idee hoe dat zo had kunnen gebeuren; en hij wist al helemaal niet hoe ze ooit weer tot elkaar konden komen.

34

De ouwe had zich vergist.

Het telefoontje van Lenz bereikte Eschenbach op zondag even voor vijven in het ziekenhuis Horgen.

'Verdomme!' bromde de commissaris in zijn mobieltje. Hij was nog geen uur bij Kathrin of hij werd al gestoord. Met Corina had hij afgesproken dat ze hun bezoekjes aan hun dochter in het weekend met elkaar zouden afstemmen. Vandaag was hij aan de beurt. Maar de bezorgde toon van Lenz beloofde niets goeds. Er was een zaak die iets meer tijd vergde, had hij nogal vaag gezegd.

'Nou goed dan, ik kom.' Met een zucht beëindigde Eschenbach het gesprek.

'Is oké, pap. Om zes uur komt de zuster toch met het eten.'

Eschenbach keek Kathrin aan en knikte. Het was een schrale troost.

Nauwelijks een uur later zaten de commissaris en Lenz aan diens werktafel in de kleine woning in de molen.

Het kwam als een complete verrassing dat Tobias Meiendörfer alias Tobias Pestalozzi inderdaad de neef van minister Sacher was. 'Het spijt me dat ik ernaast zat.'

'Ik heb het toch ook niet gecheckt,' zei Eschenbach.

'Maar toch.' Het zat Lenz niet lekker. Voor hem waren je eigen fouten het moeilijkst te verteren. En net als iedereen die naar perfectie streefde, leed hij daaronder. 'Ik had het kunnen weten. Agenten van de geheime dienst gaan vaak zo te werk. De levensloop van Pestalozzi is één groot rookgordijn. Die operazanger bestaat niet, ook de Pestalozzi van het Lee Strasberg Institute is een fake... Ik had die paar telefoontjes veel eerder moeten plegen.'

'Maakt niet uit. Het voornaamste is dat je er alsnog achter bent gekomen.'

Lenz keek Eschenbach aan alsof hij een andere reactie had verwacht. Het was even stil. 'Heb je eigenlijk wel door wat ik je probeer duidelijk te maken?'

'Dat die hele Pestalozzi niet bestaat.'

'Nee, dat is het niet.'

Eschenbach fronste zijn voorhoofd.

'Dat komt ervan als je niet goed naar me luistert.'

'Hoe zit het dan wel?'

'Meiendörfer ís Pestalozzi! Dat is het hele eieten.'

'Vertel me waar je heen wilt.' De commissaris schoof zijn stoel recht en keek Lenz aandachtig aan.

'Snap je het dan niet? De levensloop is het verzinsel, niet het leven zelf.' Lenz haalde zijn vingers door zijn snorharen. 'Het perfide aan Pestalozzi was immers dat Sacher hem op het schild had gehesen. Die veronderstelling hebben we laten vallen, nadat hij zich als lid van de federale politie bekend had gemaakt en biochemicus bleek te zijn. Pestalozzi's vermeende levensloop was voor ons vervolgens voldoende reden om aan te nemen dat Meiendörfer dus niet Sachers neef is. Weet je het nu?'

Het begon de commissaris te dagen.

'En omdat het er inderdaad op leek dat er een Pestalozzi bestond... De inschrijving aan het Lee Strasberg Institute, de bijna professioneel verzonnen levensloop... Daarom hebben we dat spoor laten vallen.'

Eschenbach knikte bedachtzaam. 'Een bijna perfect spelletje blufpoker dus.'

'Inderdaad. Er zijn situaties waarin de waarheid het beste middel voor misleiding is.'

'Meen je echt dat Sacher erachter zit?'

'In elk geval meer dan we in eerste instantie dachten.' Lenz zweeg een moment. Toen pakte hij een stuk papier en schreef er de naam van de minister op: KLARA SACHER PESTALOZZI. 'Ze heeft haar meisjesnaam gehouden, schrijft haar naam zonder streepje. Je weet wel, het nieuwe huwelijksrecht.'

'Ik snap het, ja.'

Daaronder schreef Lenz nog een naam: MERET MEIENDÖR-FER-SACHER. 'Die twee zijn zussen... Tweelingzussen welteverstaan.'

'En nu?'

'Nu wordt het interessant,' zei Lenz en streek nogmaals opgewonden over zijn snor. 'Na de geboorte van haar zoon werd Meret Meiendörfer ernstig ziek. Een postnatale depressie die ze lange tijd niet onderkend en ook nog eens verkeerd behandeld hebben. Die ontwikkelde zich tot een langdurige schizodepressieve psychose, die gepaard ging met diverse suïcidepogingen... Eén grote ellende.' Lenz zuchtte.

'En hoe weet je dat? Ik bedoel, dat soort ziektegeschiedenissen staat niet in de krant...'

'Soms wel,' onderbrak Lenz hem. 'Maar daar kom ik later op. In elk geval heeft haar man, Niklaus Meiendörfer, zich van haar laten scheiden. En hoewel hij later is hertrouwd, werd de voogdij over hun zoon toegewezen aan haar zus, Klara Sacher. Een akkefietje dat destijds de voorpagina's haalde.' Lenz diepte een plastic mapje op. 'Hier heb je een paar krantenartikelen uit de *Berner Bund* van mei en juni 1963. Er werd indertijd gefluisterd dat de ondernemer Meiendörfer, die in financiële moeilijkheden verkeerde, een aanzienlijk geldbedrag toegestopt had gekregen. In elk geval ging hij opeens overal mee akkoord.'

'Dan is Tobias Meiendörfer een soortement pleegzoon van Klara Sacher.'

'Zo is het precies.'

Terwijl de commissaris een Brissago uit het doosje haalde en hem peinzend tussen zijn vingers ronddraaide, ging Lenz verder.

'Sacher en haar man, die zelf geen kinderen hadden, adopteerden de jongen; hij groeide onder de naam Tobias Pestalozzi op in Zürich, ging daar naar school, et cetera. Dat kan het adoptiebureau bevestigen, bovendien vind je zijn naam op de lijst van leerlingen die eindexamen hebben gedaan.'

'Toch heeft hij zijn naam later opnieuw veranderd, of heb ik het mis?'

'Nee, dat heb je helemaal goed. Een verzoek daartoe werd in 1985 door het bureau van de burgerlijke stand in Thun ingewilligd. In de motivatie wordt gerept over een sterke, emotionele band met zijn biologische moeder.'

'Soms vraag ik me wel eens af waarom we hele afdelingen onderzoek laten doen, wanneer jij het in een vloek en een zucht zelf allemaal ontdekt.' Eschenbach kauwde op zijn Brissago. Hij wist dat Lenz er een hekel aan had wanneer je zijn woning met sigarenwalm onder pafte. En kennelijk hielp een compliment al evenmin, want de ouwe maakte geen aanstalten om hem een rokertje toe te staan.

'Zo snel ging het nou ook weer niet... In elk geval hadden we massa's geluk.'

'Ach kom!'

'Nee, echt. Meret Meiendörfer is wetenschappelijk gezien een interessant geval van een zeer ernstige vorm van PND.'

'Een wat?'

'Een postnatale depressie.'

'Ach ja.'

'Zo kwam ik erachter. Behalve in onderzoekskringen die zich met dat thema bezighouden, komt de naam Meiendörfer namelijk maar heel weinig voor.'

'Leeft die dame nog?' wilde Eschenbach weten.

'Ja. Na een aantal ziekenhuisopnamen woont ze nu in bejaardentehuis Seewinkel in Gwatt. Dat ligt vlak bij Thun. Ze geniet daar een soort speciale status wat de verzorging betreft. Voor de rest is ze een van de vele, meest oudere mensen die er wonen. De dokter die de ziekte destijds in de psychiatrische kliniek van het Inselspital Bern heeft gediagnosticeerd, begeleidt haar nog altijd.'

'Heb je met hem gesproken?'

'Nee. Ik dacht, dat laat ik aan jou over.'

'O ja? En waarom dan wel?' Eschenbach was even verrast. Delegeren was nooit Lenz' sterke punt geweest.

'Omdat jij hem kent. Het is Christoph Burri.'

35

Het was al middernacht geweest toen de commissaris vanuit de oude molen in zijn woning terugkeerde. Jagmetti, die in het weekend in Chur was geweest, sliep al. Zijn schoenen stonden op de gang, op een vlek opgedroogd smeltwater.

Eschenbach sliep slecht. Hij droomde over het ziekenhuis, over Kathrin en over Judith. Op merkwaardige wijze liepen de beelden in elkaar over. In het medicijnkastje vond hij een flesje valeriaandruppels. Eerst nam hij ze met een glas water in, een uur later samen met whisky. Het hielp niets.

Natuurlijk hadden Burri en hij zich destijds afgevraagd waar Judith naartoe was gegaan. In het holst van de nacht, in december. Een vraag die je jezelf nu eenmaal stelt als je onzeker bent over wie je bent en waar je je nu eigenlijk bevindt. Maar ze hadden geen actie ondernomen. En de volgende ochtend – het was net licht geworden – had Winter er opeens gestaan. De kleine Theo, schreeuwend in de slaapkamer van Eschenbachs studentenkot aan de Zentralstrasse. Hij vertelde dat men Judith volkomen in de war bij de Stauffacherplatz van straat had opgeraapt en hij dreigde dat hij de politie op hen af zou sturen. Toen Judith later – de medische onderzoeken hadden niets opgeleverd – in de Burghölzli-kliniek werd afgeleverd, wist Winter te voorkomen dat Eschenbach en Burri haar konden bezoeken. Maar één keer slaagde hij er toch in. Meer dan een uur zat hij naast haar bed, maar ze leek in niets meer op de Judith die hij had gekend. Twee dagen later was ze dood. Men heeft nooit kunnen achterhalen wie haar de slaaptabletten had gegeven. Eschenbach verdacht Winter ervan. Dat het politieonderzoek werd gestaakt, was uiteindelijk aan Judiths ouders te danken.

Tijdens de herdenkingsdienst voor Judith had Eschenbach helemaal achterin gezeten en Theo helemaal vooraan. Het was de laatste keer geweest dat ze elkaar hadden gezien, voor een lange, lange tijd.

Met het gevoel dat hij het allemaal opnieuw had doorgemaakt, stond de commissaris voor zijn deur en wachtte op Jagmetti, die de auto haalde.

Volgens afspraak reden ze stipt om zeven uur bij Lenz voor. De ouwe stond al op het hoogste punt van de straat te wachten. Hij droeg een oude bergmuts van het leger en een vervilte wollen sjaal. Het was nog altijd pikkedonker. In het snelwegrestaurant Gunzgen-Nord was er tijd voor koffie en een klein hapje bij wijze van ontbijt. En voort ging het.

De rit van Zürich naar Bern was een en al ellende.

Waar 's zomers wegwerkzaamheden voor oponthoud zorgden, kropen 's winters vrachtwagens voorbij. Ze kwamen uit Griekenland, Spanje en Kroatië. Uit landen die sneeuw alleen van horen zeggen kenden; met zomerbanden glibberden ze over de blubberige rijbaan.

'We hadden beter de trein kunnen nemen.' Eschenbach schudde zijn hoofd.

'Naar Gwatt met de trein is hetzelfde als te voet naar het einde van de wereld,' reageerde Jagmetti. De jonge politieman zat aan het stuur van zijn sportieve Audi A3 en dronk een blikje cola.

Lenz lag op de achterbank te slapen.

Eschenbach had de documenten die de ouwe hem had gegeven op z'n knieën en belde de ziekenhuizen af: in Bern, Basel en Zürich. Nergens hadden ze ook maar iets gevonden wat op een tetrodotoxinevergiftiging wees. Zulke tests werden alleen gedaan als er speciaal opdracht voor werd gegeven, hadden ze hem uitgelegd.

Wat ze hadden gevonden, was het gebruikelijke spul: SPEED – AMFETAMINE – METAMFETAMINE – ECSTACY – COCAÏNE – CRACK – LSD – MDMA – GHB – CANNABIS – HEROÏNE – KETAMINE – MES-

CALINE — DMT — PCP — BENZODIAZEPINE — METHADON — BUPRE-NORFINE, enzovoort. Eschenbach kon erover meepraten.

Na de ziekenhuizen waren de afdelingen burgerzaken en de beheerders van begraafplaatsen aan de beurt en bij Kriegstetten was de accu leeg. Eschenbach leende het mobieltje van Jagmetti. Vervolgens kwamen de crematoria en de sociale diensten van de woongemeenten, de advies-, coördinatie- en repatriëringsbureaus aan bod.

Eschenbach gaapte. Hij was bekaf en voelde zich beroerd.

Naast de tien gevallen waar de commissaris zich zo langzamerhand een beeld van had gevormd, vond hij aanwijzingen over nog eens twee personen op de lijst. Het was het oude liedje van zoeken en vinden. En met elk nieuw inzicht groeide het vertrouwen dat de afzonderlijke lotgevallen achter de namen tot op zekere hoogte konden worden gereconstrueerd. Er was een beetje geluk voor nodig — en tijd. En het was een kwestie van extra hulpmiddelen; dat werd hem wel duidelijk, net als het feit dat het ze op het moment in dat opzicht niet erg meezat.

Vlak voor Thun stond Jagmetti opeens vol op de rem.

Eschenbach hing in de riemen en vloekte. De papieren vlogen van zijn knieën als van de springtafel van een schans.

'Wat is er aan de hand?' vroeg Lenz vanaf de achterbank. Hij was wakker geworden en wreef over zijn voorhoofd.

Terwijl ze een half uur lang stapvoets voorthobbelden, vatte de commissaris samen wat hij over de doden te weten was gekomen. Dat het mensen waren geweest die buiten de straat over geen enkel sociaal netwerk beschikten. Geen kinderen, geen familie, geen thuis. En wat de twee Zwitsers betrof die tot op heden waren geïdentificeerd: die hadden niet eens een sofinummer.

'Dat kan toch helemaal niet,' zei Lenz. 'Iedereen heeft een sofinummer.'

'En ouders!' bracht Jagmetti in het midden. 'Die moeten ze in ieder geval hebben.'

'Absoluut.' Eschenbach haalde zijn schouders op. 'Contact verbroken, overleden... De sociale instanties hadden daar geen informatie over.'

'Maar in die richting moeten we het wel zoeken,' zei Lenz.

'Zeker. En ik ben ervan overtuigd dat we met de juiste inspanning ook iets zullen vinden... maar dat kan tijden duren. Bovendien zitten er nauwelijks Zwitsers onder. En niemand heeft ook maar één document bij zich.' Eschenbach raadpleegde nogmaals zijn notities. 'O ja. Bij drie personen hebben ze geld gevonden. Briefjes van vijftig en honderd. Dat is het ziekenhuispersoneel opgevallen.'

'Vermoedelijk diefstal,' zei Jagmetti. Hij was blij dat het verkeer weer een beetje op gang kwam.

'Wanneer je doodgaat en niets hebt, kind noch kraai, dan heb je tenminste nog een staatskist,' zei de commissaris laconiek. 'Die is van grenenhout en gratis. Dat hebben ze me ook nog verteld. En daarmee beland je in het eerste het beste crematorium... en nogal snel ook, jammer genoeg.'

'Geen sporen van tetrodotoxine?' vroeg Jagmetti.

'Tot nog toe niet... Behalve bij de dode die we uit de Limmat hebben gevist en naar Salvisberg hebben gebracht. Dat was om zo te zeggen een gelukje. Geen mens gaat bij een zwerver op zoek naar tetrodotoxine.'

'Wat er dus aan ontbreekt is een lijk,' merkte Lenz peinzend op.

'Jij hebt het door.'

Ze arriveerden een uur te laat in Gwatt, maar dat deed er niet toe. In de Seewinkel waren ze altijd blij wanneer er iemand op bezoek kwam.

Het seniorencomplex lag vlak bij de Thunersee. Een twee verdiepingen hoog gebouw met plat dak uit de jaren zeventig, met een middengedeelte en twee vleugels er loodrecht op. De gevels waren oudroze geverfd en de ramen met een witte omlijsting optisch vergroot. Het leek alsof alles pas onlangs onder handen hadden genomen.

'Zo'n typisch asbestgeval dat ze hebben opgepoetst,' zei Lenz.

Omdat hun was verzocht nog een moment te wachten, namen ze plaats op een verzameling nieuwe gestoffeerde meubels in de entreehal: geruite bekleding in oudroze, geel en beige. Eschenbach vroeg zich af of de kleuren onderdeel van een weldoordacht concept waren.

Jagmetti zat in een folder te lezen. Thema was de herfst des levens. Hij gaapte.

Een oude vrouw kwam langsschuifelen. Ze duwde een stalen staketsel met rubberbanden als een boodschappenwagentje voor zich uit. De elegante kleding slobberde om haar lijf als een wezensvreemd element.

Het was opvallend stil.

Na een poosje kwam een jongere vrouw naar hen toe. Een jaar of vijftig. Fors, met roze wangen en het begin van een onderkin. Het blonde pagekapsel gaf haar iets van een ridder. 'Ik ben zuster Irmgard,' zei ze en plantte haar handen op haar heupen.

Eschenbach ging staan. 'We hebben elkaar door de telefoon gesproken.'

'Mooi dat het u nog gelukt is.'

Jagmetti en Lenz gingen eveneens staan.

'U kunt niet met u drieën... Dat is onmogelijk.'

Lenz en de commissaris keken elkaar een moment aan, toen zei de ouwe: 'Oké, we wachten hier.'

'Ik zal u naar mevrouw Meiendörfer brengen.'

Eschenbach knikte. Zwijgend volgde hij de zuster naar de lift.

Op weg naar Meret Meiendörfer hoorde Eschenbach dat de oude dame, zoals de zuster haar noemde, de Seewinkel twee jaar geleden had gekocht. Het complex was grondig gerenoveerd en er was ook nieuw personeel aangenomen. Gekwalificeerd personeel, zoals zuster Irmgard benadrukte.

'Alles is toen in een stichting ondergebracht, onder leiding van dr. Burri. Ik neem aan dat hij u over de gezondheidstoestand van de patiënte heeft ingelicht.'

'Natuurlijk,' loog Eschenbach.

'Sinds mevrouw Meiendörfer bij ons is, is alles beter geworden.' Zuster Irmgard klopte op de deur.

De vrouw die hem met de weerloze handdruk van een kind begroette, was groot en mager. Hoewel ze volgens de gegevens Sachers tweelingzus moest zijn, leek ze tien jaar ouder. Op z'n minst. Eschenbach keek haar aan. Hij zag een verweesd gezicht, een gezicht waaruit vertrouwen en vreugde lang geleden waren verdwenen.

'Laten we bij het raam gaan zitten,' zei ze met zachte stem alsof het haar inspanning kostte.

Eschenbach liep achter haar aan door een ruime driekamerwoning, waarvan de woonkamer een prachtig uitzicht op park en meer bood.

'Ik heb het meer altijd gemist,' zei Meret Meiendörfer, nadat ze zich langzaam in een stoel bij het raam had laten zakken. 'In Bern... de Aare. Dat is mooi wanneer je jong bent. Maar rivieren sleuren je mee, ze voeren naar ongewisse verten.'

Ooit moet ze beeldschoon zijn geweest, dacht Eschenbach. Hij keek naar haar ogen, de symmetrie van haar gelaat en het viel hem niet zwaar zich haar als twintig- of dertigjarige voor te stellen. Met volle lippen en stralende blik. Vormen hebben iets krachtigs, iets blijvends, ook al verandert de inhoud ervan in de loop der jaren.

De commissaris hield van de kubistische vrouwenportretten van Picasso waarin de diepte was opgelost. Wanneer je de derde dimensie aan de oppervlakte toverde, werd de essentie ineens zichtbaar. De kern, de ziel van de mens, het innerlijk – hoe je het ook wilde noemen: het werd zichtbaar door de vormen van de geometrie.

Het beeld van de vrouw dat Eschenbach voor zich had, was mooi, ondanks de droefheid die het uitstraalde. Het oefende op Eschenbach een grote aantrekkingskracht uit, het had iets wat hem raakte, aan hem trok. En plotseling wist de commissaris wat Meret Meiendörfer met 'rivieren' had bedoeld.

'Tobias heeft me over u verteld.'

'O ja?'

'Bent u nog altijd boos op hem?'

'Mmh... ik weet niet.' Eschenbach lachte als een boer met kiespijn.

'Reken het hem niet te zwaar aan... Hij heeft het voor mij gedaan.'

'Wat?'

'Het middel... van Winter. Hij is een genie. Zij het een niet erg moedig genie, moet ik toegeven. Hoewel de tests positief waren, de dierproeven, u weet wel... Maar toch zat er geen vooruitgang in. Hij is een treuzelaar, onze professor.'

'Er zijn regels, neem ik aan.'

'O ja, dat worden er zelfs steeds meer. Er gaan jaren voorbij voordat een werkzame stof zijn weg van het lab naar de schappen van de apotheek vindt. En die periode wordt alsmaar langer... We hebben behoefte aan meer moedige mensen, mijnheer de commissaris. Bent u moedig?'

'Nee.'

'Dat liegt u.'

Eschenbach haalde zijn schouders op.

'Tobias is een moedig mens... Christoph ook. Die deugd neemt ze voor me in.'

'Dat kun je ook anders bekijken.'

'Nee. Door angst brokkelt je ziel af. Er is moed voor nodig om dat te voorkomen.'

'Of hoop.'

'Moed is de moeder van de hoop.'

De commissaris zweeg en dacht na over haar woorden.

In het park waren een paar arbeiders bezig de paden en de bankjes sneeuwvrij te maken.

'In dit jaargetijde is het heel erg,' zei ze na een tijdje. Ze sprak met een zachte, monotone stem. 'Dan neem ik tabletten en slaap. Dagenlang. Zuster Irmgard denkt dat het niet goed voor me is, het vele slapen. Maar zij geeft me pilletjes tegen de rugpijn die ik van het liggen krijg en iets tegen lage bloeddruk. Zij is een moedige vrouw. Wanneer ik de slaap niet kan vatten, houden ze me misschien juist wakker, denk ik. Zuster Irmgard zegt van niet. Ik weet het niet. Dan zit ik hier bij het raam en kijk naar de sneeuw en het ijs, en hoe het langzaam het meer op kruipt.'

'Krijgt u nooit bezoek?'

'Ik hou niet van mensen. Dat stomme geleuter over eten en het weer, het staat me tegen. Altijd maar die verhalen over familie... Ze interesseren me domweg niet.' Ze maakte een afwerend gebaar.

'En Christoph?'

'Ja, natuurlijk. Hij komt als hij tijd heeft. En Tobias ook.

Maar eigenlijk wil ik niemand zien. Ook hen niet.' Even sloot ze haar ogen. 'Ik ben een blok aan het been geworden, voor iedereen... en voor Tobias al helemaal. Hij heeft het gevoel dat hij overal schuldig aan is.'

Eschenbach begreep wat ze bedoelde en wist niet goed wat hij moest antwoorden.

'Dat begrijp ik.'

'Behalve met kerst... Dat is een uitzondering,' vervolgde ze. 'Dan moet ik naar de viering. Christoph wil dat zo omdat de burgermeester dan komt met een bos bloemen en me voor het geld bedankt dat ik in de Seewinkel heb gestoken.' Opnieuw maakte ze een wegwerpgebaar. 'Na het eten zingt iedereen *Vom Himmel hoch da komm ich her*... Wat een flauwekul: uit de hemel hoog... De bloemen geef ik aan Irmgard, zij is er blij mee. Dat is mooi meegenomen. En gaat u nu alstublieft, ik ben moe.'

Eschenbach deed alsof hij wilde opstaan. 'En het middel dat Tobias voor u heeft meegenomen... Hebt u dat hier?'

'Ja. Ik neem het...' Ze zuchtte nauwelijks hoorbaar. 'Sinds een paar dagen. Weken misschien. Ik weet het niet. Ik merk er niets van... Maar misschien komt dat nog wel.'

'Mag ik het zien?'

Even keek ze Eschenbach aan. Uit diepliggende ogen kwam een wezenloze blik die de zijne een moment kruiste. 'Ik mag er met niemand over praten.' Ze schudde haar hoofd. 'Ook niet met zuster Irmgard.'

'Ik weet het. Maak een uitzondering voor mij.'

Zwijgend stond ze op, liep naar de slaapkamer en kwam terug met een twaalftal tabletten. 'Hier, neem maar mee. Ik heb toch genoeg.'

Eschenbach stak zijn hand uit.

'Misschien hebt u er baat bij. U hebt droevige ogen, mijnheer de commissaris.'

Hij stopte de witte pilletjes in de borstzak van zijn overhemd en glimlachte. 'Dank u... Dank u wel.'

Terwijl Eschenbach door de helder verlichte gang naar de lift terugliep, dacht hij na over de verloren moed van de oude vrouw. Hijzelf kende ook momenten dat vele dingen hem zinloos leken en hij een zekere zwaarmoedigheid voelde. Maar wat Meret Meiendörfer gevangen hield, was iets heel anders. Iets waarvan hij zich geen voorstelling kon maken.

Hij trof zijn collega's aan in het park.

'Je wilde ons laten doodvriezen, geef maar toe,' bromde Lenz. Hij had zijn pijp gestopt en Jagmetti, die naast hem stond, blies in zijn handen. Ze hadden allebei een rode neus.

'Ik heb de tabletten.'

'Dus toch!' Lenz knikte een paar maal. 'We vermoedden het al.'

Jagmetti keek op zijn horloge. 'En nu als een speer terug.' En tegen Eschenbach zei hij: 'Bel Salvisberg maar alvast, zodat hij tijd kan vrijmaken.'

36

Op de terugweg had de commissaris opnieuw Jagmetti's mobieltje aan zijn oor. Nadat hij vergeefs had geprobeerd Salvisberg te bereiken, belde hij Rosa op het hoofdbureau. Hij vertelde haar waar het om ging en vroeg haar Salvisberg te blijven bellen. 'En voor het geval er nog meer lijken worden gevonden of mensen in het ziekenhuis afgeleverd: iedereen gaat vanaf nu direct door naar het Forensisch Instituut in Zürich. Zorg dat de afdelingen spoedeisende hulp van de ziekenhuizen informatie toegefaxt krijgen. En ook alle politieposten van het kanton.'

'Ze moet die aan álle kantonale politiekorpsen sturen,' mengde Lenz zich vanaf de achterbank in het gesprek. 'Dat is niet meer alleen een zaak voor Zürich.'

'Ja, natuurlijk.' Eschenbach herhaalde de zin voor Rosa. 'Aan iedereen dus.' Hij stelde zich voor hoe zijn secretaresse de boodschap met haar kalligrafeerpen en groene inkt in zwierige letters op kringlooppapier schreef. Misschien hadden ze geluk en vinden ze nog een lijk, dacht hij. 'En als u dat hebt gedaan, probeer dan Tobias Meiendörfer te pakken te krijgen. Hij moet zich direct bij me melden.'

'Pestalozzi?'

'Ja, die bedoel ik. Ik moet beslist met hem praten.' Hij toetste het nummer van Winters instituut aan de ETH in. Juliets stem klonk opgewonden. Ze vertelde hem dat de professor weer was opgedoken en dat het er allemaal goed uitzag. Het was allemaal een misverstand geweest, een misser van jewelste. Ze hadden bij de Strategische Inlichtingendienst een Arabische tekst verkeerd in het Duits vertaald. Een pijnlijke vergissing, waarmee de *Berner Bund* en de *Blick* de nodige munitie in handen kregen.

'Hopelijk gaan er koppen rollen. Ik wil zoiets niet meer meemaken.' Ze zei het met een mengeling van wraaklust en opluchting.

'Zo ken ik je helemaal niet.'

'Ik mijzelf ook niet.'

Eschenbach voelde zich beter, nu hij Juliets stem hoorde. Haar opgewonden vrolijkheid leek wel besmettelijk. Hij vroeg of ze zin had om 's avonds met hem te gaan eten.

'Ben je alleen?'

'Nu? Nee... We zijn onderweg naar het Forensisch Instituut. Hoezo?'

'Je klinkt zo... zo bezig.'

De commissaris hoorde dat ze zachtjes begon te giechelen.

'Wat heb jij?'

'Zeg dat je me begeert.'

'Ja, doe ik.'

'Zeg dat je me wilt neuken.'

'Ja, doe ik ook.'

'Zeg het hardop... Anders ga ik niet mee.'

Eschenbach grijnsde. Nu wist hij waarop ze uit was en dat ze dacht dat hij zich voor haar schaamde. Hij nam het mobieltje in zijn andere hand en zei zo hard dat de anderen het konden horen: 'Ik begeer je, engeltje van me, en ik wil je neuken!'

Jagmetti onderdrukte een lach. Lenz keek discreet uit het raam.

'Ik jou ook,' klonk het vanaf de andere kant van de lijn. Toen beëindigden ze het gesprek.

Salvisberg had de hele nacht nodig, zei hij.

De man met het pafferige gezicht en de pientere, lichtblauwe ogen, die anders altijd wel in was voor een praatje, maakte een gehaaste indruk. Hij nam de tabletten aan en bekeek ze. 'Nou vooruit,' zei hij tegen de beambten en wees met zijn kin naar de deur. 'Jullie kunnen hier niet als wassen beelden blijven staan... In de kantine kun je als je wilt wat te drinken halen. Ik moet nu aan het werk!'

'Oké dan maar.' Eschenbach was teleurgesteld.

Maar ondertussen was de professor hevig in de substantie geïnteresseerd, want hij ging onmiddellijk aan de slag. In een wit kommetje verpulverde hij met een stamper een van de tabletten. Daarna liep hij naar een toestel dat eruitzag als een groot, wit koffiezetapparaat. Gefascineerd keken Eschenbach en de beide andere mannen toe hoe hij het poeder in een reageerbuis deed, met een vloeistof vermengde en schudde. Vervolgens bediende hij met zijn dikke vingers behendig het display, tot er drie piepjes klonken. Pas nu merkte hij dat het driemanschap hem nog steeds op de vingers stond te kijken.

'Zijn we er nog steeds? De scheikundeles valt uit vandaag.'

'We zijn al weg.' Eschenbach gaf met tegenzin toe.

Lenz en Jagmetti rolden met hun ogen.

Had Salvisberg de drie nog een blik waardig gekeurd, dan was zijn hart waarschijnlijk gesmolten; als kinderen die te vroeg naar bed worden gestuurd, dropen ze af naar de uitgang.

'Zo doet hij anders nooit,' zei Lenz, nadat hij en Eschenbach aan een tafel in de kantine waren gaan zitten en op Claudio wachtten, die iets te drinken en eten haalde.

'Onderzoekers, hè?' Eschenbach haalde zijn schouders op. 'Wanneer die op iets stuiten wat ze nog niet kennen, verliezen ze alle fatsoensnormen uit het oog.' Hij trok zijn jas uit en hing hem over de stoelleuning.

Jagmetti keerde met een dienblad terug; met koffie, thee, gebak en een blikje Red Bull. 'Die is voor jou,' zei hij tegen Eschenbach en zette het taurinehoudende drankje voor hem neer. 'Omdat jij nog moet neuken.'

'Ha ha,' deed Eschenbach. 'Dat is de kift.'

Ze dronken en verdeelden met hun vorken het enige stuk Linzertorte. 'Het was het enige wat er nog was,' verontschuldigde Jagmetti zich.

'Maar goed ook, het is zo droog als een woestijnstorm,' beklaagde Lenz zich. Na een poosje zei hij tegen Eschenbach: 'Die inlichtingen waar je mij om gevraagd hebt, ik bedoel die

secretaresse, Juliet Ehrat. Je bent er nooit meer op teruggeko-
men...'

'Ik wil het ook helemaal niet meer weten,' onderbrak de
commissaris hem.

'Is dat je wip?' Claudio lachte.

'Nou, dan niet,' zei Lenz achteloos. Hij streek met zijn hand
over zijn snor en verborg een grijns.

'Jullie kunnen me wat, allebei!' De commissaris stond op en
pakte zijn jas van de leuning. Hij stond een moment in gepeins
verzonken en ging toen weer zitten. 'Wat mij betreft, Ewald.
Wanneer er iets is wat ik moet weten, vertel het dan maar.'

'Er is helemaal niks,' zei de ouwe en knipperde met zijn ogen.
'Dat is het punt: het is gewoon een leuk meisje.'

Nadat ze afscheid van elkaar hadden genomen, begaf Eschenbach zich nogmaals naar Salvisberg. Maar die had niets nieuws
te melden. Nog niet.

'Mag ik dan tenminste je telefoon even gebruiken?' vroeg de
commissaris.

'Ja.'

'Waar?'

'Mijn kamer.'

Uit de telegramstijl die Salvisberg hanteerde, begreep
Eschenbach dat de patholoog zich had ondergedompeld in de
wereld van moleculen en verbindingen. Het was een wereld die
uit minder dan honderd elementen bestond en die je met een
eenvoudige blokkendoos, waaraan Dmitri Mendelejev de idiote naam *periodiek systeem* had gegeven, naar believen kon
samenvoegen en weer uit elkaar halen. Zon, maan en sterren,
kussen en *Geschnetzeltes à la Zurichoise* – dat bestond in wezen
allemaal uit H, He, Li, Be, B, C, O, N, F, Ne, et cetera. Uit een
paar onbenullige letters.

Hoe logisch en gestructureerd deze wereld ook was,
Eschenbach had hem nooit goed doorzien. Nu, gezeten aan
Salvisbergs bureau, tussen de met boeken volgestouwde
kastwanden viel het hem pas echt op. Overal slingerden rapporten, studies en adviezen. De hele mikmak, waarin zulke
verstandige en heldere dingen stonden geschreven dat je er

beroerd van werd. Eschenbach had opeens de aanvechting om te gaan schreeuwen. Hij vroeg zich af of al die ontbrekende kennis bij de vragen die hij aan het leven stelde hem werkelijk vooruit zou hebben geholpen. Hij slaakte een diepe zucht. Net als alle hoofdbrekende overpeinzingen over hypothesen kwam je er geen steek verder mee. Dat wist de commissaris dan tenminste wel heel zeker.

Hij pakte de telefoon, toetste het nummer van Rosa in en opeens was het met de zinnen-in-telegramstijl gedaan. De moleculen verlieten hun geordende structuren en de elementen duikelden als een brij van dronken letters uit hun periodiek systeem. Alles leefde weer.

'En nu nog een keer en dan langzaam, mevrouw Mazzoleni.'

Er was opnieuw een lijk gevonden. Om preciezer te zijn: het lijk van een vrouw. Bij de universiteitskliniek Balgrist. Eschenbach dacht aan het blonde meisje dat hem bij Haus Ober ontglipt was. Hij noteerde de naam van de arts en vertelde aan Rosa dat ze het lijk direct naar Salvisberg in het Forensisch Instituut moest laten overbrengen. 'Als het even kan vandaag nog.'

'Dat wordt wel laat.'

'Het is niet anders.' De commissaris maakte een notitie voor Salvisberg en legde die boven op de chaos van zijn bureau.

Rosa ratelde een lijstje met namen af, namen van mensen die tijdens zijn afwezigheid hadden gebeld. Sacher en Burri waren de enigen die er op dit moment toe deden. Toen ze klaar was, gaf ze hem het nummer van Meiendörfer. 'Hij was heel aardig, heel attent,' vond ze.

De ziel van een Italiaanse mama, dacht Eschenbach.

'Heel anders dan die Schwinn... Die loopt dus echt met uw pasje rond. Dokter Gürtler heeft hem van de foto herkend. Hij weet het heel zeker...' Rosa wond zich op.

'Maakt u zich geen zorgen.' Eschenbach lachte fijntjes. Hij had inmiddels een vermoeden welk spel er werd gespeeld. 'Nee, mevrouw Mazzoleni, u hoeft echt niets te doen.'

Nadat hij Rosa's onrust tot de volgende ochtend had weten te sussen, draaide hij het nummer van Tobias Meiendörfer. Hij had geluk. De biochemicus was in Zürich en ze spraken af in de bar van Hotel Central.

Dat was een goed idee. En toch was het een pokerspel, want hij had geen enkel bewijs of de stof waarmee Salvisberg op het moment in de weer was ook echt iets met de bizarre sterfgevallen te maken had. Maar nu ze opnieuw een dode hadden gevonden – en dus over een lijk beschikten dat ze voor nadere analyses konden gebruiken – was er een kans dat het misschien allemaal bewezen kon worden. De commissaris keek naar de poster aan de muur met het periodiek systeem. Misschien zat er toch iets in, in deze wereld van elementen en verbindingen.

Hoe meer Eschenbach erover nadacht, hoe meer hem de twijfel bekroop of hij juist handelde. Kwam de spontaan afgesproken ontmoeting met Meiendörfer niet te vroeg? Zou het verkeerd voor hem kunnen uitpakken? Die jongen was slim, heel slim zelfs, dat wist hij. Maar met het telefoontje dat hij een paar dagen geleden op het toilet van het Central had afgeluisterd, zou hij zijn voordeel kunnen doen. En hij zou hem ook aan de tand voelen over zijn moeder in de Seewinkel.

Het was een lastige onderneming die hij zich op de hals had gehaald. Er resteerde hem nog een klein uurtje om voor het gesprek een strategie uit te dokteren. Langzaam stond hij op, pakte zijn jas in de hand die hij op een stapel boeken op de vloer had gelegd en liep naar de deur.

37

Rond het Central zoemde het avondverkeer. Zakenlui haastten zich over de tramrails of stonden in een tochtportaal; ze droegen winterjassen, wachtten, belden of staarden in gedachten verzonken in het niets. Uit de Polybahn kwamen studenten in dikke truien, met schoudertassen en sportschoenen.

Eschenbach was tien minuten te vroeg. Hij observeerde een schoolklas die een sneeuwballengevecht leverde. Met doffe knallen belandden de projectielen tegen kaartjesautomaten, tramhalteborden en de wand van het tramhuisje. Toen een vrouw in een bontmantel een sneeuwbal tegen haar schouder kreeg, dreigde ze luidkeels met de politie.

De commissaris liep naar het hotel aan de overkant. De bar was stampvol. Een Eros Ramazzotti-achtig type zat achter de kleine, zwarte vleugel bij de ingang en speelde Dave Brubecks *Take Five*. Hij zag er beter uit dan dat hij speelde. Eschenbach was geïrriteerd. Het stuk, waarvoor Paul Desmond de muziek had geschreven, was bedoeld voor saxofoon: een hese, warme saxofoon!

De commissaris keek om zich heen. Omdat hij Meiendörfer nergens kon ontwaren, liep hij naar de toog en bestelde een glas bier. Naast hem zat een wulpse roodharige die om een vuurtje vroeg.

Er volgde een dankjewel en een glimlach.

De commissaris monsterde de dame discreet. Ze had mooie benen en liet daar meer van zien dan in dit jaargetijde gebruikelijk was. Hij dacht aan de avond met Denise Gloor en aan zijn vriend, de dokter. Zodra hij de resultaten van Salvisberg had, zou hij Christoph bellen.

Tobias Meiendörfer kwam een kwartier te laat. Een academisch kwartiertje, zoals hij het noemde. Hij verontschuldigde zich.

Toen de bar steeds voller raakte en er nauwelijks nog een plek was waar je kon staan, besloten ze op te stappen. De commissaris betaalde.

Tobias Meiendörfer was bleker dan Eschenbach hem zich de vorige keer herinnerde. Hij zag er moe en afgetobd uit. Zijn blonde lokken hingen treurig op zijn voorhoofd.

Ze liepen langzaam langs de Limmat, richting Walche-Brücke.

'U bent bij mijn moeder geweest, hè?'

'Ja, vandaag.'

'Het gaat slecht met haar.'

'Ik weet het.'

'Het komt door de winter,' zei Meiendörfer. Hij haalde z'n hand door zijn haar. 'Dan heeft ze het altijd heel moeilijk.'

'Dat heeft ze met zo veel woorden gezegd.'

'En toch wil ze niet weg. We hebben het ontelbare keren geprobeerd, Klara en ik. Er zijn uitstekende klinieken in Florida, weet u? En het is er altijd mooi weer.' Hij schudde zijn hoofd. 'Ze kan niet zonder de winter, zegt ze. Als je die eenmaal hebt doorstaan, kun je de lente en het leven ook beter aan. Het is moeilijk om dat allemaal te begrijpen.'

'Ja, misschien wel.'

Ze staken de brug over. Rechts voor hen stond het Landesmuseum. Het leek op een spookslot, verlicht door schijnwerpers die op de oude muren, kantelen en torens waren gericht. Het begon weer lichtjes te sneeuwen.

'Ik wil open kaart met u spelen, mijnheer de commissaris. U hebt vast en zeker ontdekt dat ik mijn moeder het medicijn heb bezorgd. Het spul waarmee Winter momenteel onderzoek doet.'

Eschenbach zei niets. Met een uitdrukkingsloos gezicht zette hij zijn ene voet voor de andere.

De biochemicus bleef een moment staan. 'Jawel,' zei hij. 'U bent niet van gisteren... U hebt dat vast en zeker ontdekt.'

'Ik weet het ook pas nu.' De commissaris keek Meiendörfer onderzoekend aan.

De jonge man vertrok zijn gezicht tot een glimlach. 'En nogal uitgekookt... Ik neem aan dat de tabletten al op het lab zijn?'

Eschenbach zweeg. Kennelijk wilde Meiendörfer erachter komen wat de politie momenteel precies wist. Hij was een man van de geheime dienst. Vertrouwen kon je hem niet

'Het zou me niet verbazen... Maar toch, ik vertel u nu hoe het allemaal is gegaan.'

Dit keer knikte de commissaris duidelijk zichtbaar.

Vanaf de ijsvloer voor het museum klonk een luid gejoel. Een paar melkmuilen joegen op ijzers achter de meisjes aan. Meiendörfer wees met zijn kin naar het park. Ze vervolgden hun wandeling.

'Het was bij het leger, in Zimmerwald... Eind vorig jaar. Ik zat daar bij een eenheid voor elektronische oorlogvoering. Met behulp van satellieten komen we aan informatie... Misschien hebt u erover gehoord.'

'Het stond onlangs in de *Blick*... In verband met Winter.'

'Ja. Hoewel... Wat er stond was misinformatie.'

'Daar ben ik inmiddels ook achter.'

'Uiteraard. Het doet er ook niet toe. In elk geval zoeken we daar bruikbare informatie. En in principe is alleen informatie bruikbaar uit het buitenland. Dat is wettelijk zo geregeld. Met binnenlandse kwesties mogen we ons niet bemoeien.'

'En toch hebt u daar wat gevonden,' concludeerde Eschenbach.

'Correct. Een klinische studie, gebaseerd op Winters proëtecine.'

De biochemicus legde aan Eschenbach uit dat de professor op het punt stond om met zijn nieuwe generatie werkzame stoffen een nieuwe mijlpaal te bereiken. 'Juist omdat ik de professor kende door mijn werk bij de SND en eigenlijk dacht dat ik op de hoogte was van de stand van zijn onderzoek, verraste me de studie.'

'Hoezo?'

'Daar moet ik wat dieper op ingaan.'

'Dan doet u dat.'

'In de wetenschap twist men over de vraag of depressies erfelijk bepaald zijn, dus in principe genetische oorzaken hebben, of dat ze door een verkeerde regulering van de zogeheten hormonale stress-as worden veroorzaakt. Traumatische ervaringen in je kinderjaren of, zoals bij mijn moeder, een hormonale dysfunctie door een bevalling.'

'Kunnen ze niet allebei een rol spelen?'

'Jazeker, zonder meer. We konden tot nog toe niet uitsluiten dat er bij mijn moeder ook sprake was van een erfelijke belasting. In elk geval was mijn tante Klara zeer huiverig om kinderen te krijgen en dus begon ze er ook niet aan.'

'Daarom heeft mevrouw Sacher u geadopteerd.'

'Ja. Hoewel... Je moet je eigen wortels niet verloochenen. Ook niet als ze aangetast zijn.' Meiendörfer pauzeerde even.

'U hebt uw eigen naam weer aangenomen... Naderhand, ik weet het. Vertelt u me eens wat meer over dat medicijn.'

'We denken dat Winter heel goed weet hoe genetische aanleg, neurotransmitters en hormonen op elkaar inspelen. En op die kennis moet hij zijn nieuwe stof hebben gebaseerd. Neem de tegenwoordig zo succesvolle antidepressiva... Die reguleren uitsluitend de aanvoer van lichaamseigen stoffen. Dan heb je het vooral over de neurotransmitters serotonine en noradrenaline. Die veranderen de genetische celstructuur niet. Of met andere woorden, ze maken geen nieuw mens van u.'

'En bij die nieuwe stof is dat anders?'

'Ja, dat vermoeden we wel.'

'Een genetische modificatie dus.'

'Exact. Dat ligt ethisch gezien gecompliceerd... Wetenschappelijk gezien zou het een geniale zet zijn. Vermoedelijk een van de belangrijkste ontwikkelingen binnen de geneeskunde van de laatste jaren.'

'Als het werkt.'

'Juist.'

'Een centrale veronderstelling in Winters neurologisch evenwichtssysteem is het CRF-gen. Het zorgt voor de uitscheiding van corticotropine en dat brengt de bijnierschors er op zijn beurt toe het stresshormoon cortisol uit te scheiden. Het is een soort overlevingsgen: wanneer we worden bedreigd, leert het ons organisme te vechten of te vluchten. Tegelijkertijd schakelt het overbodige, hinderlijke of afleidende activiteiten uit. Zo zorgt het bijvoorbeeld voor een grotere aanvoer van brandstof voor de spieren, onderdrukt het honger en seksuele driften en maakt het je alerter. Voor het overwinnen van gevaren is het systeem van levensbelang. Een chronische activering van de stress-as daarentegen – daarvan is Winter overtuigd – leidt tot een modificatie van het CRF-gen. Dat proces – en dat is interessant – is onomkeerbaar.'

'We verdragen dus slechts een afgemeten hoeveelheid stress.'

'Simpel gezegd, ja.'

'En wanneer het te veel wordt, wanneer de schade al is aangericht, geven we het door aan onze kinderen. Is dat de crux van het verhaal?' wilde Eschenbach weten.

'Zo ongeveer.'

'Als u dat zou kunnen testen...' Eschenbach dacht even na, 'op dieren of mensen bijvoorbeeld. Aan welke soort zou u voor die proef dan de voorkeur geven?'

'Er zijn experimenten met Indische kroonapen,' antwoordde Meiendörfer voorzichtig. 'Ze staan als primaten gevoelsmatig dichter bij de mens dan knaagdieren. In de eerste drie maanden na de geboorte van de jongen stelde men de moederdieren aan drie verschillende omstandigheden bloot: sommige kregen altijd veel voedsel, andere weinig, en de derde groep, ten slotte, kreeg met onregelmatige tussenpozen dan weer veel, dan weer weinig voedsel. Deze onoverzichtelijke situatie hield de vrouwtjes zo bezig en maakte ze zo bang dat ze zich niet meer goed om hun kroost bekommerden. Zoals Winters model al had voorspeld, waren de jonge dieren uit deze testgroep minder actief en ondernemend dan de andere, ontrokken zich aan samenspel en bleven uit schrik stokstijf zitten wanneer er iets ongewoons gebeurde – gedrag dat kenmerkend is bij sociale deprivatie. Als volwassen dieren hadden ze vervolgens aanmerkelijk hogere CRF-concentraties in de ruggenmergvloeistof.'

'En nu?'

'Er waren proeven met marmosets, dat zijn ook primaten. Er werd onderzocht hoe het gedrag van de dieren verandert wanneer ze Winters stof binnenkrijgen.' Meiendörfer zuchtte. 'Helaas moesten de proeven door tussenkomst van de dierenbescherming worden gestaakt.'

'Wanneer je mensen zou nemen...' dacht Eschenbach hardop, 'dan zou je net zulke mensen kiezen: mensen uit de sociale onderlaag die vandaag niet weten waarvan ze morgen moeten leven. Met de voortdurende stress, de angst om je eigen bestaan. Of heb ik het mis?'

'Nee, u hebt het goed.'

'En dat hebt u onderzocht?'

'Ja.'

'Dat zegt u.'

'Ja.'

'En wie zegt me dat u het niet zelf was die al die proeven op touw heeft gezet – vanuit het waanidee dat u uw moeder moest helpen? Omdat u denkt dat u overal schuldig aan bent?' Eschenbach had het gevoel dat zijn buurman een deel van de waarheid voor hem verzweeg.

'U denkt dat ik een motief heb?' vroeg Meiendörfer zachtjes. Hij keek een moment naar de Limmat, die stil en zwart langs hen heen stroomde.

'Natuurlijk hebt u een motief!' Eschenbach verhief zijn stem. 'Een heel sterk motief. Ik heb uw moeder gezien, in al haar treurige ellende.'

Meiendörfer schudde vertwijfeld zijn hoofd.

'En hoe komt u eigenlijk aan het medicijn? Winter kan het u onmogelijk zelf hebben gegeven.'

'Nee.'

'Zie je wel.' Eschenbach keek Meiendörfer recht in zijn ogen. Hij had hem waar hij hem hebben wilde. 'En met wie belde u toen u dacht dat u in het Central tevergeefs op me had zitten wachten?'

'Was u er dan wel?' Meiendörfer keek hem ongelovig aan.

'Jazeker! En diegene met wie u op de wc hebt gebeld, dat was Klara Sacher, nietwaar? U werd de hele tijd van hogerhand gedekt.'

'Nee, zo was het niet. Klara is het niet...' Meiendörfer keek op zijn horloge en deed een greep in zijn jaszak.

Eschenbach, die zelf nooit een wapen droeg, merkte de beweging te laat. Hij kon Meiendörfer niet meer tegenhouden. Hij week achteruit. Wat Meiendörfer in zijn hand had, zag er in het schemerlicht van de parkverlichting uit als een pistool met een spuit.

'Blijft u toch staan...' De biochemicus kwam op hem af.

'Stop!' De commissaris stond nu vlak bij het water en staarde naar het ding dat Meiendörfer met half geheven hand op hem richtte. Een verdovingspistool, schoot het door hem heen. Opnieuw deed hij een stapje achteruit, toen struikelde hij en verloor zijn evenwicht.

Terwijl hij over een kniehoge muur in de Limmat tuimelde en kopjeonder ging in het ijskoude water, zag hij voor zijn geestesoog het beeld van een jachtopziener die een ampul op een leeuw afschoot. Hij zag hoe de koning der dieren zijn pas vertraagde, in elkaar zakte en op het oog levenloos op de grond bleef liggen. Het was een scène uit de eerste bioscoopfilm die hij had gezien, met zijn grootmoeder, toen hij vijf of zes jaar oud was. Het beeld van de ter aarde stortende leeuw en het vraagstuk van de dood hadden hem lang beziggehouden.

Meiendörfer schreeuwde iets naar hem wat Eschenbach niet kon verstaan.

De ijzige kou van het water omklemde hem als een bankschroef. Met een paar krachtige halen zwom hij naar het midden van de rivier, weg van hier, dacht hij. Daarna liet hij zich meedrijven met de stroom. Hij voelde een koude wind in zijn gezicht en hij voelde zijn haar, dat zich als een bevroren plak op zijn voorhoofd had gedrapeerd. Eschenbach vroeg zich af hoe lang hij het in het water kon uithouden. Doodvriezen was absoluut geen mooie dood. En al helemaal niet wanneer je op hetzelfde moment verdronk. Opeens moest hij denken aan het lijk dat ze verder stroomafwaarts, bij Badi Letten, uit de rivier hadden gehaald. Uit déze rivier. Zo kon het exact zijn gegaan, een injectie en daarna een tuimeling in de Limmat, misschien wel op de plek waar hij er zelf in was gevallen.

Eschenbach hapte naar lucht. Hij trok zijn jas en colbertje uit, maakte er een bundel van en schoof die onder zijn borst. Zo ontstond enige opwaartse druk. Later stroopte hij ook nog zijn schoenen af.

Als een koud stuk hout dreef hij in het water.

Een stel oudere mensen dat langs de Limmat wandelde, zwaaide. De commissaris schreeuwde, maar er gebeurde niets. Plotseling overviel hem een panische angst dat hij de oever niet meer op tijd zou bereiken. Hij sprak zichzelf moed in en voelde hoe de kou zijn borstkas dichtsnoerde. Hij probeerde te zwemmen. Toen voelde hij kramp in zijn been. Een pijn die hij van het hardlopen kende. In het ijskoude water was het nauwelijks te verdragen. Hij draaide zich op zijn rug, maar het hielp niets. Hij voelde de pijnscheuten tot in zijn heupen. Terwijl hij zijn ene been probeerde los te schudden, voelde hij zijn andere been ook verkrampen. Eschenbach onderdrukte een kreet van pijn; hij moest het water uit. Nadat hij zich weer op zijn buik had gedraaid, trok hij de bundel kleren weer onder zijn kin en borst. Vertwijfeld roeide hij richting oever. Hij kon alleen zijn armen nog gebruiken. Gelukkig zag hij in de verte een loopplank, daar zou hij uit het water klimmen. Maar dan moest hij er wel dichter bij zien te komen en dat was geen gemakkelijke opgave. Zonder benen! Krachtig haalde hij zijn armen en handen door het water, terwijl hij bleef kijken naar de loopplank met de blauw-witte paal. Op de laatste meters gleed de kledingbundel onder hem vandaan.

Eschenbach vloekte. Als een levenloos lichaam werden jas en colbert naar het midden van de rivier gezogen. Je nu niet laten afleiden, dacht hij, en hield het trapje naar de loopplank in het oog. Hij was er bijna. Nog twee krachtige slagen.

De commissaris klemde zich vast aan de ijzeren paal en snoof. Met zijn voeten stond hij op de glibberige sporten in het water. Hij voelde zijn tenen niet meer. Maar wel dat zijn hart in zijn hoofd bonsde en zijn borstkas uit elkaar dreigde te barsten. Hij bleef een moment staan, half in het water, half erbuiten, en probeerde zijn snelle, reutelende ademhaling onder controle te krijgen. Rustig aan, dacht hij, het is allemaal oké.

Pas toen de commissaris de controle over zichzelf herwonnen had, riep hij om hulp.

38

Het was een insulinepen geweest. Geen dodelijke injectiespuit en ook geen apparaat waarmee je op leeuwen schoot. Gewoon een stompzinnige insulinepen. Meiendörfer had de pen nogmaals aan hem laten zien en uitgelegd dat het om een Zwitsers product van Ypsomed ging, uit Burgdorf bij Bern. Hij had geklonken alsof hij de angst van de commissaris voor de pen alsnog wilde wegnemen.

Enkele minuten nadat Eschenbach uit de Limmat was geklommen, arriveerde de gemeentepolitie; met zwaailicht en Meiendörfer in haar kielzog. De biochemicus was, toen niemand op zijn geschreeuw had gereageerd, naar de dichtstbijzijnde politiepost gerend. Samen met de agenten had hij de wal afgezocht. Het was de eerste keer, meende hij, dat hij zich voor zijn diabetes moest verontschuldigen.

'Is goed,' stotterde de commissaris. 'Is goed.' Hij was tot op het bot verkleumd.

De brigadier die de inzet leidde, had onmiddellijk zijn kleren uitgedaan en hem in een wollen deken gewikkeld. Bibberend zat Eschenbach op de achterbank van de politieauto. Naast hem zaten Meiendörfer en een jonge agente, die hete bouillon uit een thermosfles in een beker schonk.

Klappertandend noemde Eschenbach het adres van Juliet. Hij had drie aanloopjes nodig voordat de brigadier hem verstond. Meiendörfer wilde hij de volgende ochtend op het hoofdbureau ontbieden, maar dat bracht hij er met de beste wil van de wereld niet meer uit.

Ze reden met de verwarming op de hoogste stand in westelijke richting. Bij het centraal station liep het verkeer vast, en toen de weg hen langs het hoofdbureau voerde, wierp de commissaris een blik op de ramen op de derde verdieping. Alles was donker.

Ze stopten voor het complex waar Juliet woonde.

'Is er iemand thuis?' wilde de brigadier weten.

'Ik... ik weet... weet het niet.'

Nadat Eschenbach al stotterend ook nog de naam Ehrat had genoemd, verliet de agente de auto.

Ze zwaaide vanaf de plaats waar de intercom van het woonblok zat en even later liep ze samen met Juliet terug naar de auto.

'Ik blijf in Zürich,' zei Meiendörfer. 'U kunt me altijd op mijn mobiele nummer bereiken.'

De commissaris perste zijn tanden op elkaar en knikte. Daarna opende hij de deur en verliet de auto.

's Ochtends om half acht verscheen Jagmetti met schone kleren en een half uur later zaten ze gedrieën aan het tafeltje in Juliets keuken.

'Als de Dalai Lama kwam ik barrevoets door de sneeuw,' zei Eschenbach. Hij schoof een met een dikke laag boter besmeerd croissantje naar binnen.

Juliet lachte en zweeg. Ze zei maar niet dat de commissaris over zijn hele lijf had gebeefd en als een hulpeloze, oude man haar woning was binnengestrompeld. Dat hij meer dan een uur in heet water in de badkuip had gelegen en over doodgaan had gepraat. En dat ze in de kleine uren naar de nachtapotheek op de Stauffacherplatz was gereden om een middel tegen koorts en koude rillingen te halen; dat zou allemaal haar geheimpje blijven.

Toen de commissaris na het ontbijt het Forensisch Instituut belde, was Salvisberg niet aanwezig.

'De professor is gaan slapen,' zei zijn secretaresse. 'Hij is doodop... en ik moet van hem zeggen dat het niet helemaal is gelukt, met die zaak.'

'Klote!'

'Desondanks kan ik u melden dat de tetrodotoxinevergiftiging bij de dode man van die of een soortgelijke stof afkomstig zou kunnen zijn. En bij de vrouw die ze gisteren uit de Balgrist-kliniek nog bij ons hebben gebracht...'

'Begin twintig, blond!'

'Exact,' klonk het verbaasd. 'Kent u haar?'

'Dus toch!' Het meisje van Haus Ober, dacht Eschenbach. Hij wachtte even en voegde eraan toe: 'Nee, ik ken haar niet, niet echt.'

'Nou, daar zou mogelijk hetzelfde mee aan de hand zijn.'

'Mogelijk en zou,' mompelde Eschenbach. Hij verweet zichzelf dat hij indertijd niet doortastender had opgetreden. Anders zou de jonge vrouw nu waarschijnlijk nog hebben geleefd.

'Bent u er nog?' vroeg de stem aan de telefoon.

'Ja.'

'Zoals gezegd, het staat allemaal nog niet honderd procent vast.'

'Typisch Salvisberg,' zei de commissaris. 'Maar hij was wel zo zeker van zijn zaak dat hij u opdracht gaf om het aan mij te vertellen, of niet?'

'U kent de professor goed, hè?' zei de vrouw met een zucht.

'Laten we zeggen, ik ken hem al lang.'

'Nou goed, u moet zelf maar zien welke conclusies u daaruit trekt. Meer heeft hij in elk geval niet gezegd.'

Eschenbach bedankte haar en hing op.

'Slecht nieuws?' Juliet keek belangstellend.

'Dat ligt eraan,' antwoordde hij en dacht na.

Juliet en Claudio ruimden de tafel af en deden het vaatwerk in de afwasmachine, zetten honing en broodmandjes in het kastje in de hoek, en de melk, de overgebleven yoghurt en de boter weer in de koelkast.

De commissaris zat nog steeds aan tafel en zag zijn gezicht in het blinkend gepoetste tafelblad weerspiegeld.

'Soms zit hij zo wel een uur en laat z'n hersencellen kraken,' zei Jagmetti.

'Ik weet het.' Juliet glimlachte.

'En dan staat hij opeens op, heeft een idee en geen mens weet hoe hij daarop gekomen is.'

'En jij?' vroeg Juliet. 'Welke ideeën heb jij?'

'Ik zou nu naar de ETH, naar Winter, gaan... om hem 's flink de duimschroeven aan te draaien.' De jonge politieman knipperde met zijn ogen en trok een veelzeggende grimas. 'Hij is de sleutel voor alles, denk ik. Het meesterbrein.'

Juliet keek zwijgend van Jagmetti naar de commissaris en weer terug.

Door het kierende keukenraam hoorde je de klokken van een kerk, die bedaard half negen sloegen.

Eschenbach ging staan en vroeg Juliet: 'Kun je me nog het adres van je vriendin Fiona geven? Op een groot stuk papier... en een beetje leesbaar, alsjeblieft. Haar telefoonnummer ook.'

'Heb je daar zo lang je hoofd over moeten breken?' Juliet lachte, pakte een schrijfblok en potlood en schreef.

Nadat Eschenbach het vel met de adresgegevens in zijn leren aktetas had opgeborgen, zei hij: 'En nu gaan we naar Kurt Gloor.'

Jagmetti keek hem vol ongeloof aan.

De commissaris zag het onbehagen in Claudio's blik. Hij vermoedde dat de jongen zich afvroeg wat hij als illegale politieseizoenarbeider uit Graubünden bij een wethouder uit Zürich te zoeken had. 'Je hoeft niet mee... Misschien is het zelfs beter als ik alleen ga.'

Jagmetti keek naar Juliet.

Ze haalde haar schouders op.

'Ach wat, ik ga mee,' zei hij.

Ze reden gedrieën naar de Stauffacherplatz; daar namen de mannen afscheid van Juliet.

'Ik kan de heren helaas niet verder op hun zwerftochten begeleiden,' zei Juliet. Voordat ze het portier sloot en haar weg richting Central met de tram zou vervolgen, blies ze door de koude ochtend een kushandje naar Eschenbach en liet de beide politiemannen alleen met hun lot.

De bezoeker die in Kurt Gloors imposante kantoor kwam, zag gewoonlijk eerst de grote schilderijen aan de muur. Rode en gele vierkanten in de stijl van Mark Rothko. De boodschap luidde: hier werkt een modern mens. Het geoliede eiken parket vertelde het verhaal van een sympathieke man die met beide benen op de grond staat, die in harmonie is met de natuur en met zichzelf; en de bestudeerde glimlach van de man achter het opgeruimde bureau wilde zeggen: Kurt Gloor heeft alles in de hand.

Onderzoekers op het gebied van *social neuroscience* hadden ontdekt dat dit soort optische signalen onder andere in twee verschillende hersengebieden terechtkomen: in de voorhoofdskwab, waarin bewuste denkprocessen plaatsvinden, en in de amygdala, ook wel amandelkern genoemd, die achter de ogen in het midden van de hersenen zit en vooral voor de emoties verantwoordelijk is. Beide hersendelen beoordelen de visuele waarneming op een geheel verschillende wijze, waarbij de beslissing of het om een vriend of een vijand gaat al na een paar milliseconden – volledig onafhankelijk en geautomatiseerd – door de amygdala wordt genomen. De grote hersenen gaan pas een rol spelen wanneer het erop aankomt bewust over de informatie na te denken, haar te rangschikken en grondig te verwerken.

Eschenbach had die kennis uit de publicaties van Theo Winter die bij Juliet in de kast stonden. Hij verbaasde zich erover dat er zoveel bij hem was blijven hangen. Zijn amygdala had zijn werk allang gedaan, het vonnis was geveld.

'Ik heb eigenlijk helemaal geen tijd,' zei Gloor met een gepijnigde gelaatsuitdrukking. 'Maar vooruit, mijne heren. Als het belangrijk is...' – hij wees op de kleine zithoek voor de Rothko-achtigen – 'laten we er dan maar even bij gaan zitten.'

'Omdat wij eigenlijk ook geen tijd hebben, kunnen we het best meteen ter zake komen,' begon de commissaris. Ze gingen zitten en Eschenbach haalde de lijst uit zijn aktetas tevoorschijn. 'Het zal u vast niet zijn ontgaan dat we een beetje onderzoek op uw departement hebben gedaan.'

'Ze hebben rondgesnuffeld... Ja, dat is mij ter ore gekomen.

En dat ligt buiten uw competentie, welbeschouwd.' Gloor deed zijn best om nonchalant te klinken. 'Bovendien werd u...'

'Werd ik wat?' viel de commissaris hem in de rede. 'U denkt dat ze me van de zaak hebben afgehaald, is het niet?'

'Exact. En dat u hier onaangekondigd binnenvalt... Ik denk niet dat dat uw carrière ten goede komt.'

'Ach, mijn carrière,' zei Eschenbach met een zucht. 'Maakt u zich daar maar geen zorgen over. U bent degene die gekozen wil worden... die beloftes doet en ze moet nakomen, niet ik. Ik stel alleen maar vragen.'

'Ik zal u eens iets vertellen,' zei Gloor grootmoedig en sloeg zijn benen over elkaar. Het verhaal dat de wethouder hun vertelde, klonk Eschenbach en Jagmetti maar al te bekend in de oren. Het ging over een klein eiland met hardwerkende mensen. Hoewel men er geen grondstoffen had, alleen vernuft en vermetelheid, had het zich in de loop der tijd tot het rijkste land ter wereld ontwikkeld. En omdat de eilandbewoners nooit uit waren op macht, maar vrij en onafhankelijk wilden zijn, bleven hun grote oorlogen bespaard. Door tactisch slim manoeuvreren slaagden ze er zelfs in om, misschien wel op slinkse wijze, een voordeel te peuren uit hachelijke situaties.

'Ik ken het verhaal,' zei de commissaris.

'En wat dan nog?' De nonchalance in Gloors stem was verdwenen. 'Ik ben trots op ons land.' Hij zei het met iets van koppigheid, alsof hij zich moest verdedigen.

'Ik ook,' zei Eschenbach. 'Trots is misschien niet het juiste woord. En toch is het geen eiland meer... Het is vasteland geworden.'

'Juist.'

'En wanneer ik uw partij goed begrijp, dan hebt u er het liefst een gracht omheen, een brede... en misschien een paar bruggen, die u dan 's nachts zou ophalen.'

'Ophaalbruggen, ja.' Gloor hikte van plezier. 'Dat is een mooi beeld... Dat moet ik noteren.'

Eschenbach dacht over de vergelijking na en zei toen: 'Ik ga u nu ook een verhaal vertellen, een verhaal over de zieken en zwakken op dit eiland... over mensen die er zelfs niet meer in slagen in hun eigen levensonderhoud te voorzien.'

'De meesten hebben het aan zichzelf te wijten.'

'Ik ben nog niet klaar,' zei de commissaris monter. 'Want om eerlijk te zijn, ik heb het lange tijd niet voor mogelijk gehouden dat men deze mensen, die helemaal niets meer hebben, voor experimenten gebruikt. Net als ratten of muizen. En dat er politici zijn die dat toestaan – misschien wel op touw hebben gezet.'

'Dat is klinkklare onzin,' blafte Gloor.

'Nee, dat is het niet. We hebben inmiddels bewijzen. En we zullen elke steen op uw departement omkeren... elk stuk papier, tot we de hele waarheid boven water hebben. U beheert de verkeerde portefeuille, mijnheer Gloor. Uw problemen kunnen niet met ophaalbruggen worden opgelost.'

'Ik heb er niks van geweten.'

'O jawel, u hebt het wel geweten. U hebt zelfs gereageerd en Treffpunkt Züri laten ontruimen.'

'Waarschijnlijk wilde u alle ellende in de schoenen schuiven van die christelijke St. Martin-missie,' bemoeide Jagmetti zich ermee.

'Nee, zo was het niet!'

'Hoe dan? Hoe moet het dan zijn gegaan?' Eschenbach praatte hard en gedecideerd. Hij voelde dat de politicus op het punt stond uit te pakken.

Met een wezenloze blik staarde Gloor tussen Jagmetti en Eschenbach door naar de muur.

'U bent een getalenteerd politicus, mijnheer Gloor,' ging de commissaris verder. 'U stelt zich doelen en bereikt ze doorgaans ook, ook al zou ik daarom nog niet op u stemmen.' Hij zweeg een moment. 'Laten we eens aannemen dat u de hele affaire hier overleeft...' Eschenbach wees naar het mapje dat nog altijd op zijn knieën lag, 'dan krijgt u bij de volgende verkiezingen misschien de portefeuille economie toegewezen en kunt u laten zien wat u echt in uw mars hebt.'

Gloor knikte zwijgend.

'Wanneer we dus over carrières spreken, dan hebben we het over die van u. Over een carrière die nog niet eens goed en wel begonnen is en die misschien ooit via het wethouderschap naar het parlement zou kunnen leiden...' Eschenbach brak zijn betoog af. Hij wist zeker dat Gloor de gedachtegang zelf wel zou kunnen afmaken en dat hij ook zonder zijn tussenkomst als visionair minister een plaatsje in de geschiedenisboeken zou verwerven.

Er viel een korte stilte.

De commissaris wierp een zijdelingse blik op Jagmetti.

'Het was dr. Burri's idee, niet dat van mij,' klonk het kleintjes. 'Hij is op mij toegestapt... tijdens een besloten vergadering. We hadden gebrainstormd over de nieuwe opzet van het departement. Toen heeft hij een presentatie gegeven over Winters onderzoeksgebied. De grote Winter, u weet wel...' De wethouder stopte even voordat hij verder sprak. 'Voor een welvaartsmaatschappij als de onze is geluk net zo belangrijk als vroomheid voor de kerk. En zonder oorlog en ellende ontbreekt het je aan de tegenargumenten. Je gaat zitten piekeren over recepten die nodig zijn en wanneer je met oplossingen moet komen. Prozac is voor vijftig miljoen mensen van levensbelang. Dat zijn cijfers en feiten, mijnheer de commissaris. We kunnen onze problemen niet met hooggestemde idealen oplossen. Je hebt cijfers en feiten nodig. In elk geval heeft Burri onderzoeksresultaten gepresenteerd die op korte termijn ook een doorbraak in de pijn- en drugstherapie beloofden. De generatie ná Prozac, zoals hij het noemde.'

'En dus hebt u toestemming gegeven?' wilde Eschenbach weten.

'We verstrekken nu ook al drugs aan zwaarverslaafden. Heroïne, methadon... Lees de richtlijnen van de Vereniging voor Verslavingsgeneeskunde. Daar hebben ze allang het licht gezien. Het gaat niet meer om ontwenning... niet meer om gezond worden. Het gaat om alternatieven. Andere steden, zoals Vancouver, hebben ons concept overgenomen. Elke maand komt er wel een delegatie van ik weet niet waarvandaan die het wil bekijken. Ons model maakt school, mijnheer de commissaris.'

'Het gaat om proeven op mensen, dat is wel een verschil.'

Gloor zweeg een moment en schraapte toen zijn keel: 'Oké dan, wat stelt u voor?'

'Een uitgebreid onderzoek en een volledige opheldering van de gang van zaken,' antwoordde de commissaris droog. 'Dat is wel het minste.'

'En wat hebt u te bieden?' Het was de overtuiging van de ervaren zwemmer die wist dat hij niet kon verdrinken die uit Kurt Gloors ogen sprak.

'Een discrete oplossing, bedoelt u?'

De wethouder knikte.

'Die zal er in dit geval niet echt zijn, denk ik.' Eschenbach pakte zijn aktetas van de grond en borg het rode mapje op. Daarna haalde hij het papier met Fiona's adres tevoorschijn en gaf het aan Gloor: 'Deze vrouw kan u bij het informatiewerk zeker helpen.'

'Fiona Fieber?'

'U hebt haar nog maar kortgeleden ontslagen, ik weet het.' De commissaris glimlachte. 'Maar die fout kunt u zeker goedmaken. En wanneer u de zaak voortvarend aanpakt, dingen blootlegt... dan komt u er misschien met een blauw oog vanaf.'

'Dat zal ik doen,' zei Gloor optimistisch.

De politiemannen stonden op, namen afscheid en liepen naar de deur.

'Dat geloof je toch zelf niet, hè?' vroeg Jagmetti, nadat ze weer buiten stonden en hun kraag opsloegen.

'Wat?'

'Dat hij er met een blauw oog vanaf komt?'

'Nee, maar hij gelooft het wel. Daarom zal hij iedereen die er iets mee te maken heeft verlinken. En wij zullen goed over zijn schouder meekijken als hij aan werk is.'

Eschenbach voelde zich leeg vanbinnen. Ondanks de vele kleine aanwijzingen in Burri's richting wilde de commissaris er tot nog toe niet aan. Maar nu had hij zekerheid en daarmee stierf eens te meer ook de hoop.

De sneeuw knerpte onder hun schoenzolen. Ze passeerden de kantoorflat Werd, die in al zijn lelijkheid en in al zijn omvang in de mistslierten opdoemde. Het leek alsof hij met de minzame welwillendheid van iemand die groter is, neerkeek op de St. Peter en Paul pal naast hem. Twee werelden, zo dicht bij elkaar, en desondanks hadden ze elkaar niets te vertellen.

39

'Je wist het, hè?' vroeg Jagmetti.

De beide dienders zaten op de achterbank van een taxi. Eschenbach keek ongeduldig op zijn horloge. Tussen Bürkliplatz en Bellevue liep het verkeer vast. Het was het oude liedje.

'Waar heb je het over?'

'Over die kwestie met Burri, bedoel ik.'

'Mmh.'

'Zijn we eerst naar Gloor gegaan omdat je met Burri bevriend bent?'

'Nee.' De commissaris kuchte. Eerder, bij Gloor, had hij nog niets gemerkt. Maar nu voelde hij een kriebel in z'n keel. Hij moest niezen. 'Nee,' zei hij nogmaals.

'En verder?' Jagmetti gaf niet op.

Eschenbach dacht na. Misschien had Claudio toch gelijk en bewaarde je de lastigste dingen tot het laatst.

'Meret Meiendörfer had het over angst,' zei hij. 'Dat door angst je ziel afbrokkelt... Dat is me bijgebleven. Volgens mij is Gloor bang.'

'Waarom denk je dat?'

'Politici zijn altijd bang.' Opnieuw moest Eschenbach niezen. Hij pakte zijn zakdoek en snoot eens flink zijn neus. 'De gedachte dat de meerderheid je niet meer blieft... Daar moet je het wel benauwd van krijgen. Bovendien is hij een rationeel mens. Bij die combinatie kom je meestal op een punt dat je kunt gaan onderhandelen.'

'En Burri?'

'Die heeft de zaak in gang gezet.' De commissaris dacht even na en zei toen: 'Ik denk dat we bij Christoph tot aan het gaatje moeten gaan... tot aan het bittere einde.'

De taxi nam de rotonde op Bellevue en reed de Rämistrasse in, hoog de berg op.

'En waarom wil je eerst naar Winter?' vroeg Jagmetti.

'Ik wil weten waar hij staat. Daarna gaan we naar Burri.'

'Maar we weten toch...'

'We moeten een bres slaan in het koor van medeplichtigen, daar gaat het om.' Eschenbach haalde diep adem en hield de zakdoek voor zijn gezicht. Geen niesbui. Alleen maar tranende ogen.

Voor een garagedeur joegen een paar jongens met ijshockey-sticks achter een puck aan. De taxichauffeur remde voorzichtig.

'Kurt Gloor is de zwakste schakel in de ketting...' De commissaris praatte in zijn zakdoek. 'Die mix van opportunisme en angstzweet... Maar nu gaat het om Winter. Welke rol speelt hij in het verhaal?'

Ze waren al bijna bij de ETH, toen Juliet belde.

'Waar zit je?' vroeg ze bezorgd.

'Over enkele minuten bij jou... Is Winter er?'

'Daarom bel ik je. Hij is tien minuten geleden vertrokken. Ik maak me zorgen.'

'Waarheen?'

'Naar Burri, denk ik.'

De commissaris verzocht de taxichauffeur bij de volgende gelegenheid om te keren. Hij noemde Burri's adres. 'Weet je het zeker?' vroeg hij Juliet.

'Ze hebben ruzie gehad, ja... aan de telefoon. Een knallende ruzie zelfs. Ik heb de professor nog nooit zo buiten zichzelf van woede gezien. Ik vermoord hem, zei hij. Ik vermoord hem, die kwakzalver... En vervolgens is hij vertrokken.'

'We zijn al onderweg,' zei Eschenbach. Hij probeerde kalm te blijven. Toen hij weer een kriebel in z'n neus voelde, kneep hij hem dicht. 'Het zijn allebei verstandige mensen... Maak je maar geen zorgen.'

Nadat hij het gesprek had beëindigd, trok Eschenbach aan zijn haren.

'*Geen zorgen* klinkt niet erg overtuigend,' meende Jagmetti.

'Dat is 't 'm juist! Het is klote... zwaar klote!'

Tijdens de kleine tien minuten die de chauffeur tot de wijk Englischviertel nodig had, zei niemand een woord. Eschenbach nieste zo nu en dan, voor de rest was het stil.

Tergend langzaam trokken de huizengevels aan hen voorbij. En na de gevels kwamen de voortuinen. Eerste-, tweede- en derdeklassers, die al thuis waren uit school, bouwden iglo's en sneeuwpoppen. Op de stoepen en achter kale heggen en tuinhekken speelden kinderen en waren met sneeuwscheppen in de weer, tot hun moeders hen voor het eten binnenriepen. Het was Eschenbach te moede alsof een laatste stukje van een nog onbedorven wereld zwijgend aan hen voorbijgleed.

Voor Burri's villa stopten ze. De commissaris betaalde haastig de chauffeur, waarna ze uitstapten. De smeedijzeren poort stond open en op het pad dat tussen een oude drinktrog en halfhoge naaldbomen naar de deur liep, waren overal schoenafdrukken.

Er waren geen geluiden en ook geen stemmen te horen. Nadat de commissaris een tweede keer op de bel had gedrukt en de vertrouwde drieklank van de gong had gehoord, liepen ze achterom de tuin in. Met lage schoenen stapten ze door de kniehoge sneeuw. De wit bepoederde spar weerspiegelde als een ijdele dame in de glazen pui. De mannen liepen naar de veranda en tuurden door de glazen deur naar binnen.

De commissaris ontdekte zijn vriend. Roerloos zat hij op de bank, het hoofd in zijn handen; precies op de plek waar Eschenbach kortgeleden met Denise Gloor had gelegen.

Eschenbach tikte tegen het raam en riep. Er ging enige tijd voorbij voordat de deur werd opengedaan.

Het was Tobias Meiendörfer. 'U komt te laat, Eschenbach.'

De commissaris voelde een koude rilling over zijn lijf. Langzaam stapte hij over de drempel en betrad de woonkamer.

Burri zat nog steeds op de bank, alsof hij in zijn beweging was bevroren. Twee meter bij hem vandaan lag Winter op de vloer. Bloedend, met ingeslagen schedel.

'Een ongeluk...' mompelde de arts. 'Ik was het niet van plan.'

'Ik was boven,' zei Meiendörfer. Hij wees gejaagd naar de trap, die naar de eerste verdieping leidde. 'Toen Winter woedend kwam binnenvallen... dacht ik dat ik ze maar beter even alleen kon laten. Het zijn verstandige mensen...' Hij wist niet wat hij verder moest zeggen en streek onhandig met zijn hand door zijn blonde, piekerige haar.

Eschenbach knielde naast Winter neer en bevoelde zijn hals. Even later knikte hij naar Jagmetti. De blauwe ogen van de professor staarden langs de met bloed besmeurde rand van de salontafel de eeuwigheid in.

'Waarom, Christoph?' De commissaris stond op. 'Zeg me ten minste waarom?'

Jagmetti fluisterde Eschenbach iets in het oor, wees met zijn kin naar de telefoon en zei: 'Zal ik dat doen?'

'Ja, doe jij dat, Claudio.'

De commissaris keek neer op de ineengedoken Burri. Zonder op zijn vragen in te gaan, staarde de arts tussen zijn benen door naar de vloer.

'Ik wilde u net bellen.' Meiendörfer kuchte. Voor een medewerker van de Strategische Inlichtingendienst maakte hij een opvallend hulpeloze en verwarde indruk.

Opeens begon het Eschenbach te dagen: de diabetestabel in Burri's keuken en de insulinepen. De ochtendjas die de arts hem had geleend en het scheergerei in de gastenbadkamer. 'U bent zijn vriend, hè?'

Tobias Meiendörfer knikte. 'Ja, wij zijn een stel. Al lang... Ik heb Christoph leren kennen toen hij zich over mijn moeder ontfermde. Het is allemaal mijn schuld, Christoph heeft het voor mij gedaan. Hij was trouwens ook degene met wie ik heb gebeld, toen in het Central... U had mij ernaar gevraagd, weet u nog? Klara Sacher heeft er niets mee te maken... Christoph is een prachtmens.' De blonde jongeman barstte in snikken uit.

'Hou op, Tobias,' klonk het vanaf de bank. Burri hief zijn hoofd, zette zijn handen op zijn knieën en bleef zo een tijdje zitten. Toen kwam hij overeind: 'Winter was een treuzelaar...

een lafaard en een treuzelaar.' De arts liep langzaam op de commissaris toe. 'Weet je,' zei hij tegen Eschenbach. 'Dat er überhaupt medicijnen tegen zwaarmoedigheid bestaan, dankt de geneeskunde aan een paar toevalstreffers. *Iproniazide* bijvoorbeeld, een van de eerste antidepressiva. Het werd eind jaren vijftig voor het eerst tegen tuberculose gebruikt, tot het de doktoren opviel dat tbc-patiënten na het slikken ervan nogal eens euforisch raakten. *Imipramine*, een ander vroeg antidepressivum, werd aan studies over schizofrenie ontleend omdat schizofreniepatiënten er zo veel energie van kregen. Het waren de doktoren... niet de onderzoekers.'

Eschenbach vroeg zich af waarom hem de bitterheid in Burri's gezicht nooit eerder was opgevallen.

Meiendörfer snoot zijn neus.

'Het geniale aan Winter was dat hij geluk had,' ging Burri verder. 'Prozac... dat was een vroege ontdekking. Ze bracht hem roem en geld als water. Het middel was een hangmat voor hem... Onze professor deed niets anders dan wachten. Wachten op de Nobelprijs!' Er klonk een hees lachje. 'Het werd langzaamaan grotesk.'

'En het middel dat jij die arme sloebers hebt voorgezet... Komt dat ook bij jou vandaan?' Eschenbach zei het hard en minachtend. Hij wees met zijn kin op Meiendörfer. 'Of heeft je vriend het misschien bezorgd?'

'Ja en nee.' Burri woog de woorden tegen elkaar af.

'Kun je wat preciezer zijn?'

'Tobias had een goed contact met Winter. Vanuit de SND... Ze praatten over onderzoeksresultaten, van die van henzelf en die van anderen. Het gebruikelijke geven en nemen dus. Ze zaten in wetenschappelijke fora... en zo is in de loop der jaren een speciaal soort vertrouwen ontstaan. Ze hadden elkaar nu eenmaal nodig.'

'En vervolgens werd Winter door de SND gechanteerd?' wilde Eschenbach weten.

'Niet direct.'

'Nou ja, indirect dan.' De commissaris, bij wie het gebeuzel over de geheime diensten op z'n zenuwen begon te werken, werd ongeduldig. 'Wanneer hij in jouw ogen een treuzelaar is, zal hij wel niet uit zichzelf hebben meegeholpen, is het niet?'

'Laten we zeggen dat hij er zich niet aan heeft gestoord.'

'Tot hij van de proeven lucht kreeg, neem ik aan.'

'Ja, door een stom toeval.' Burri veegde met zijn tong over zijn lippen. 'Tobias en Winters assistent, die Konrad Schwinn... die zitten bij hetzelfde legeronderdeel. Dezelfde compagnie, dezelfde taken. Toen moet Schwinn aan bepaalde documenten zijn gekomen.'

'En daarmee is hij naar de professor gelopen, neem ik aan.'

Burri knikte. 'In elk geval is Winter toen naar ons toegekomen en kondigde aan dat hij aangifte zou doen... We hebben een deal gesloten.'

'Maar niet met Schwinn,' concludeerde Eschenbach. 'Die bleef buiten schot...'

Langzaam drong de situatie tot de commissaris door. Het werd hem duidelijk via welke ingewikkelde paden hij uiteindelijk was terechtgekomen bij de man die hem had geholpen. 'Waar is Schwinn nu?'

'Weet ik niet.'

De drieklank van de huisbel klonk.

De mensen van de technische recherche verschenen en twee ambulancebroeders met een brancard. Jagmetti dirigeerde ze naar de plaats delict.

Er werden foto's gemaakt.

'Helaas hebben we dit dubbelspel te laat ontdekt,' vervolgde Burri zijn betoog en wisselde een blik met Meiendörfer. 'Jammer genoeg was dat zo.'

'Vandaar die CIA-affaire... Alle ophef in de pers.' Eschenbach moest hoesten. 'Men wilde Winter in diskrediet brengen... hem als het ware isoleren.'

'We wilden onderhandelen.' Burri vertrok zijn mond tot een vermoeide glimlach. De arts vertelde verder dat ze met Winter tot een akkoord waren gekomen en de affaire als een zeepbel uiteen lieten spatten. Het CIA-verhaal was ouwe koek. 'Winter heeft zich niet aan onze afspraak gehouden, zo was het.' Het klonk alsof hij een oordeel uitsprak. Even zweeg Burri en dacht na of hij nog wat zou zeggen. 'Enfin, nadat de pers de professor had gerehabiliteerd, meldde hij zich vandaag opnieuw... en dreigde nogmaals met de politie.'

'En toen heb je hem om zeep geholpen.'

'Het gebeurde tijdens een ruzie... Hij is gevallen.'

Eschenbach dacht een moment na en keerde hem toen de rug toe. Hij riep Jagmetti en vroeg hem Burri en Meiendörfer elk apart te laten afvoeren. 'Eenzame opsluiting,' zei hij nog, gaf Claudio een tikje op zijn schouder, pakte jas en wollen muts en liep naar de deur.

Achtenveertig uur in zijn eentje in de cel, dan zou Meiendörfer de paar details die nog ontbraken wel ophoesten. Daarvan was de commissaris overtuigd. Bij Burri twijfelde hij. Van alle misdadigers wier schuld hij tijdens zijn loopbaan had bewezen, waren degenen die zich daar niet van bewust waren altijd een raadsel voor hem gebleven. Het deed hem pijn dat zijn vriend ook tot die categorie behoorde.

Toen Eschenbach de deur achter zich dichttrok en aanstalten maakte om de paar treden naar de voortuin af te dalen, bleef hij een moment verrast staan. Het was een merkwaardige gewaarwording dat hij eindelijk oog in oog stond met de man die hij slechts van een foto kende en die hem als het ware gedurende het hele onderzoek had begeleid.

Konrad Schwinn stond naast de drinktrog. Zijn haar viel in donkere lokken op zijn voorhoofd en zijn handen staken in de zakken van zijn lichte winterjas.

De commissaris liep op hem af, stak zijn hand uit en zei: 'Bedankt.' Meer dan dit ene woord wilde hem niet te binnen schieten. Niet nu.

'Ook bedankt,' reageerde Konrad Schwinn. Hij had grote, koude handen, en ogen die opvallend lichtgroen glansden. Een moment keken ze elkaar aan. 'Zijn we te laat?'

De commissaris knikte. Hij gaf Schwinn zijn visitekaartje en vroeg hem om een van de komende dagen bij hem langs te komen. 'En belt u eerst even.' Nadat hij nog een laatste blik op het huis en de voortuin had geworpen, verliet hij Burri's erf.

Eschenbach marcheerde de oplopende Quartierstrasse in,

richting tramhalte. Hij voelde dat zich langzaam een leegte van hem meester maakte en dat hij zijn tempo vertraagde. Hij merkte dat de sneeuw lichtjes meegaf onder zijn voetzolen. Het lopen ging moeizaam en het ergerde hem dat hij er niet een stevige pas in kon houden.

Hij probeerde zich een plezierige ervaring met Christoph voor de geest te halen. Er schoot hem niets te binnen. Straks misschien, dacht hij. Er was vast een gen dat nu met transmitters om zich heen strooide en hem hielp om de boel weer op een rijtje te zetten. Dit gevoel van leegte was vast een soort hulp om te overleven: een pauzesignaal tussen de synapsen.

Voor zijn geestesoog verscheen het beeld dat men vroeger bij de Zwitserse televisie voor dat doel had uitgezonden. Kleurige rechthoeken, strepen die in dikte varieerden en een cirkel. Over de cirkel was hij niet zeker. Die had eruitgezien als de vlag van een of ander Verweggistan.

De tram kwam met horten en stoten aanrijden en de commissaris stapte in.

Twee haltes lang vroeg hij zich af of ze het pauzesignaal bij de televisie niet beter weer konden invoeren. Pauzes waren belangrijk, vond hij.

Eschenbach nam zelf even pauze.

Even voor Bellevue moest hij denken aan de zaterdagochtend voor kerst. Hoe hij met een overhemd vol rodewijnvlekken door de mensenmassa naar huis was gezwalkt. En hoe Kathrin voor zijn deur op hem had staan wachten.

Hij stapte over in een taxi.

'Ziekenhuis Horgen,' zei hij en snoot zijn neus.

'Het heet nu Zimmerberg,' corrigeerde de vrouw aan het stuur hem. Ze manoeuvreerde de taxi voorzichtig over de glibberige rijbaan.

'Nou ja, Zimmerberg dan.' Eschenbach trok zijn jas uit en vond in zijn binnenzak het doosje Brissago dat hij van Kathrin had gekregen. Het zat nog dicht, geseald in dun, doorzichtig cellofaan. Hij gebruikte zijn tanden. Toen het hem gelukt was, haalde hij bijna eerbiedig een van de sprieten uit het doosje. De fijnste virginiatabak!

'U mag hier niet roken!' klonk het bars van voren. De vrouw had hem in de achteruitkijkspiegel gadegeslagen.

'Ik ruik er alleen aan,' reageerde Eschenbach. Hij keek haar stralend aan, als een kind dat op heterdaad was betrapt.

Gedurende ruim een half uur suldelden ze over de be sneeuwde Seestrasse richting Horgen. Telkens opnieuw snuffelde de commissaris aan de cigarillo's. En af en toe, wanneer de ogen van de vrouw in de spiegel een onderzoekende blik naar achteren wierpen, glimlachte hij hen vriendelijk toe.

40

De commissaris had de zaak aan zijn collega Franz Haldimann overgedragen; omdat hij niet langer objectief kon zijn – en omdat hij niet meer kon en niet meer wilde.

Sinds de zitting – Eschenbach had de zaak-Letten opnieuw op de rol gezet – had Haldimann zich er als een terriër in vastgebeten. Ze hadden zelfs ontdekt waarom Koczojewic verkeerd op Burri's lijst had gestaan en ook in Meiendörfers Letten-rapport verkeerd gespeld was. Het had gelegen aan het vreselijke handschrift van de arts, die uit de naam die in Servië en Montenegro heel gewoon was, een Müller met twee X'en had gemaakt. Misschien was het gekrenkte trots die de doorgaans nogal ingetogen opsporingsambtenaar tot deze topprestatie inspireerde; en mogelijk ook de kans in een politiek gezien explosief proces bij Kobler punten te scoren. Eschenbach vond het allemaal best. Politiek was niet zijn ding.

Eén keer begaf hij zich naar het huis van bewaring in de Rotwandstrasse. Hij wilde weten wat Christoph destijds in Horgen had bewogen om Kathrin op tetrodotoxine te laten onderzoeken.

'Ze had de symptomen,' zei Burri en bezwoer dat Kathrin nooit deel had uitgemaakt van het experiment. Er was nauwelijks enige emotie op zijn gezicht te lezen. 'Ik moest die mogelijkheid nagaan... de zekerheid hebben, meer niet.'

Eschenbach knikte. In elk geval op dat punt was Burri de arts gebleven die hij was. Hij had willens en wetens het risico genomen dat de verdenking zo op hem kon vallen. Toen de commissaris hem daarom een hand wilde geven, draaide

Burri zich om, liep naar de bewaarder en liet zich afvoeren.

Tot een verzoening was het niet meer gekomen.

Eschenbach zat met Kathrin en zijn vrienden aan de achterste tafel in de Schafskopf, een van de populairste restaurants in Seefeld.

'Moet ik dat nou echt leren?' vroeg zijn dochter en rolde met haar ogen. Ze keek een beetje hulpeloos naar de opengewaaierde kaarten in haar hand.

'We doen het samen... een paar beurten, en daarna doe je het alleen.' En terwijl hij de kaarten voor zijn dochter opnieuw rangschikte, voegde hij eraan toe: 'Klaverjassen is een stuk Zwitserse geschiedenis.'

'Kletskoek!' reageerde Gregor Allenspach. 'Klaverjassen komt net als de meeste kaartspelen uit de Oriënt. Vermoedelijk hebben de Saracenen het naar Europa gebracht.' Gregor was al drieëntwintig jaar leraar. Duits en Latijn, en omdat zijn vijftien jaar jongere collega een burn-out had, sinds kort ook leraar geschiedenis. Zijn volle grijzende baard was al even tijdloos als het Gotthardmassief.

'Dienen we nu als proefkonijnen voor jouw geschiedenislessen?' mopperde Christian Pollack. In zijn mondhoek stak een Marlboro en hij probeerde Eschenbach en Kathrin met signalen duidelijk te maken dat hij niet bepaald gezegend was met troefkaarten.

Eschenbach kende de beide mannen uit de tijd dat ze in Zürich op hetzelfde gymnasium zaten. Terwijl Gregor na zijn studie naar het gymnasium terugging en zijn broedplaats, zoals hij het noemde, nooit meer echt verliet, zwierf Christian over de hele wereld. In Chicago behaalde hij zijn *Master of Laws* en zijn geraffineerde botheid was een overblijfsel van vier jaar New York, met de beste referenties.

'Waar hebben die sloebers eigenlijk hun medicijn gekregen?' wilde de advocaat weten.

'In Burri's praktijk,' zei Eschenbach en herinnerde zich hoe vaak hij daar zelf gezeten of gelegen had. 'Christoph had hen stuk voor stuk zorgvuldig geselecteerd. Eenzame zielen zonder thuis. Het lijkt erop dat zijn vriend Meiendörfer hem daarbij heeft geholpen. Die lui van de geheime dienst weten hoe zoiets in zijn werk gaat. En omdat hij hen regelmatig voorzag van geld of drugs, gingen ze er ook niet vandoor. Zo kon hij dus een perfecte reeks experimenten uitvoeren.'

'Walgelijk.' Christian stak een Marlboro op en inhaleerde.

'Jullie belazeren de kluit weer,' zei Gabriel, die van twee gasten afscheid had genomen en weer aan tafel was komen zitten. De Schafskopf was zijn restaurant. Dat was het al geweest toen het nog een shabby kroeg was en de huren in de wijk Seefeld nog betaalbaar waren. 'Dat was daarnet trouwens de burgemeester...' Gabriel wees naar de uitgang. 'Volgens mij heeft-ie een nieuwe vriendin.'

Kathrin en Eschenbach, die intussen wisten dat hun partner slechts één troefkaart had, troefden Gregors aas met een klaver in, terwijl Christian er nog een tien bij legde.

Gabriel kon zijn nederlaag niet meer afwenden; hij was door de gasten die steeds afscheid kwamen nemen de draad kwijtgeraakt. 'Jullie kunnen helemaal niet verliezen,' beklaagde hij zich toen het spel voor hem gelopen was.

'We hebben gewonnen,' zei Eschenbach tegen Kathrin, en Christian drukte tevreden de peuk van zijn Marlboro uit in de asbak.

Toen Kathrin een sigaret wilde bietsen, keek de advocaat vragend naar Eschenbach.

De commissaris knikte. 'We beginnen opnieuw,' zei hij vooral tegen zichzelf. Hij dacht eraan dat ze de afgelopen dagen veel met elkaar hadden gepraat, Kathrin en hij. Over verwachtingen die vaders over hun dochters hebben en over de vrijheid van de kinderen om daar niet aan te hoeven voldoen. Ze praatten over liefde en de tekortkomingen die je desondanks mocht hebben. En dat het geen probleem was wanneer Kathrin niet net zo wilde worden als hij.

Ondanks de ernst van hun onderwerpen hadden ze veel gelachen. Dat was het mooiste geweest: dat hij zich had gerealiseerd hoe leuk het was met zijn dochter en dat ze haar humor niet was kwijtgeraakt.

Christian liep op zijn kleine, zwarte apparaat de e-mails door die hij de afgelopen twee uur had ontvangen. In New York was het laat in de middag. Kennelijk liep er net een deal waarvoor Christian verantwoordelijk was. De advocaat was nergens echt thuis. 'Theo was een genie,' zei hij, toen ze over de professor te spreken kwamen, om vervolgens een kort antwoord op het apparaatje in te toetsen. 'Ik heb 'm sinds school niet meer gezien. Wel jammer eigenlijk.'

Eschenbach vertelde over hun etentje in de Kronenhalle. 'Daar hebben we dat Japanse spul gegeten, tsjiri of zoiets. Kogelvis met huid en ingewanden... samen in één pot. Zo heeft hij het me althans uitgelegd.'

'En dat heb jij gegeten?' Christian keek Eschenbach bezorgd aan.

'Natuurlijk niet. Maar Theo wel!'

'Wat een flauwekul!' zei Gabriel en trok een vies gezicht. 'Chiri in de Kronenhalle...'

'Waarom niet?!'

'Ik vertel je nog wel en keer iets over voedselvoorschriften in dit land...' Toen er weer een gezelschap opstond, bleef Gabriel zitten. Hij zwaaide vriendelijk en sprak verder: 'Tiramisu bijvoorbeeld, dat kan alleen nog met gepasteuriseerde eieren, vanwege salmonella, dat spreekt voor zich... En dan gaat iemand chiri zitten koken, midden in de Kronenhalle?!'

'Theo had altijd al een voorliefde voor buitenissige dingen,' mengde Gregor zich in het gesprek. 'Vroeger al, weten jullie dat nog? Toen hij die dooie muis bij Neuenschwander in de concertvleugel had gestopt.'

'Was dat Theo?' vroeg Eschenbach verbaasd.

'Zeg nou niet dat je dat niet wist.'

'Vooruit, vertel!' zei Kathrin nieuwsgierig tegen Christian.

'Iedereen wist het, zelfs Kübler.' De advocaat diepte het tweede pakje Marlboro uit zijn jaszak op en lachte. 'De hele examenplechtigheid werd stilgelegd, de muziekzaal tot de laatste plaats ontruimd. We stonden buiten op het schoolplein en wisten niet of er nog diploma's werden uitgereikt of dat we op onze donder zouden krijgen.'

'En toen Neuenschwander bleef zeiken,' zei Gregor en plukte peinzend aan zijn baard, 'toen ze niet meer verder wilde, nam de kleine Theo plaats achter de Steinway en speelde het derde deel uit de *Mondscheinsonate*. Van begin tot eind. Al die vreselijke loopjes, zonder één hapering. *Finis coronat opus...*'

'Het einde kroont het werk,' vertaalde Kathrin letterlijk en Gregor stak waarderend zijn duim op.

'Maar dat hij het allemaal zelf bedacht had,' merkte Eschenbach verbaasd op. 'Die geschiedenis met de muis... Dat heb ik nooit geweten.'

'En zo iemand gaat dan bij de politie,' spotte Christian.

'*Homines sumus nun dei*,' zei Gregor en hief het glas. 'Ook al zijn we maar gewone stervelingen: op Theo!'

Ondanks de sfeer die steeds gemoedelijker werd, hier, te midden van zijn vrienden, betrapte de commissaris zich erop dat hij met zijn gedachten af en toe heel ergens anders was.

De arrestatie van Meiendörfer en Burri had veel deining veroorzaakt. De golven klotsten van de kantonale politiek van Zürich via het nationale departement van justitie tot Bern aan toe. Overal werd met vingers gewezen; hier werd ontslag geëist, daar werd ontslag aangeboden. De affaire was nog lang niet ten einde.

Er stonden hem nog moeilijke tijden te wachten, daarvan was de commissaris zich bewust. Misschien dat hij daarom zo intens genoot van de uren met zijn vrienden; het onnozele gezwets, dat recht uit het hart kwam, en Kathrin, die er zo om kon schateren.

Tegen tienen voegden Juliet en Claudio zich bij hen.

Gabriel schoof twee extra stoelen aan en de kring werd groter.

'Die pikt vast en zeker nog je vriendin van je af,' stookte Christian en maakte een toespeling op Jagmetti's verleden. 'Je zult je nog eens voor je kop slaan dat je hem hebt teruggehaald.'

Juliet, die de show niet wilde laten stelen, kuste de commissaris en de verdenking vervloog in alle windrichtingen.

Zich niet helemaal op zijn gemak voelend en met Juliet om

zijn nek, keek hij steels naar zijn dochter. Het leek erop dat hij de enige aan tafel was die nog aan de nieuwe situatie moest wennen.

Even na twaalven – de meeste gasten waren vertrokken – stonden zij ook op. Bij de garderobe kouvelden ze verder. Jassen, sjaals en mutsen werden verwisseld en geruild, verloren gewaande handschoenen teruggevonden. Het duurde even voordat iedereen weer had waarmee hij was gekomen.

De vrienden omhelsden en kusten elkaar bij het afscheid. En toen iedereen eindelijk buiten stond en de neerdwarrelende sneeuw langzaam hun hoofden en schouders bedekte, deden ze het nog eens dunnetjes over. Omhelzen en kussen. Ze gaven elkaar in de koude nacht een luid 'adieu' mee op de terugweg.

Even dacht Eschenbach aan Burri, aan het onvermogen van de arts om met zijn eigen middelmatigheid in het reine te komen. Dat was het punt dat hij bij zijn vriend over het hoofd had gezien, de wens om belangrijker te zijn dan hij was. 'Ken je het verhaal van de kleine dennenboom nog?' vroeg hij Kathrin. 'Het boompje dat zich voor zijn naalden schaamde en andere bladeren wilde hebben?'

Zijn dochter lachte. 'Ja, en toen de herfst kwam en ze allemaal op de grond vielen, wilde hij weer andere...'

'Precies.' En ineens drong het tot Eschenbach door dat het nooit een vriendschap was geweest. Dat er in werkelijkheid niets was wat hem met Burri verbond. Ze waren ongeveer even oud en in dezelfde buurt opgegroeid. Maar ondanks de vele uren die ze met elkaar hadden doorgebracht, ondanks de gedeelde angsten en vreugden: uiteindelijk waren ze vreemden voor elkaar gebleven. Vreemden vanaf dag één: gescheiden door de buikwanden van twee moeders.

'Het is laat geworden,' zei de commissaris toen ze de Dufourstrasse af liepen. Juliet en Kathrin hadden bij hem ingehaakt en hij probeerde de kleine paraplu dan weer een beetje meer rechts en dan weer een beetje meer links boven hun hoofd te houden.

'Wie is Judith eigenlijk?' vroeg Juliet plotseling en keek Eschenbach van opzij aan.

'Vast weer een van papa's vriendinnen,' plaagde Kathrin.

De beide vrouwen bleven staan, zodat Eschenbach ook niets anders kon.

'Waarom vraag je dat?' wilde hij weten.

'Soms, wanneer de professor z'n hoofd er niet helemaal bij had...' Juliet streek een van haar roodblonde lokken uit haar gezicht. 'Nou ja, je weet wel, een beetje verstrooid, dan noemde hij me altijd Judith.'

'Echt waar?' Eschenbach trok de beide vrouwen weer met zich mee. Hij had het koud en de verkoudheid zat hem nog in zijn botten.

'Ja, Judith.'

Ze liepen weer in de pas.

'Ik weet het,' zei Juliet. 'Judith – Juliet. Het lijkt sterk op elkaar. De eerste keer dacht ik dat ik het misschien niet goed had gehoord. Maar het gebeurde hem steeds weer. Ik wilde je er al de hele tijd naar vragen. Tenslotte hebben jullie elkaar gekend... al van jongs af aan.'

Ditmaal was het Eschenbach die bleef staan. Hij keek Juliet aan en zei: 'Ja, er is ooit een Judith geweest. Je lijkt trouwens als twee druppels water op haar. Waarschijnlijk werd de professor daardoor van zijn stuk gebracht.'

Terwijl Juliet over zijn woorden leek na te denken, was het Kathrin die vroeg: 'Was zij dan zijn vriendin?'

'Nee,' zei Eschenbach. En weer zetten ze een paar stappen. 'Judith Winter was Theo's jongere zus. Hij heeft van niemand zoveel gehouden als van haar.'

'Is ze overleden?' vroeg Juliet.

'Ja.' Eschenbach knikte. 'Dat is inmiddels bijna dertig jaar geleden.'

Ze bleven staan voor een mooi woonblok.

'Vertel je ons hoe het gegaan is, pap?'

'Vandaag niet,' zei Eschenbach en keek op zijn horloge.

'Jullie kunnen gerust nog mee naar boven komen,' zei Kathrin en keek langs de gevel naar de ramen op de derde verdieping. 'Het is nog wel niet helemaal ingericht, maar er is in elk geval een keukentafel... en de espressomachine die je aan mama hebt gegeven, doet het ook.'

'Een andere keer misschien.' De commissaris kuchte.

Kathrin sloeg haar armen stevig om zijn nek en verdween toen in de hal.

'Ga je naar haar terug?' vroeg Juliet, nadat ze een tijdje zwijgend naast elkaar hadden gelopen.

'Corina, bedoel je?' Eschenbach haalde zijn schouders op. 'Ze heeft inmiddels een eigen woning... Ik denk dat het prima is zo.'

'En een espressomachine.'

'Die heb jij ook,' antwoordde hij en grijnsde.

Toen ze bij Bellevue naar een taxi liepen, hoorden ze de klokken van de Großmünster. Aandachtig luisterend verwelkomden ze het eerste uur van de nieuwe dag.

Dankwoord

Mijn diepgevoelde dank gaat uit naar Cédric, Christian, Christiane, Felix, Gabriel, Nathalie, Regine, Siv, Thierry, Uli; en ook naar mijn fantastische redactrice, Katrin Fieber, en mijn grote liefde Caroline.

Zij hebben allemaal met kennis van zaken, opbeurende hulpvaardigheid en liefde in belangrijke mate bijgedragen aan het welslagen van dit boek.